비참함으로부터 탄생한 위대한 벽화

레 미제라블

국립중앙도서관 출판시도서목록(CIP)

레미제라블 : 비참함으로부터 탄생한 위대한 벽화 / 수경 지음 ; 빅토르 위고 원저. --
서울 : 작은길출판사, 2013
p. ; cm. -- (고전 찬찬히 읽기 ; 02)
원표제: Les Mis?rables 원저자명: Victor Marie Hugo "빅또르 위고" 연보 수록
ISBN 978-89-98066-03-1 44810 : ₩14000
프랑스 소설[--小說]
863-KDC5
843.8-DDC21   CIP2013000084

비참함으로부터 탄생한 위대한 벽화

레 미제라블

수경 지음 ┊┊┊ 빅또르 위고 원저

작은길

『레 미제라블』 탐사 지도를 드리며

나는 남들이 써 놓은 소설로 먹고 사는 사람이다. 좋아하는 문학작품들을 실컷 읽으면서 덤으로 굶어 죽지 않을 정도의 돈까지 벌 수 있으니 참 운 좋은 인간인 셈이다. 아무튼 이렇게 주구장창 소설들을 읽으며 글 쓰고 강의하는 내게는 놓쳐서는 안 될 질문이 하나 있다. '나는 왜 소설을 읽는가?' 이 질문은 나로 하여금 공부의 긴장감을 다시 한 번 불어넣어 주고, 내 고민이 지금 어디쯤에 있는지 가늠할 수 있게 해준다.

소설이란 세계에 대한 작가 자신의 문제의식 하에 만들어진 또 다른 세계의 이야기다. 시공간과 등장인물들이 서로 만나고 충돌하면서 작가의 질문은 일종의 보이지 않는 화음이 되어 작품 전체에 울려 퍼진다. 여기에는 그래서 눈에 확연한 답 같은 게 없다. 주인공은 고군분투하지만 이리저리 채이고 걸려 넘어지기 바쁠 뿐이다. "대체 무슨 말을 하고 싶은 거야?" 하고 독자는 묻지만, 작가는 애초 그 질문에 답할 생각이 없는 채로 작품을 쓴다. 그에 대한 답을 독자 스스로 찾길 요구하는 것이 곧 소설이다. 소설은 작가의 질문으로 시작되어 독자의 질문으로 끝나는 과정 그 자체일 뿐, 어떠한 답을 내놓는 것도 거부한다. 그렇기에 소설만큼 공부하기 애매한 텍스트도 없는 셈이다. 중요한 것을 정리해 보려 해도 다른 글처럼 핵심적 주장 같은 게 없고, 이를 무릅쓰고 요약이란 걸

해놓고 보니 아무것도 아닌 게 되어 버리는 것이 소설이다.

여기 이 책을 쓰면서 이러한 경험을 제법 혹독하게 치렀다. 이해했다고 여겨 온 대목에서 글 쓰던 팔을 그만 밑으로 내려야 했고, 독자로서 재미있게 읽었던 부분 앞에서는 자꾸만 멈칫거렸다. 단단하고 아름다운 성채에 기껏 흠집이나 내고 낙서만 남기는 게 아닌가 싶었다. 하지만 그렇게 자문하면서도 작업을 멈추지 않았더니 결국 이렇게 책이 완성되는 시점에 이르렀다. 그러는 사이 나는 이전보다 훨씬 깊은 의미에서 『레 미제라블』의 독자가 되어 있었다. 나는 이 점을 가장 기쁘게 생각한다.

가난과 실의로 점철된 비참한 세계, 고통으로 일그러진 비참한 얼굴들이 텅텅 소리를 울리며 음산한 화음을 이루는 그곳에서, 위고가 사무치게 반복했을 질문, 마주했던 비전을 나 역시 들여다보기 위해 애썼다. 이를 다른 독자들과 함께 경험하고자 하여 만들어진 것이 이 책이다. 원작의 방대한 이야기를 짧은 분량으로 소화해 내느라 욕심을 버리고 많이 압축하고 생략하기는 했으나, 그래도 원작의 탁월한 지점을 최대한 만끽할 수 있도록 애썼다. 동시에 내 눈에 자꾸만 밟히는 장면과 문장들도 많이 골라 실었다. 감동적이고 충격적인 부분이야 작품에 차고도 넘치지만 그 중에서도 특히 위고가 어떤 사회·정치적 문제의식을 가지고 있었는지, 세계를 바라볼 때 작가로서 어떤 안경을 사용하는지 등을 볼 수 있는 대목들이다. 당시 사회상에 호기심이 있는 독자들이 여기에서 작으나마 도움을 얻을 수 있기를 기대한다. 하지만 『레 미제라블』의 팬으로서 부탁하고 싶은 것은, 이 책을 한 장의 지도 삼아 여러분이 직접 원작의 영토로 찾아가 그곳을 두루두루 탐사하라는 것이다. 여러분의 탐사에 도움이 되는 것으로 이 책은 제 소임을 충분히 다한 것이리라.

이렇게 책이 나오기까지 많은 분들이 도움을 주셨다. 함께 책을 읽어 준 남산 강학원 청소년 대중지성 〈정글북〉 1기 친구들, 청년대중지성 1학년들 덕분에 더욱 재미있게 작품을 읽을 수 있었다. 원문을 번역하느라 애써 준 연구실 후배 현정, 내 글에 대해 아낌없는 조언을 베푼 두 동료 옥상과 구우, 기획부터 진행까지 모든 틀을 잡아 주고 채찍질해 주신 사부님 곰숙샘, 원고에 난 구멍들을 세세하게 집어 주고 가차 없이 평해 준 세진 언니에게는 특히 고마움을 전한다. 하지만 원고가 드디어 모양새를 갖춰 책으로 나올 수 있었던 것은 작은길출판사의 꼼꼼+세심한 최지영 대표님 덕분이었다. 마지막으로 『레 미제라블』이라는 작품을 써 준 빅또르 위고에게 독자로서 존경과 감사 인사를 보낸다.

2013년 청량하고 눈부신 1월,

남산강학원 Q&?에서

수경 씀

::: 장 발장의 발자취 :::

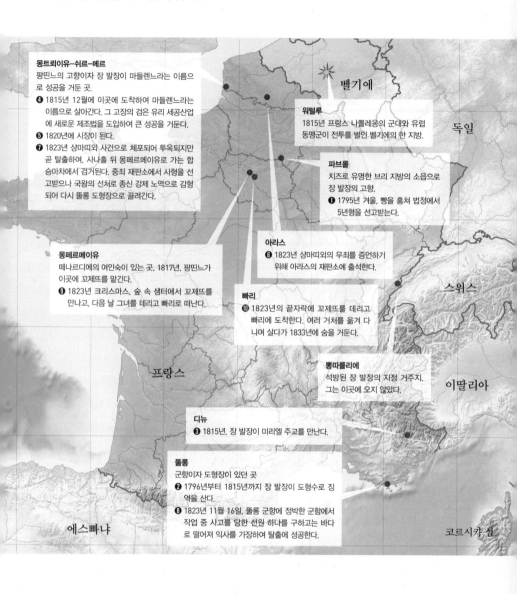

몽트뢰이유-쉬르-메르
팡띤느의 고향이자 장 발장이 마들렌느라는 이름으로 성공을 거둔 곳.
❹ 1815년 12월에 이곳에 도착하여 마들렌느라는 이름으로 살아간다. 그 고장의 검은 유리 세공산업에 새로운 제조법을 도입하여 큰 성공을 거둔다.
❺ 1820년에 시장이 된다.
❼ 1823년 상마띠외 사건으로 체포되어 투옥되지만 곧 탈출하여, 사나흘 뒤 몽페르메이유로 가는 합승마차에서 검거된다. 중죄 재판소에서 사형을 선고받으나 국왕의 선처로 종신 강제 노역으로 감형되어 다시 뚤롱 도형장으로 끌려간다.

벨기에

워털루
1815년 프랑스 나뽈레옹의 군대와 유럽 동맹군이 전투를 벌인 벨기에의 한 지방.

독일

파브롤
치즈로 유명한 브리 지방의 소읍으로 장 발장의 고향.
❶ 1795년 겨울, 빵을 훔쳐 법정에서 5년형을 선고받는다.

몽페르메이유
떼나르디에의 여인숙이 있는 곳. 1817년, 팡띤느가 이곳에 꼬제뜨를 맡긴다.
❾ 1823년 크리스마스, 숲 속 샘터에서 꼬제뜨를 만나고, 다음 날 그녀를 데리고 빠리로 떠난다.

아라스
❻ 1823년 상마띠외의 무죄를 증언하기 위해 아라스의 재판소에 출석한다.

빠리
❿ 1823년의 끝자락에 꼬제뜨를 데리고 빠리에 도착한다. 여러 거처를 옮겨 다니며 살다가 1833년에 숨을 거둔다.

스위스

프랑스

뽕따를리에
석방된 장 발장의 지정 거주지. 그는 이곳에 오지 않았다.

이딸리아

디뉴
❸ 1815년, 장 발장이 미리엘 주교를 만난다.

뚤롱
군항이자 도형장이 있던 곳
❷ 1796년부터 1815년까지 장 발장이 도형수로 징역을 산다.
❽ 1823년 11월 16일, 뚤롱 군항에 정박한 군함에서 작업 중 사고를 당한 선원 하나를 구하고는 바다로 떨어져 익사를 가장하여 탈출에 성공한다.

에스빠냐

코르시카 섬

::: **일 러 두 기** :::

1. 『레 미제라블』 원문은 Editions Garnier Freres에서 출간된 『Les Misérables』(1957)을 번역하여 게재했으며, 원문은 푸른색 글자로 표시했다.
2. 인용한 원문 중 괄호 안에 병기한 내주는 모두 편집자 주이다.
3. 외래어 표기법은 출판사의 원칙에 따랐다. 두드러진 점은 프랑스어나 이딸리아어에 흔한 자음의 된소리 표기를 채택한 것이다.(예: '빅토르 위고'는 '빅또르 위고'로) 현행 외래어 표기법이 인정하지 않는 사항이나, 외국어의 원음에 가깝게 적는다는 대원칙을 따른 것이다.

위대한 이상주의자, 낭만을 그리다

1

프랑스 혁명 1789~1848

굵직굵직한 소재의 대하물에서 발군의 실력을 보이는 만화가 김혜린이 지금으로부터 20여 년 전에 발표한 『떼르미도르』라는 작품이 있다. '떼르미도르'란 프랑스 공화력에서 '열월熱月'을 지칭하는 말이자, 1793년 공포정치의 주역이었던 로베스삐에르와 쌩쥐스트를 단두대로 올려 보낸 쿠데타가 발생한 달이기도 하다. 이름 하여 떼르미도르 반동反動.

1789년 7월 14일 바스띠유를 함락한 성난 군중이 혁명의 성공을 만끽한 것도 잠시, 이후부터 벌어진 것은 서로의 대의명분을 가지고 대립하는 당파들 간의 전쟁이었다. 이 안에서 최고 정점에 올랐던 산악파의 로베스삐에르와 쌩쥐스트는 "루이는 루이인 것만으로 죽어야 한다."며 1793년 1월 21일과 10월 16일에 각각 루이 까페와 마리 앙뚜아네뜨를 처형했고, 이로써 무시무시한 독재정치의 시대가 열렸다. 김혜린은 작화의 배경을 온통 먹색으로 칠하고 인물들 얼굴에 강한 콘트라스트를

비참함으로부터 탄생한 위대한 벽화 레 미제라블

처리함으로써 시대의 어두운 분위기를 살려 낸다. 단두대 꼭대기까지 높다랗게 올라갔던 칼이 단번에 아래로 곤두박질치면서 마리 앙뚜아네뜨와 당똥, 수많은 귀족들의 목이 잘려 나갔다. 그 모습을 보며 작품 속 주인공들은 때로는 갈등하고 때로는 환호하고 때로는 분노한다. 그들 곁에 있던 어느 신부는 근심스러운 눈으로 "너는 좀 더 많은 것을 사랑해야 한다."고 말하고, 죽어가는 어느 시인은 "난 이제 겨우 절망에 대해 노래하는 법을 느끼기 시작했다."며 주인공의 두 팔을 움켜쥔다. 얼음처럼 차갑고 검은 그림자에 갇힌 채 쌩쥐스트는 다음과 같이 묻는다. "어째서 혁명이 이처럼 얼어붙어 버린 것일까?"

떼르미도르 반동은 혁명력 2년 떼르미도르 9일, 즉 1794년 7월 27일에 발생했다. 증오의 비명을 지르며 의원들은 로베스삐에르의 체포를 결정하고, 이에 로베스삐에르는 말한다. "그러나…… 나는! 거듭거듭 태어날 것이다!" 수많은 이들을 단두대로 올려 보낸 주역이 단두대에 올라서자 이를 보던 주인공은 이렇게 중얼거린다. "혁명이여 날 버리지 말아다오. 내가 너를 얼마나 사랑했던가. 내가 너를 얼마나 상처 입혔던가. 네가 나를 얼마나 상처 입혔던가. 그럼에도 우린 아직도 얼마나 사랑하는가! 혁명 만세, 혁명 만세!" 신들린 열월, 흔들리는 성채, 그 속에 무기력한 혁명이 괴물처럼 드러누워 신음하고 있다…….

바스띠유 함락부터 시작해 로베스삐에르의 처형까지 오는 데는 불과 5년밖에 걸리지 않았다. 우리는 그 이후로도 프랑스가 얼마나 처참하게 혁명과 반혁명 사이에서 힘겹게 몸을 뒤척였는지 알고 있다. 서서히 지쳐 간 민중은 다시금 자신들에게 안정과 번영을 가져다 줄 강한 지도

자를 원했다. 그러한 시대적 부름에 힘입어 탄생한 세기의 영웅이 곧 나뽈레옹 보나빠르뜨다. 평민 출신의 체구 작은 사내가 백전백승의 영웅이 되고 끝내 한 나라의 황제 자리에 오르는 모습을 보며 민중은 마치 그게 자기 삶의 가능성과 힘을 보여 주기라도 하는 듯 희열에 찼다. 하지만 우주는 한 명의 인간에게 세계의 운명을 맡기는 것을 허락하지 않는 법. 황제에 오른 지 10년 만인 1814년에 나뽈레옹은 조국을 떠나 엘바 섬으로 유배의 길을 떠나야 했다. 잠시 펠릭스 마크햄이 쓴 전기의 한 장면을 보자.

전쟁에서 프랑스에 대항하던 동맹군에 패배한 나뽈레옹은 자신에게 요구하는 몇 가지 사안들이 정리된 '퐁뗀블로 조약' 앞에서 고개를 저으며 말한다. "아무것도 필요 없어. 군인은 죽어 누울 공간이 그렇게 많이 필요치 않아." 그 말을 들은 시종 하나가 노파심에 그의 권총에서 화약을 제거했다. 아니나 다를까, 그로부터 몇 시간 뒤 나뽈레옹은 독약을 입에 털어 넣었다. "삶을 견딜 수가 없어. 나는 아르씨에서 죽어야 했어." 전쟁 영웅의 지독한 우울증. 하지만 시간이 경과해 이미 효능이 없어진 독약은 그에게 구토와 경련만을 남겼을 뿐이었다.

성격에 맞지 않게 유배 생활을 해야 했던 나뽈레옹은 1815년 3월 1일 별다른 어려움 없이 엘바 섬을 빠져나왔다. 3월 20일 빠리에 들어와 워털루 전투에서 패배해 완전히 폐위될 때까지의 이 시기를 이름 하여 '백일천하'라 부른다. 나뽈레옹은 너무 오래 전쟁에서 쉬었고, 기상 악화로 작전은 무산되었으며, 상부의 명령이 병사들에게 제대로 전해지지도 못했다. 결국 그는 영국의 웰링턴 장군이 이끄는 부대에 대패했

■…… '떼르미도르Thermidor'는 열기를 뜻하는 그리스어 '테르모스'에서 왔다. 삼부회를 폐지하고 성립된 국민공회가 1793년 그레고리력 대신 채택한 달력을 일컬어 '프랑스 공화력' 또는 '혁명력'이라고 한다. 공화제가 성립된 1792년 9월 22일을 원년 1월 1일로 삼았으며, 1805년 12월 31일까지 사용되었다. 떼르미도르는 혁명력의 11번째 달 이름이다. 루이 까페, 즉 루이 16세가 단두대의 이슬로 사라진(위) 1793년 1월 21일은 혁명력 1년 우월雨月(Pluviôs) 2일이었다. 그리고 18개월 뒤, 로베스삐에르는 바로 같은 장소에서 당원들과 함께 처형당했다.

고, 나뽈레옹만을 믿고 나갔던 수많은 병사들이 그 자리에서 죽어 스러졌다.

나뽈레옹은 전투가 끝날 무렵 샤를루아로 달아나면서 너무 지친 나머지 말에 딱 달라붙어 달려야 할 지경이었다. 전투 초기부터 나뽈레옹은 그가 늘 의존해 왔던 능력, 즉 피로를 무시하고 정확한 결정을 내리고 전달함으로써 모든 것이 잘 돌아가게 하는 능력을 다 소진한 것이 분명하다. 그런데도 6월 19일 조제프에게는 "모두 다 잃지는 않았어. 병력을 다시 모으면 그래도 15만은 될 거야."라고 썼다.

— 펠릭스 마크햄, 『나뽈레옹』

대군이 전 방향에서 일시에 퇴각하기 시작했다. 우고몽, 에-쌩뜨, 빠쁠로뜨, 쁠랑스누와, 어느 쪽이던 예외 없이. "반역이야!" 하던 소리에 이어 "도망쳐!"라는 소리가 이어졌다. 흩어지는 대군은 거대한 빙하가 녹는 모습과 같았다. 모든 것이 휘고, 균열이 생기고, 찢어지고, 떠다니고, 구르고, 넘어지고, 부딪치고, 서두르고, 추락한다. 상상을 초월하는 와해이다. 네Ney(나뽈레옹의 용맹한 지휘관 중 하나였고, 워털루 패전 이후 부르봉 왕조에 의해 처형됨)가 말 한 필을 빌려 올라타더니, 모자도 쓰지 않고 넥타이도 매지 않은 채, 검 한 자루 손에 들지 않고 브뤼셀 방면으로 이어지는 도로 복판에 서서, 잉글랜드 군사들과 프랑스 군사들을 분별할 겨를도 없이, 그들을 막았다. 그가 홀로 대군을 통제하려 애쓰며, 소리쳐 부르고 욕하는 등, 퇴각하는 대군을 어떻게든 붙잡으려 했다. 그러나 그들

비참함으로부터 탄생한 위대한 벽화 레 미제라블

은 범람했다. 병사들은 달아나며 소리쳤다. "네 대원수 만세!" 뒤뤼뜨 휘하의 2개 연대가, 프러시아 기병대의 검과, 켐프트, 베스트, 팩, 릴런트 등의 보병 여단들이 쏘아 대는 총탄 사이에서, 당황하여 우왕좌왕한다. 대혼전에서 가장 끔찍한 결과는 후퇴이다. 그 과정에서 도망치는 와중에 서로를 죽이고, 같은 편 기병대와 보병이 부딪쳐 깨지고 흩어진다.

— 『레 미제라블』 2부 1편, 〈파멸〉

나뽈레옹이 사라진 뒤 프랑스는 마치 이전 혁명의 기억을 지우려는 듯 루이 18세(재위 1814~1824), 그리고 이어서 샤를 10세(재위 1824~1830)에게 왕위를 내준다. 대혁명의 성과를 복고왕정을 통해 완벽하게 부정한 셈이다. 혁명의 기억을 아직 간직하고 있던 민중은 다시 일어나 봉기한다. 이에 1830년 7월 혁명이 발발했으나, 아쉽게도 여전히 왕의 자리는 살아남아, 왕족의 일원이나 한때 혁명군에 가담한 경력이 있던 루이 필리프(재위 1830~1848)에게 넘어갔다.

만족하지 못한 민중은 이후로도 크고 작은 소요 사태를 일으켰다. 그리고 1848년, 다시 한 번 혁명(2월 혁명)에 불이 붙었다. 하지만 프랑스는 어처구니없게도 삼촌의 명성에 기댄 나뽈레옹 3세를 대통령으로 선출하고 말았다. 당시 유력한 정치인이자 작가였던 빅또르 위고는 그를 '꼬마 나뽈레옹'이라며 비웃었고, 꼬마 나뽈레옹은 그런 위고가 눈엣가시인지라 추방 명령을 내리고 만다.

이것이 대혁명 이후 프랑스 땅 안에서 펼쳐진 어지러운 풍경들이다. 이후에도 사건은 꼬리에 꼬리를 물고 이어진다. 나뽈레옹 3세는 그 스스로 쿠데타를 일으켜 왕위에 오르고, 그의 최측근인 오스만 남작은 빠리를 근대 도시로 전면 개조했으며, 보불전쟁에서 패배한 프랑스를 보며 시민들은 자발적으로 꼬뮌을 조직했다. 그 안에도 빅또르 위고가 있었다.

1802년에 출생해 대혁명 자체를 경험할 수는 없었으나, 위고는 이후 프랑스가 얼마나 큰 진폭을 그리며 혁명과 반혁명 사이를 오가고 있는지 두 눈으로 똑똑히 지켜보았다. 세상에 대해 이제 막 관심을 가지기 시작한 십대 시절부터 80세를 넘겨 영면永眠할 때까지 위고는 줄곧 정치 문제에 사로잡혀 있었다. 하기야 그 시대에 정치에 무관심한 사람이 어디 있었을까? 사람들은 너 나 할 것 없이 정치 문제에 대해 토론하고 광장에서 소리를 질렀다. 왕정복고를 주장하면서 부르봉 왕가를 지지하는 세력이 있는가 하면, 한편에서는 자유와 공화정을 외치는 혁명 세력이 존재하던 시절이었다.

비참함으로부터 탄생한 위대한 벽화 레 미제라블

'민중'을 주인공 삼은 이야기

위고는 활동 당시부터 지금까지 수많은 비판의 대상이 되곤 했다. 비판자들에 의하면 위고는 대중에 영합하는 통속작가이고, 이리 붙었다 저리 붙었다 하는 정치적 기회주의자이며, 정작 싸움터에서는 보이지 않는 사이비 혁명가다. 그렇게 보일 여지가 없지 않다. 어린 시절부터 왕당파였던 위고가 샤를 10세 치하에서 공화파가 되었을 때, 루이 필리프의 7월 왕정에 대해 비판적이었다가 다시 그에 동조하면서 귀족원 의원 자리를 손에 넣었을 때, 대통령 선출 당시만 해도 지지하던 나뽈레옹 3세를 어느 날 맹공격하기 시작했을 때…… 그럴 때마다 주변 사람들은 경악했으리라.

사실 위고에게 확고한 단 하나의 사상이 있다면 그것은 인도주의였다. 왕당파에서 공화주의자가 되기까지 그를 움직이게 한 질문은 '어떻게 해야 사회 정의는 실현되는가?', '민중에게 자유가 부여되는 사회란 어떤 사회인가?'였다. 왕당파를 지지한 것도 당시 혁명세력들 탓에 쏟아진 피 때문이었고, 7월 혁명을 지지한 것도 늘어나는 부랑자들과 아사餓死 직전의 어린아이들을 두 눈으로 목격했기 때문이었다. 루이 필리프와 가까워진 것도 교육과 여성·아동 문제를 제도적으로 고민해야 한다는 의식의 발로였다. 문필과 정치 활동 이외에도 위고는 빈곤층 자녀들에게 무상 식사를 제공하는 프로젝트를 진행했으며, 1871년 5월 빠리꼬뮌 실패 후 자신을 찾아오는 모든 사람들에게 피난처를 제공하기도 했다. 사람은 살아야 하고, 그것도 행복하게 살아야 한다. 누구에게나 그럴 권리가 있음을 인정하고 이를 실현하기 위해 민주주의가 필요하다. 이 같은 신념을 구체화하느라 그는 그토록 어지러운 정치적 행보를 밟고 있었던 것이다.

> 나병이 육체적 질병이듯 빈곤은 사회적 질병입니다. 나병이 사라졌듯 빈곤도 사라질 수 있습니다. (중략) 예전에 소요의 바람이 너무도 쉽게 일곤 했던 빠리 변두리의 집과 거리에는 많은 가족이 침대도 이부자리도 없이 진흙탕에서 주워 고약한 악취를 풍기는 누더기를 걸친 채 남녀노소 할 것 없이 뒤섞여 살고 있습니다. 그 궁핍한 변두리에서는 사람들이 겨울의 추위를 피하기 위해 땅속으로 숨어듭니다. (중략) 지난달, 우리는 콜레라가 기승을 부리던 때 몽포콩 묘지의 악취 나는 쓰레기 더미 속에서 먹을 것을 찾고 있는 한 어머니와 네 아이를 보았습니다!
> — 델핀 뒤사르,『빅또르 위고』, 빅또르 위고의 연설 중에서 재인용

비참함으로부터 탄생한 위대한 벽화 레 미제라블

■───── 레옹 조제프 보나가 그린 빅또르 위고의 초상화. 위고는 레오뽈 위고 장군의 셋째 아들로 태어났다.
위엄 있는 풍채와 외모는 아버지에게서, 선이 굵으면서도 섬세한 예술가적 분위기는 어머니에게서 물려받
은 것으로 보인다. 보는 이의 시선을 단숨에 흡입할 듯한 눈매가 매력적이지만, 차차로 시선을 더욱 잡아끄
는 부분은 위고의 포즈다. 화가가 주문한 자세일 수도 있고 위고가 의도한 자세일 수도 있는데, 어느 경우
가 되었건 머리와 가슴에 놓인 두 손의 위치가 의미심장하다. 위고의 팔꿈치 아래 호메로스의 이름을 새긴
묵직한 책은 프랑스 문학의 자존심을 상징하려는 소품인 듯하다.

위고가 프랑스의 대표적인 낭만주의 작가로 손꼽히는 이유도 이와 무관하지 않다. 19세기 빠리에 사는 정치적 자유주의자가 문학을 할 때 탄생될 수 있는 것은 오직 낭만주의 문학이었다. 이전 세대의 고전주의에 반기를 든 당시 젊은 낭만주의자들은 상상력과 창조력을 한껏 발휘해 개인의 해방과 예술의 해방을 외치기 시작했다. 지금껏 보편타당하다 여겨졌던 모든 진리가 의심의 대상이 되었다. 인간의 자유와 존엄을 신이 사는 피안의 세계, 높은 왕좌가 솟아 있는 절대왕정의 왕국이 아니라 바로 지금 여기에서 스스로 고민하려는 시도, 낭만주의 문학가들은 이를 과업으로 삼았다. 때문에 우리가 피상적으로 떠올리는 낭만주의와 달리 당시 낭만주의 문학은 가장 현실 참여적이고 역사적인 문제의식 하에 앞으로 나아가고 있었다.

노동자들의 처진 어깨, 교육에서 소외된 아이들, 길거리에서 매춘을 해야 하는 여성들, 전장에서 스러져 가는 젊은 병사들. 그들이 회상하는 빛나는 어느 한때, 그리고 느닷없이 꺼지는 빛. 위고는 평생 동안 이를 문학적으로 형상화하는 작업에 몰두했다. 그의 연적戀敵이기도 했던 비평가 쌩뜨뵈브는 이를 두고 "되풀이 능력만 증명하는 것일 뿐, 그에게는 완벽함이 없다."고 꼬집기도 했다. 매번 같은 이야기만 우려먹을 뿐 결점을 고칠 능력도 의지도 없다는 것. 하지만 모든 이들이 위고를 이렇게 혹독하게 평한 것은 아니다. 철학자이자 문학비평가 루카치는 위고의 작품에서 혁명적 민주주의를 진작시키는 미래지향적 경향을 높이 산 바 있다.

위고의 역사소설에서 우리는 전에 없던 점들을 발견한다. 이전에도 역사적 소재를 다룬 작가들은 많았으며, 동시대 리얼리즘 작가들도 시대를 사실적으로 그려 냄으로써 인간을 고찰하고 사회를 다른 눈으로 바라보았다. 『인간희극』이라는 방대한 프로젝트를 진행한 발자끄는 라스띠냐끄와 고리오 영감을 통해 자본주의와 근대, 속물주의를 까발렸고, 스땅달은 세계에 저항하다 끝내 패배하는 불운한 청년 쥘리앵 쏘렐을 통해 부르주아 계급 사회를 고발했다. 이들 위대한 프랑스 리얼리스트와는 달리 위고는 낭만주의 노선을 택했다. 시뿐만 아니라 산문에서도 위고의 도취된 정열은 흘러넘치기 바쁘다. 소설에서 그는 절제하지 않는다. 웅변하고, 이리저리 헤매고, 주인공에 동화되어 함께 고통받고 눈물 흘린다. 위고는 객관적인 역사적 사실보다도 자신의 주제를 살려 내기 위해 낭만적이고 위대한 주인공을 만드는 데 더욱 몰두한다. 역사적 진실이 다소 왜곡되더라도 자신의 자유로운 상상을 통해 위대한 시간과 인물을 창조해야 한다고 여겼기 때문이다. 이것이 알프레드 드 비니(1797~1863, 위고와 함께 프랑스 낭만주의 문학동인 '세나클'에서 활동함)를 위시한 낭만주의 작가들의 역사소설관이었다.

하지만 그보다 더 주목해야 할 것은 그가 발자끄나 스땅달처럼 특정 개인이 아니라 '민중'을 주인공으로 삼았다는 사실에 있다. 『빠리의 노트르담』의 기적궁 거지들, 『레 미제라블』의 1832년 소요의 주역들은 모두 빠리의 이름 없는 이들이었다. 귀스타브 꾸르베(1819~1877, 프랑스 사실주의 화풍의 선도자)가 말 그대로 무리로서의 민중을 화폭에 담고, 칼 마르크스가 팸플릿 『공산당 선언』에서 혁명의 주체로서 민중을 프롤레타리아트로 호명하던 바로 그 시기, 위고는 기적처럼 찰나의 해방구를 여는 존재로서 저 가난하고 지저분한 민중을, 불행하고 비참한 사람들을 지목했던 것이다. 이들의 비루한 삶과 뜻밖의 잠재력 둘을 모두 성찰한 위고를 통해 그들은 당당하게 소설의 주인공 자리를 획득할 수 있었던 것이다. 이는 같은 시대 사실주의 문학가 플로베르가 부르주아 사회를 비판하면서 부르주아 계급의 개인을 주인공(보바리 부인)으로 삼았던 것과는 매우 다른 선택이었다. 요컨대 위고의 인도주의란 단순히 가련한 민중을 동정하고 그들에게 시혜를 베풀자는 주장에서 그치는 것이 아니라, 그들을 힘과 의지를 소유한 역사의 주인공으로 바라보는 데에서 시작된다. 그것이 위고가 견지한 사상의 시작이요 정수다.

흔히 우리는 낭만주의와 사실주의(리얼리즘) 두 가지 잣대로 예술작품들을 분류하곤 한다. 하지만 대개의 훌륭한 작품들은 이 경계를 온통 흐려 버리기 일쑤다. 실상 사실주의는 단순 재현과는 질적으로 다른 차원에서 성취된다. 작가 중 어느 누가 현실을 보고, 감각하고, 수용하지 않은 채 창작을 할 수 있겠는가. 진정한 작가는 눈앞의 현실에 맹목적이지 않고, 그 이면을 보고, 그 다음을 본다. 즉, 그는 현실을 보되 현실을 무의미하게 좇아가지 않는다. 그런 의미에서 모든 예술가는 사실상 리얼리스트다. 이 같은 맥락에서 보자면 위고야말로 진정한 리얼리스트라 할 만하다. 시대의 현실을 직시하면서 동시에 그 다음을 조망하고 꿈꾸는 자, 두 개의 눈, 복수의 렌즈를 가지고 있는 자, 지금껏 늘 소설 세계의 변방에서 악역으로 살아온 민중에게서 위대함을 발견한 자. 이쯤 되면 위대한 낭만주의자 위고의 적수는 더 이상 리얼리즘이 아니게 된다. 모든 훌륭한 작가들이 그렇듯 그는 낭만주의니 사실주의니 하

비참함으로부터 탄생한 위대한 벽화 레 미제라블

는 경계를 지워 버리고, 독자들에게 그의 시선으로 세계를 보길 당당하
게 요구했으므로.

『레 미제라블』이라는
대하大河에 이르기까지

'레 미제라블Les Misérables'은 한국어로는 '비참한 사람들' 정도로 번역된다. 위고가 '레 미제르(비참함)'라는 제목으로 이 작품을 처음 구상한 것은 1845년이지만, 그로부터 3년 뒤 분출된 2월 혁명으로 집필은 잠정 중단된다. 그가 다시 펜을 든 것은 10여 년 후의 일이다. 나뽈레옹 3세에 의해 망명생활을 해야 했던 위고는 딱히 할 일이 없었던 듯하다. 그래서 심심파적으로 글을 썼다? 오, 물론 그건 아니다. 일상의 자질구레한 일들, 가끔은 타협해 줘야 할 제반 조건들에서 자유로운 그 시간만큼 글을 쓰기 적합한 때도 없었을 터. 위고는 세상과 제대로 직면할 기회를 모처럼 얻은 셈이다. 그는 이제야 자신의 가장 방대한 작품에 본격적으로 집중하기 시작했다. 1861년 6월 30일 오전 8시, 드디어 위고는 마지막 문장의 마침표를 찍었다. 재개한 지 3년이 지난 시점이었다. 친구에게 보내는 편지에서 그는 이와 같이 말하고 있다. "이제는 죽어

비참함으로부터 탄생한 위대한 벽화 레 미제라블

도 좋네."

스물일곱에 『사형수 최후의 날』을 쓸 때 이미 위고의 이와 같은 행보는 예정되어 있었던 것일지 모른다. 이 짧은 소설은 사형을 언도받은 한 남자의 고독과 상념을 그리고 있다. "단두대의 붉은 받침대 아래 홍건히 고인 피 속에서 꼼짝 않고 누워 있는" 죽은 자의 영혼을 읽어 보길 권하는 젊은 작가의 태도는 무엇보다도 인도주의 정신에 입각한 것이었다. 그로부터 2년이 지나 청년 위고는 다시 『빠리의 노트르담』이라는 소설을 발표했다. 여기에서 그는 길 위에서 움싯거리고 웅성거리는 빠리의 군중들, 그리고 그들을 품고 있으면서 동시에 그들에 의해 끊임없이 변화하는 빠리 시를 조감하면서 인간과 인간 세계에 대해 고찰한다. 이 역시 『레 미제라블』을 위한 주요한 맹아가 되었다.

제목이 '비참한 사람(Le Misérable)'이었다면 주인공은 장 발장 한 사람이었겠지만, 알다시피 이 작품의 제목은 '비참한 사람들(Les Misérables)'이다. 그러니 작품이 다루고 있는 것은 여러 가지 비참한 삶의 형태일 터. 1862년 출간된 이 작품은 프랑스 수도 빠리에 드리워진 그림자 속에 웅크리고 사는 비참한 사람'들'에 대한 이야기다. 은촛대를 훔치는 장 발장, 거리의 여자로 전락한 팡띤느와 그녀의 사생아 꼬제뜨, 꼬제뜨를 위탁받은 비열한 천성의 떼나르디에, 꼬제뜨를 사랑하게 되는 청년 마리우스, 장 발장을 좇는 형사 자베르 등이 작품의 큰 주제를 떠받치며 저마다의 이야기를 엮어 가는 주연급 주인공들이다. 주연급도 복수이지만 이들 주변에서 이야기의 줄기를 풍성하게 만드는 조연들은 단지 인간에 한정되지 않는다. 공간과 거리, 사건과 사물, 제도와 언어

등 비참한 현실과 찬란한 미래를 사유하기 위해 짚고 가야 할 모든 것이 '들'이라는 복수형에 결속될 수밖에 없기 때문이다. 그리하여 빠리의 골목골목에는 좀도둑과 부랑아 들이 어슬렁거리고, 하수는 악취를 풍기면서 땅 밑을 구불구불 흐르고, 미혼모들은 길에서 남자들의 소매를 붙든다. 어떤 페이지는 수십 년 전의 워털루 전투에서 하늘을 바라보며 죽어가는 병사들에 머물고, 또 어떤 페이지는 공원에 서 있는 조각상 안으로 기어들어가 잠을 청하는 고아 형제들이 느끼는 한기에 머문다.

이렇게 위고는 빠리의 구석구석에 존재하는 비참한 삶들에 주목하면서 19세기 프랑스의 자화상을 완성함과 동시에 생명 존재의 살 권리를 고찰하는 데로 나아간다. 이는 위고의 독특한 역사 인식에서 기인하는 바, 인간의 삶을 각자의 개별적 문제로서가 아니라 보다 거대한 역사적 시점 안에서 들여다봐야 한다는 문제의식의 발로였다.

실상 장 발장은 작품 속 모든 등장인물들의 대명사일지도 모른다. 그 이름부터가 의미심장한데, 프랑스에서 가장 흔하고 평범한 이름 '장 Jean'과 '이름에 걸맞다', '매우 ~답다'는 의미의 '발장 Valjean'이라는 성이 결합해 만들어진 그 이름 '장 발장'은 결국 가난하게 살아가는 평범한 사람의 전형에 가장 잘 어울리는 이름, 즉 민중의 이름에 다름 아니다. 작품 속 모든 인물과 거리거리를 관통하며 우여곡절을 겪는 주인공 장 발장은 그 자체로 이미 복수적 개념이 된다.

위고는 『레 미제라블』에 대한 자신의 야심을 이렇게 표현한 바 있다. "단떼가 지옥을 그려 냈다면, 나는 현실을 가지고 지옥을 만들어 내려

했다." 지옥을 만든다고? 안 그래도 지옥처럼 지긋지긋한 현실을 소설을 통해 다시 한 번 환기시킬 필요가 있을까? 대체 위고는 무엇을 꾀했던 걸까?

그의 생각은 간결하다. 지옥을 넘어서기 위해서는, 지옥을 없애기 위해서는 일단 그 지옥을 봐야 한다. 비참함을 없애기 위해서는 지금 사회의 비참함을 봐야 한다. 단떼가 『신곡』의 제일 처음을 「지옥편」으로 상정하고 차차 올라가 「천국편」으로 이야기를 끝낸 것도 같은 이유일 터이다. 이 세계의 비참함을 인정하라. 현실의 지옥을 직면하라. 다음 발걸음은 그 이후에 가능해진다!

이 같은 야심 탓일 것이다. 그의 작품은 통상 우리가 아는 소설이기보다는 시와 서사시와 풍속사 그리고 정치·사회 평론의 결합처럼 보인다. 그는 장 발장을 따라가다 말고 우리 시대 종교를 논하고, 고뇌하는 마리우스를 홀로 남겨 두고 옛날에 벌어진 전쟁 이야기를 늘어놓는다. 『빠리의 노트르담』에서도 마찬가지다. 위고는 곧잘 삼천포로 샌다. 덕분에 작품 길이는 놀랄 정도로 방대해진다. 줄거리를 요약하려고 들면 얼마 되지 않는데, 그 곁가지들이 참 많다. 하지만 위고는 결코 이를 곁가지로 여기지 않았다. 위고가 보는 세계는 이 모든 것이 결합된 존재이며, 그것들은 지금도 서로 화학작용을 벌이는 중이다. 이것도 위고의 야심이었을지 모르겠다. 그는 혼돈과도 같은 이 세계를, 혼돈 그 자체를 통해 그려 보이고자 한 것 같다.

우리는 어느덧 '레 미제라블'이라는 거대한 강 앞에 와 섰다. 강의 수면 속을 들여다보자. 강물의 도저한 흐름에서 이제 우리 눈으로 인간들이 살고 있는 지옥을 직접 보아야 할 때다.

작가 서문

법과 관습을 통해서, 문명의 한가운데에 인위적인 지옥을 만들어 내고 인간의 신성한 운명을 불행으로 뒤엉키게 하는 사회적 저주가 존재하는 한, 금세기의 세 가지 문제·빈곤으로 인한 인간의 타락과 기아로 인한 여성들의 쇠약, 무지함으로 인한 아이들의 발육 부진이 해결되지 않는 한, 몇몇 지역에서 사회적 질식이 일어날 수 있다면, 다시 말해서 좀 더 넓은 시야에서 보아 이 지상에 무지와 가난이 있는 한, 이러한 책들이 쓸모없지는 않으리라.

— 오뜨빌 하우스, 1862년 1월 1일

비참함으로부터 탄생한 위대한 벽화 레 미제라블

장 발장,
사회가 낳은
레 미제라블

2

정답 없는 세계
—의인 미리엘 주교의 싸움

처음 『레 미제라블』을 접한 독자라면 누구나 한 번쯤 놀라는 점이 있다. 그것은 장 발장의 '출연 분량'이 우리 짐작보다 훨씬 적다는 사실이다. 작품의 절반가량은 장 발장과 만나는 다른 사람들, 그리고 그들이 만드는 도시 풍경과 역사 묘사에 할애된다 해도 과언이 아니다. 아마 작품 도입에서부터 놀라는 독자도 있으리라. 『레 미제라블』을 시작하는 인물이 장 발장이 아니라 다른 사람이기 때문이다. 위고 작품의 특성상 각 편을 이루는 이야기의 분량이 적지 않아, 우리는 이 소설의 주인공이 도대체 누구인지 헷갈리기조차 한다.

　작품 1부 1편의 주인공은 그럼 누구일까? 미리엘 주교다. 그 유명한 에피소드, 은촛대 이야기에서 장 발장에게 은촛대를 싸 주던 그 신부 말이다. 미리엘 주교는 1806년부터 디뉴의 주교직을 맡고 있었고, 1815년 어느 저녁 장 발장을 맞이하게 된다. 장 발장에게는 그것이 인

　　　　　비참함으로부터 탄생한 위대한 벽화 레 미제라블

생의 가장 큰 사건이었을지 몰라도 주교에게는 그렇지 않았다. 그는 그저 늘 하던 일을 한 것일 뿐이다. 하지만 미리엘 주교도 단 한 번, 자신을 뒤흔든 어떤 사람과의 만남을 마음속에 간직하고 있었다. 이는 그가 장 발장과 만나기 몇 해 전에 있었던 일이다.

혁명의회 의원이었던 G가 시종 하나와 함께 디뉴 근처에서 살고 있었다. 누구도 그와 왕래하지 않았고, 사람들은 그에게서 공포와 혐오감을 동시에 반반씩 느꼈다. 그런 그가 곧 죽게 되리라는 소문이 마을에 퍼졌다. 이에 주교는 자신의 의무를 떠올리며 주저함 없이 G를 방문했다. 그런데 이게 웬일인가. 그는 다 죽어가는 남자 G와 논쟁을 시작해 버린다. 심지어 G에 대한 자신의 반감을 감지하게 된다. 평소 자기 이름 뒤에 따라붙는 '예하'라는 극존칭을 달가워하지 않던 그였건만, 이 자리에서 G가 자신을 그렇게 부르지 않으니 약간의 충격까지 받았다.

"그러면 루이 17세의 일은 어떻게 생각하시는지요?"

혁명의회 의원이 손을 뻗어 주교의 팔을 잡았다.

"루이 17세의 일이라! 자, 어디 봅시다. 당신은 누구를 위해 눈물을 흘리십니까? 순진한 어린애를 위해서입니까? 그렇다면 좋습니다. 저도 당신과 함께 눈물을 흘리지요. 왕실의 아이를 위해서는 어떻습니까? 거기에 대해선 좀 더 숙고해 보시길 권하고 싶군요. 저에겐 오로지 까르뚜슈(유명한 도적의 우두머리)의 동생이라는 죄목으로 그레브 광장에서 죽을 때까지 겨드랑이가 묶여 있었던 무고한 아이의 일이, 루이 15세의 손자(즉 루이 16세의 아들)라는 죄목으로 성의 탑에서 순교한 죄 없는 어린

■ ─── 목판화 상단에 새겨진 라틴어 'CARITAS'는 사랑, 애덕 따위로 번역되는데 기독교 교리의 핵심인 사랑의 본질을 담고 있는 말이다. 영어 'charity(자선)'가 여기에서 유래된 단어이다. 『레 미제라블』 1부 1편의 제목 〈의인〉은 바로 미리엘을 지칭하는 것이다. 미리엘은 1806년 디뉴의 주교로 부임한 지 나흘째 되던 날 널찍하고 화려한 주교궁과 비좁고 허름한 병원 건물을 맞바꾸었다. 그 뒤로 디뉴 사람들은 '환영받는 사람', '고마운 이'라는 뜻을 담아 그를 '비앵브뉘 예하'로 불렀다. 우리는 미리엘 주교의 사랑과 자비의 행보를 통해 위고의 사상을 엿보게 된다.

아이의 죽음 못지않게 슬픕니다."

"그 두 이름을 나란히 늘어놓고 비교하는 건 썩 마음에 들지 않군요."

"까르뚜슈 때문이오? 아니면 루이 15세? 둘 중 어느 이름 때문에 그런 말씀을 하십니까?"

잠시 침묵이 흘렀다. 주교는 여기에 온 것이 조금 후회되었다. 그러나 어렴풋이 마음이 이상하게 흔들리고 있음을 느꼈다.

혁명의회 의원이 다시 말을 이어 갔다.

"아! 사제님께선 적나라한 진실을 좋아하지 않으시는군요. 그리스도 그분은 이를 좋아하셨지요. 그분께선 회초리를 들고 성전의 먼지를 털어 내셨습니다. 빛이 가득한 그분의 채찍은 진실을 말하는 엄한 입이었습니다. 그분께서 씨니떼 파르불로스("아이들이 나에게 가까이 오도록 내버려 두라."는 예수의 말을 표현한 라틴어 문장의 앞 두 어절임)라고 외치실 때, 그분께선 어린 아이들을 구별하지 않으셨습니다. 그분께선 바라바의 장자와 헤롯 왕의 장자를 나란히 놓는 걸 꺼려 하지 않으셨습니다. 주교님, 순결은 그 자체로 왕관이 됩니다. 왕가 출신이라는 것이 특별한 의미를 가지지 못하지요. 순결함은 누더기를 걸치건 왕족 가문으로 치장하건 마찬가지로 숭고한 것입니다."

"맞습니다." 주교는 나지막한 목소리로 말했다.

"제가 강조하고자 하는 건," 하고 혁명의회 의원이 계속해서 말했다.

"당신은 저에게 루이 17세의 일에 대해 언급하셨습니다. 좋습니다. 우리는 모든 순결한 사람들과 모든 순교자들과 모든 아이들을 위해서, 지체 낮은 이들과 지체 높은 이들 모두를 위해서 눈물을 흘리지요? 저는 그렇습니다. 그러나 말씀드렸던 것처럼 93년(공포정치가 시작된 1793년을 말함)보다 훨씬 이전으로 거슬러 올라가서 그래야 합니다. 그리고 루이 17세 이전부터 우리의 눈물을 시작해야 합니다. 저는 당신과 함께 왕실의 아이들을 위해서 눈물을 흘릴 것이니, 당신도 저와 함께 백성들의 아이들을 위해서 눈물을 흘려 주십시오."

"저는 모든 이들을 위해 눈물을 흘립니다." 주교는 말했다.

"평등하게 말이지요! 그리고 만약 저울이 기울어야 한다면 백성들 쪽으로 기울어야 합니다. 그들이 고통받아 온 시간이 더욱 기니까요."

미리엘 주교의 신념에 찬 삶이 사랑에 기반을 둔 것과 마찬가지로 혁명가 G의 삶 역시 그랬다. 지상의 존재들이 보다 행복하게 살기를 바란다는 점에서 종교 교리와 혁명 구호는 맞닿아 있다. 그러나 혁명가 G는 천상의 사랑이 보여 주는 안일함을 비판한다. 모든 이를 사랑하라는 가르침은 지금의 프랑스 사회에서는 가당치도 않은 말이었다. 거기 더해 종교는 기만적이기까지 했다. 17세기 신교도 박해를 보라. 신의 사랑을 두고서 패가 나뉘어 피를 흩뿌리기 바쁜 게 교회의 일이었다. 그럼에도 미리엘 주교 당신은 혁명 그룹의 폭력성에 대해 이토록이나 마뜩지 않아 하는 것인가? G가 보기에 프랑스 땅을 상처투성이로 만든 공범자들 중 하나가 바로 미리엘 주교가 몸담고 있는 교회였다. 주교의 지적대로 혁명 그룹은 노여워했다. 노여움에 겨워 파괴했다. 그렇게 하지 않고서는 억압받는 백성들을 해방시킬 수 없다고 믿었기 때문이다. 주교와 G 사이의 갈등에 대해 어느 누구의 손을 들어 주기는 힘들다.

비참함으로부터 탄생한 위대한 벽화 레 미제라블

여기서 옳고 그름을 이야기해 봤자 큰 의미는 없다. 설령 논쟁을 통해 G가 이겼다고 해도, 그것이 그의 말이 옳다는 것을 의미하는 것은 아니다. 논쟁에서 이긴다는 게 꼭 진실을 담보함을 뜻하는 것은 아니기 때문이다. 기원전 중국의 장자莊子는 이렇게 말하지 않았던가. "내가 자네를 이기고 자네가 나를 이기지 못했다면, 나는 정말 옳고 자네는 정말 그른 것인가? 한쪽이 옳으면 다른 한쪽은 반드시 그른 것인가? 두 쪽이 다 옳거나 두 쪽이 다 그른 경우는 없을까?" 결국 관건은 우리가 어느 지점에서 어떻게 실천하느냐, 오직 그것뿐이다. 각자가 무엇을 선택하고, 어떻게 행위하며, 이후 그것을 어떻게 감당할 것인가, 오직 이것만이 문제가 된다.

미리엘 주교가 보기에 혁명 그룹은 폭력을 택했고, 이는 신을 저버린 행위가 된다. 그는 이어서 생각했다. 하지만 우리 인간들은 천상의 존재들이 아니라 바로 여기, 지상에서 살고 싸우지 않는가! 주교는 지금까지 자신은 이것을 애써 무시했거나 혹은 단순히 이에 대해 무지했다는 것을 인정했다. 이 일을 계기로 그는 보다 근원적인 차원에서 지상의 불평등과 대다수 인간들의 빈곤에 대해 사유하기 시작했을 터이다. 그러나 표면적으로는 달라진 것이 없었다. 그는 그저 좀 더 온화해졌을 뿐이다. 그가 할 수 있는 것은 오직 하나였다. 자신의 사랑을 어린아이들과 고통받는 이들에게 전심전력으로 쏟는 것. 이번 생에 지상에서 할 수 있는 일이라곤 오직 이것뿐임을 모두 인정하고 받아들였다는 듯이.

그런 면에서 작품 첫 장이 장 발장이 아니라 미리엘 주교의 이야기로 시작되는 것은 매우 탁월한 구성이라 할 수 있다. 미리엘 주교는 답이

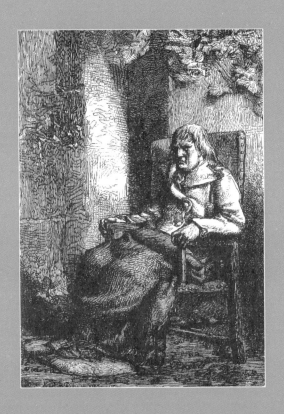

■──── G는 고요하되, 상체가 여전히 꼿꼿하고 음성이 우렁차서 생리학자들을 놀라게 할 만한 풍채의 팔순 노인이었다. 대혁명이 시대에 걸맞는 그 같은 사내들을 많이 배출했다. 그 노인에게서 모진 시련을 이겨 낸 인간의 풍모가 느껴졌다. 임종을 앞두고서도, 건강한 사람의 몸짓을 고스란히 간직하고 있었다. 투명한 시선, 단호한 말투, 당당한 어깨의 움직임 속에는 죽음마저 아연케 하는 무언가 있었다. ─ 1부 1편, 〈미지의 빛과 마주한 주교〉

없는 이 세계에서 인간이 어떤 갈등에 처하게 되는지, 그리고 그러한 갈등 속에서 어떻게 최선을 다할 수 있는지 몸소 보여 준다. 이렇게 하여 장 발장을 만나기 전 이미 우리는 미리엘 주교를 통해 위고가 보는 세계와 위고의 비전을 파악할 수 있게 되는 것이다.

미리엘 주교로부터 배턴을 이어받은 장 발장 역시, 인간이 비참함과 존엄을 늘 동시에 지니고 있는 존재임을 가장 제대로 보이는 인물이라는 점에서 충분히 멋지다. 그는 인간이 살아가는 내내 얼마나 많은 시험대 위에 서게 되는지, 그 시험대 앞에서 얼마나 많은 유혹 속에서 흔들리는지, 그리고 그것을 어떻게 통과함으로써 비로소 고귀함을 얻게 되는지를 보여 준다. 우리 생의 모습 역시·이와 같지 않던가. 사방에 협곡과 개골창, 늪이 도사리고 있어 수시로 미끄러지고 때로는 허방을 짚으면서도 우리들은 어딘가로 향한다. 때로는 멈추고 싶더라도 차마 그럴 수 없는 이유는 멈추지 않고 걷는 것 그것이 곧 우리의 살아 있음에 대한 표현이기 때문이다. 무언가를 원하고, 그것을 위해 고민하고 싸우고, 또 시간이 가면 다시 그것과 이별하는 과정이 곧 우리들 생이다. 장 발장의 험난한 여정은 그러므로 우리 삶의 축약된 형태, 또 다른 판본에 다름 아니다.

내 이름은 24601번!

대혁명과 공포정치, 떼르미도르 반동, 워털루 전투, 복고왕정, 7월 혁명과 2월 혁명……. 장 발장은 이렇듯 힘겹게 몸을 뒤척이는 프랑스 땅에서 그 고통의 현현顯現인 양 등장했다. 자신의 신념과 명분, 욕망을 위해 피 터지게 싸우는 19세기 프랑스 한복판에서 그 역시 처절하게 부딪히고 깨지기 바쁘다. 1796년부터 1815년까지 도형장에서 도형수로 살아야 했던 그 19년이 장 발장에게는 도저히 흐르지 않는 시간이었으나, 사실상 프랑스는 제1공화국을 거쳐 제1제정, 그리고 왕정복고로 시시각각 변화하고 있었다. 출감하고 보니 프랑스의 꼭대기에는 다시 왕이 앉아 있었다. 나뽈레옹이 엘바 섬에서 빠져나와 워털루 전투를 치르고, 쓰디쓴 고배의 잔을 마신 뒤 다시 세인트헬레나 섬으로 유배된 지 석달이 지나고 나서였다. 세상은 다시 부르봉 왕가의 것이 되었다.

장 발장은 그 후 18년을 더 살다가 사망한다. 1833년, 왕관이 루이 18

비참함으로부터 탄생한 위대한 벽화 레 미제라블

세에서 샤를 10세를 거치고, 루이 필리프의 머리 위에 얹혀 있었을 시기다. 그때까지 장 발장은 내내 도망다녀야 했다. 실제로 우리가 『레 미제라블』에서 빈번하게 목격하게 되는 것은 숨 가쁘게 뛰어다니는 장 발장의 모습이다. 사법당국의 눈을 피해 달아나고, 자신을 위협하는 범죄자를 따돌리고, 자기 양심을 애써 외면하느라 분주히 움직이는 한 사내. 오늘의 정답이 내일이면 오답이 되는 격변기에, 어느 것도 확신할 수 없으며 마음 놓고 기댈 곳도 어디 하나 없는 땅에서, 장 발장'들'은 그렇게 절박하게 살 수밖에 없었다.

스물다섯의 청년이었던 장 발장은 나무 곁가지를 치거나 수확을 돕는 등 돈 되는 일이라면 뭐든 했지만, 그래도 늘 배가 고팠다. 남편 없는 누이, 그리고 그녀의 일곱 아이와 함께 살고 있었기 때문이다. 모든 가난한 이들에게 겨울은 언제나 춥고 배고픈 계절이지만, 1795년 그 해는 유독 심했다. 대혁명 이후 수립된 혁명정부와 나뽈레옹 치세 사이의 과도기가 막 시작된 이때, 프랑스 내의 경제·사회적 위기는 최고조에 다다랐다. 소수의 부자들은 막대한 향락을 누리며 투기를 일삼았지만, 나머지 대다수 국민은 극빈 상태에서 허덕이고 있었다.

저녁이면 그는 지친 몸으로 돌아와 말 한마디 없이 스프를 먹었다. 그의 누나 잔느 아주머니는 그가 먹고 있는 중에도 고깃덩어리, 비계 조각, 양배추 고갱이 같은 맛있는 부분을 그의 그릇에서 가져다 그녀의 아이들 중 한 명에게 주곤 했다. 그는 언제나 머리가 그릇에 처박힐 정도로 몸을 식탁으로 구부렸다. 긴 머리카락이 그릇 주위로 흘러내리고 그의 눈을 가렸으나, 그는 아무것도 보지 못한 것처럼 내버려 두고서 묵묵히 먹기만 했다. 파브롤에는, 발장의 초가집에서 멀지 않은, 좁은 길 맞은편에, 마리-끌로드라는 농사짓는 여인이 살고 있었다. 발장이 돌보던 아이들은 늘 굶주려서, 가끔 마리-끌로드에게 가서는 엄마 이름을 대고 우유 1뺑뜨(약 0.93리터. 영어 '파인트'가 여기서 유래함)를 얻어서는, 울타리 뒤나 오솔길의 한 구석으로 가 마셨다. 우유가 든 통을 서로 빼앗으려고 하면서 허겁지겁 마시느라, 아이들은 앞치마나 도랑에 우유를 쏟기도 했다. 아이들의 어머니가 이를 알았다면, 그 가벼운 잘못을 엄하게 다스렸을 것이다. 평소에 거칠고 퉁명스러워 보이는 장 발장은 아이들의 어머니를 대신해 마리-끌로드에게 우유 값을 치렀고, 아이들은 덕분에 벌을 면하고는 했다.

장 발장은 정직하고 성실한 남자였지만, 배고픔과 가족에 대한 의무 앞에서는 버틸 도리가 없었다. 어느 날 저녁 그는 빵집 유리를 깬 뒤 그 틈으로 우악스럽게 제 팔을 집어넣었다. 그러고는 빵 한 덩이를 집어든 뒤 달아났다. 그러나 처음으로 시도한 도둑질은 실패로 끝나 버렸다. 팔이 피투성이가 된 채로 장 발장은 붙잡혔고, 빵덩이는 이미 어디론가 내던져 버린 뒤였지만 '절도 및 야간 가택 침입'이라는 죄목으로 유죄판결을 받았다. 재판이 진행되는 동안 살기 위해 밀렵꾼 일을 했다는 사실이 밝혀지면서 처벌은 가중되었다. 그에게 무려 징역 5년형이 선고된 것이다. 고작 빵 한 덩이 때문에 청년은 가난한 어느 집의 가장에서 도형수로 전락하게 된 것이다. 하지만 그 이유는 단지 그가 빵을 훔

비참함으로부터 탄생한 위대한 벽화 레 미제라블

쳤기 때문이 아닐 터이다. 혼란기의 법은 가장 가난하고 힘없는 자 앞에서 제 힘을 자랑하는 법이니까. 왜소해진 지배자들은 폭력에 대한 두려움으로 사람들을 제압해 질서를 다스리는 것 말고는 다른 방법을 알지 못하기 때문이다. 당시 도형徒刑은 지금의 징역에 맞먹는 형벌이지만 노동의 강도와 강제 노역장의 사정은 상상하기 힘들 정도로 가혹하고 열악했다. 이렇게 끔찍한 형벌이었으니, 장 발장에게 언도된 5년의 도형살이는 잘못되어도 한참 잘못된 법집행이었던 것이다. 위고보다 한 세대 전에 태어난 작가 사드 후작은 옥중에서 대혁명과 공포정치의 풍경을 보며 중얼거렸다. 공포정치는 곧 대혁명 실패의 증거라고. 저 자신 약해졌다 느낄 때 국가는 가장 냉혹해지는 법이다.

장 발장은 오직 배운 것 없고 대들지 못하고 가진 것 없는 약자라는 이유 때문에 범죄자 신분이 되었다. 그리고 이날 이후 그는 다시는 자기 누님과 조카들을 보지 못했다.

1796년 4월 22일, 빠리는 이딸리아군 사령관이 몬떼노떼에서 보내온 승전보로 활기를 띠었다. 집정관 정부가 공화국 4년 화월花月 2일(즉 바로 앞서 말한 날)에 '오백인 회의'에 보낸 전언에 장군의 이름이 부오나−빠르떼(나뽈레옹 1세의 성씨인 보나빠르뜨의 이딸리아식 발음)라고 적혀 있었다. 같은 날 비쩨트르 감옥에서는 도형장으로 보내질 많은 수의 죄수들을 쇠사슬로 묶었다. 장 발장도 이 쇠사슬에 엮인 이 중 하나였다. 이제 아흔이 되었으며 한때 그 감옥의 간수였던 자는 이 불운한 사내가 네 번째 쇠사슬 끝에 묶여 감옥 마당 북쪽 구석에 서 있던 것을 아직도 또렷

이 기억하고 있었다. 그 죄수도 다른 이들처럼 땅바닥에 앉아 있었다. 그는 자신이 끔찍한 상황에 처해 있다는 것 말고는, 자신의 처지를 전혀 이해하지 못하고 있는 듯했다. 모든 것에 무지한 이 가여운 남자의 희미한 생각들 속에, 지나친 어떤 생각이 섞여 있었는지도 모른다. 그의 머리 뒤로, 그에게 씌워진 쇠사슬의 이음새를 내리치는 망치 소리가 울리는 동안, 그는 줄곧 눈물을 흘렸고, 울면서 숨이 차올라 말을 이을 수가 없었다. 그래서 가끔씩 한마디를 할 수 있을 뿐이었다. "나는 파브롤에서 곁가지 치는 일을 하는 사람입니다." 그리고 흐느끼며 오른손을 들어 올리더니, 키가 다른 일곱 아이의 머리를 쓰다듬는 것처럼 일곱 번에 나누어 점차 손을 내렸다. 그러한 그의 몸짓에서, 사람들은 그가 무슨 일을 저질렀는지는 모르지만, 그 일이 일곱의 자식들을 입히고 먹이기 위함이었음을 짐작했다.

그는 뚤롱으로 떠났다. 목에 쇠사슬을 찬 채, 수레에 실려서 27일 만에 도착했다. 뚤롱에 도착해, 그는 붉은색의 헐렁한 윗옷을 입어야 했다. 그의 삶이었던 모든 것이, 심지어 그의 이름까지도 지워졌다. 그는 더 이상 장 발장이란 이름의 사나이가 아니었다. 그는 단지 24601번이었다. 누이는 어떻게 되었을까? 일곱 명의 아이들은? 누가 그들을 돌본단 말인가? 밑동이 잘린 어린 나무의 한 줌밖에 안 되는 잎들은 어떻게 될 것인가?

그런데 24601번은 앞으로 5년이 아니라 무려 19년간 그곳에서 복역해야 했다. 배고픔 때문에 범죄를 저질러 잡혀 들어온 다른 죄수들이

비참함으로부터 탄생한 위대한 벽화 레 미제라블

  ■──── 그가 뚤롱에서 지내는 동안 꼭 한 번 누님의 소식을 들은 적이 있었다. 도형살이 한 지 4년이 되던 해의 끝무렵이었다. 그 소식이 어떻게 그에게 전해졌는지는 모른다. 그들과 고향에서 알고 지내던 한 사람이 그의 누님을 보았다고 했다. 누님은 빠리에 있었다. 쌩-쉴삐쓰 성당 근처의 누추한 거리, 쟁드르 로에서 막내인 어린 남자아이 하나만 데리고 산다고 하였다. 다른 여섯 아이는 어디 있는가? 그건 아마 그녀도 모를 것이라고 하였다. - 1부 2편. 〈장 발장〉

다 그랬듯, 그 역시 네 차례 탈출을 시도하고 또 매번 다시 붙들렸기 때문이다. 1796년에 들어온 청년은 1815년 가을에야 석방되었다. 그는 어느덧 사십대의 중년이 되었다.

왕당파와의 결별을 선언한 1829년, 위고는 익명으로 『사형수 최후의 날』을 출판했다. 작품에는 그가 이와 같은 소설을 쓰게 된 계기를 설명하는 서문도 포함되어 있는데, 이 글에서 우리는 당시 빈민 문제와 사법제도에 대한 그의 견해를 확인할 수 있다.

헐벗은 어린 시절 사거리의 진창을 맨발로 뛰며, 겨울철 역 주변에서 떨다가는 당신들이 저녁식사를 하는 베푸르 씨의 식당 환기통에서 몸을 데우고, 쓰레기더미 속을 여기저기 뒤져 빵 껍질을 찾아내 먹기 전에 닦아 내고, 동전 한 닢을 찾아내기 위해 하루 종일 하수구를 못으로 긁어 대며, 왕의 축일에 있는 공짜 구경과 또 다른 공짜 구경인 그레브 광장에서의 사형 집행이 아니면 다른 여흥이 없는 불행한 사람들, 굶주림 때문에 도둑질을 하고, 도둑질 때문에 그 외의 일을 하는 불쌍한 녀석들, 열두 살에는 유치장에, 열여덟 살에는 도형장에, 마흔 살에는 단두대에 보내지는 계모 같은 사회 밑에서 자라는 아무런 상속권 없는 아이들, 학교나 아뜰리에(도제식으로 배우는 공방이나 작업장)에 보내서 착하고 도덕적이고 유용하게 만들 수 있었지만, 어찌할 줄 모르는 당신들이 쓸데없는 짐처럼, 때로는 프랑스 남부 항구 도시 뚤롱의 도형장인 붉은 개미집에, 때로는 빠리 근교 끌라마르의 말 없는 공동묘지 담장 안에 처넣으면서, 그들의 자유를 훔친 다음 생명을 잘라 버린 불행한 사람들…….

비참함으로부터 탄생한 위대한 벽화 레 미제라블

국가와 사법은 가난한 자들이 위법행위를 하지 않는지에 대해서만 늘 신경이 곤두서 있어 정작 근본적인 문제는 도외시한다. 위고의 문제의식은 이로부터 비롯된다. 사회 전체가 사람들을 사지死地로 내몰고 범죄자로 만든다. 그들은 배고픔 때문에 절도를 행하고, 그러면 경찰은 그들을 잡아 도형장에 보낸다. 허나 도형장이 하는 일이 무엇인가? 말 없고 무지한 빈민을 교활하고 증오심 가득한 범죄자로 만드는 것이다!

그는 거의 말이 없었다. 그는 웃지도 않았다. 일 년에 한두 번 터질 뿐인, 악마의 웃음에 뒤따르는 메아리 같은 도형수의 음산한 웃음이라도 듣기 위해선, 그를 극도로 격한 감정에 휩싸이게 만들어야 했다.

그를 보고 있으면, 계속해서 무시무시한 무엇을 바라보는 데 몰두해 있는 것 같았다.

사실 그는 무엇엔가 사로잡혀 있었다.

타고나기를 불완전했고, 또한 지성이 짓눌리면서 병들게 된 지각 활동으로 인해, 그는 막연하게 무언가 괴물 같은 것이 그의 위에 있다고 느꼈다. 그가 기어 다니던 어둡고 창백한 희미함 속에서, 고개를 돌려서 시선을 들려고 시도할 때마다 번번이, 그는 그의 위로 사물들, 법률들, 편견들, 사람들, 사건들이 소름끼치는 경사면을 만들어, 끝없이 층들을 쌓아 올라가는 것을 발견하고, 격심한 공포에 사로잡히곤 했다. 층층이 쌓인 것의 윤곽은 그의 시야에선 보이지도 않았고, 그저 거대한 덩어리가 그를 겁먹게 했는데, 그것은 다름 아니라 우리가 문명이라고 부르는 경이로운 피라미드였다. 그는 굼실거리고 기괴한 덩어리 여기

저기서, 때로는 그의 가까이에서 때로는 그의 멀리에서, 접근할 수 없는 고지대에서, 어떤 무리, 어떤 생생하게 빛나는 미세한 반점을 구별해 냈다. 이곳에는 곤봉을 손에 든 도형장의 간수가, 다른 곳에는 검을 찬 헌병이, 멀리에는 주교관을 쓴 주교가, 맨 위에는 태양 같은 것 속에서 황제관을 쓰고 눈부시도록 빛나는 황제가 있었다. 그의 눈에는, 멀리 있는 그 광채들이 어둠을 흩뜨리기는커녕, 침울함과 암흑을 더하는 것처럼 보였다. 이 모든 것들, 법률들, 편견들, 사건들, 사람들, 사물들은 신이 문명에 새긴 복잡하고 신비로운 운동에 따라 오가면서 태평스럽도록 잔인하게, 그리고 냉혹할 정도로 무관심하게, 그를 짓밟고 다녔다. 불운의 밑바닥에 떨어진 영혼들, 사람들이 더 이상 시선을 두지 않는 불확실한 곳의 가장 아래에서 길 잃은 불행한 사람들, 법에서 소외된 사람들은 바깥에 위치한 사람들에게는 정말 굉장하고, 그 밑에 있는 자들에게는 무시무시한 인간 사회가 온 무게로 자신들의 머리를 누르고 있음을 느낀다.

이런 상황에서 장 발장은 생각에 젖어들고는 했으니 그 몽상의 본질이라는 것이 어떠했겠는가? 만약 맷돌 밑의 좁쌀도 생각을 할 수 있다면, 좁쌀은 아마도 장 발장이 했던 생각을 할 것이다.

도형장의 고된 노동과 간수의 몽둥이질 속에서 장 발장은 거의 입을 다물고 살았다. 말도 하지 않고 웃지도 울지도 않았다. 부지런히 일해서 일곱 조카들에게 우유와 빵을 사다 주던 장 발장 대신 거기 있는 것은 사회에 대한 악의만을 잔뜩 키운 19년차 도형수였다.

비참함으로부터 탄생한 위대한 벽화 레 미제라블

■──── 1815년 10월 초순 어느 날, 해가 지기 한 시간 전쯤, 걸어서 먼 길을 온 듯한 남자 하나가 작은 도시 디뉴로 들어섰다. 그곳 사람들은 남자의 행색을 보자마자 단박에 알아챘다. 그가 남쪽에서, 그것도 해변 지역에서 왔음을. 즉 그가 도형수임을. 판화에서 독사진처럼 판각된 장 발장 뒤로 그의 과거가 ─ 나뭇가지를 치던 시절, 빵 한 덩이, 황색 통행증, 똘롱의 도형장 ─ 아로새겨져 있다.

19년이 흘러 출감하고 나서도 상황은 달라지지 않았다. 가난에 대한 단죄는 여전히 진행되고 있었다. 그가 늘 지니고 다녀야 할 황색 통행증은 일종의 주홍글씨다. 통행증에 적힌 내용은 대략 이렇다. '장 발장, 석방된 강제 노역수, 도형장에 19년 동안 있었음. 절도 및 가택 침입으로 5년, 도주 미수 4번 14년, 이 사람은 매우 위험함.' 실제로 이 통행증 제도는 혁명정부 당시 일종의 간첩 활동을 방지하기 위해 시작된 것이었으나, 혁명정부가 사라지고 왕이 다시 들어선 이후에도 이 제도만은 살아남아 엄격히 지켜지고 있었다. 덕분에 장 발장은 자신이 도형수였음을 언제 어디서나 인식해야 했고, 또 사람들에게 인식시켜야 했다. 그는 석방 시 받게 되는 노역 수당도 제대로 받지 못했다. 이런저런 명목으로 공제된 뒤 지불된 금액에 장 발장은 기가 막혔다.

그는 이 사실을 도저히 이해할 수 없었고, 자신이 피해를 입었다고 생각했다. 그의 심정을 솔직히 표현하자면, 그는 도둑맞았다고 생각했다.

풀려난 다음 날, 그는 그라쓰의 한 오렌지꽃 증류소 문 앞에서 남자들이 짐을 부리고 있는 것을 보았다. 그는 일을 하겠다고 나섰다. 일이 바빴으므로 금방 채용되었다. 그는 일하기 시작했다. 그는 머리가 좋았고 건장했으며 능수능란했다. 그는 최선을 다해 일했다. 주인도 만족스러워하는 듯했다. 그런데 그가 일하는 동안 헌병이 지나가다 그를 발견하고 신분증을 요구했다. 그는 황색 통행증을 내밀 수밖에 없었다. 그 후 장 발장은 다시 일로 돌아갔다. 조금 전에 그는 인부 중 한 명에게 이 일로 하루에 버는 삯이 얼마나 되는지 물었다. 인부는 30쑤(1쑤는 1/20리브르. 리브르는 프랑과 동일함)라 답했다. 저녁이 되자, 다음 날 아침이면 다시 떠나야만 했으므로, 그는 주인에게 가서 일당을 치러 달라고 했다. 주인은 말없이 그에게 20쑤를 건넸다. 그는 항변했다. 이에 주인은 답하길, "이 정도면 네놈에겐 충분한 돈이야." 주인은 그를 노려보며 말했다. "감옥을 조심하라고!"

거기에서도 그는 도둑맞은 것처럼 생각되었다.

사회, 즉 국가는 그가 도형장에서 일해 받은 수당을 깎아, 많이도 훔쳤다. 그러나 이번에는 한 개인이 그에게서 소소한 양을 훔쳐 간 것이다.

석방은 해방이 아니다. 도형장으로부터 빠져나왔다 해도, 그에게 내려진 단죄에서 벗어날 수는 없다.

국가도, 주변 사람들도 모두 장 발장에게서 무언가를 훔쳐 내기 바빴다. 그는 19년 동안 강제로 노동을 해야 했고, 사회에 나와서도 오직 전과자라는 이유만으로 불평등한 처우에 대해 한 마디도 불만을 드러낼수 없었다. '한 번 범죄자는 영원한 범죄자'라는 인식 앞에서 장 발장은 속수무책 당하는 것 말고는 할 수 있는 게 없었다. 형벌이 지난 19년으로 끝난 게 아니라, 앞으로 내가 더 살 날 동안 영원히 지속될 것임을 직감했을 때 장 발장의 심경은 대체 어떠했을까! 장 발장은 이를 악물었다. 하지만 이제 시작이었다. 그는 걸어서 디뉴라는 작은 도시에 도착했다. 하지만 어느 여인숙도, 어느 가정집도 전과자에게 침대 하나, 하다못해 외양간의 한 구석조차 내주려 하지 않았다.

"손님, 당신은 여기 머무르실 수 없소."

나그네는 앉은 자리에서 반쯤 몸을 일으켰다.

"뭐라고! 내가 돈을 못 낼까 봐 염려되오? 선불을 원하시오? 말하지만, 난 돈이 있소."

"그런 것 때문이 아닙니다."

"그럼 뭐요?"

"손님께선 돈이 있지만……."

"그렇소." 나그네는 말했다.

"여기 방이 없습니다."

나그네는 태연히 말했다.

"그럼 외양간에라도 있게 해주시오."

"그럴 수가 없습니다."

"왜 그러시오?"

"외양간도 말들로 꽉 차 있습니다."

"그럼 헛간 한구석이라도 좋소. 짚 한 단만이라도 주시오. 이야기는 저녁식사 후에 합시다."

"손님께는 저녁을 내드릴 수가 없습니다."

나그네에겐 단호한 이 말이 가혹하게 들렸다. 그는 벌떡 일어섰다.

"아, 젠장! 난 배가 고파 죽을 지경이란 말이오. 난 해가 떠서부터 지금껏 걸어왔소. 120리를 걸었단 말이오. 돈을 내겠소. 먹게 해주시오."

"아무것도 드릴 수 있는 게 없습니다." 주인은 말했다.

나그네는 기가 차서 웃음을 터뜨리며 벽난로와 화덕을 향해 돌아서

비참함으로부터 탄생한 위대한 벽화 레 미제라블

며 말했다.

"아무것도 없다니! 그렇다면 저건 다 뭐란 말이오?"

"모두 예약된 것들입니다."

"누가 예약했단 말이오?"

"짐마차꾼 나리들입니다."

"다해서 몇 명이오?"

"열두 분입니다."

"스무 명은 족히 먹을 것 같아 보이는데."

"그분들이 예약한 것이고 돈도 이미 지불하셨습니다."

나그네는 다시 앉아 목소리를 가라앉히고 말했다.

"나는 이미 이 여관에 들어왔고, 시장하니, 여기 머물겠소."

여관 주인은 몸을 숙여 나그네의 귀에 대고, 그를 전율케 하는 억양으로 속삭였다.

"꺼지시오."

자신이 말보다도 못한 신세임을 안 장 발장은 극도의 모욕감을 느낀 채, 사람들의 손가락질과 수군거림을 목격할 것이 두려워 흘낏 뒤돌아보지도 못하고 발걸음을 재촉해야만 했다. "극심하게 짓밟힌 사람은 뒤를 돌아보지 않는다. 액운이 자기 뒤를 따라다닌다는 것을 너무나 잘 알고 있으므로."

장 발장은 허름한 매음굴 같은 선술집에서도 다시 내쫓김을 당했다. 도대체 이 사회에서 그에게 먹을 것과 잠자리를 줄 곳은 없단 말인가.

그는 감옥 앞을 지나갔다. 문에는 종에 연결된 쇠사슬이 늘어뜨려져 있었다. 그는 쇠사슬을 흔들어 종을 쳤다.

쪽문 하나가 열렸다. 그는 공손히 모자를 벗으며 말했다.

"간수님, 하룻밤만 재워 줄 수 있으신지요?"

한 음성이 대답했다.

"감옥은 여관이 아니오. 한 건하고 체포를 당해서 오시오. 그러면 문을 열어 드리지."

쪽문이 다시 닫혔다.

감옥조차 자신을 받아들여 주지 않는다. 정 들어오고 싶으면 또 다시 빵을 훔치던지!

절망의 또 다른 이름, 도형수

18세기 후반 프랑스는 뚤롱을 비롯한 몇몇 군항에 죄수 수용 시설을 마련했다. 그것이 바로 도형장이다. 대혁명 이전까지는 범죄자를 인도적으로 대해야 한다는 발상 자체가 없었으니 도형장 내의 시설이 얼마나 열악했을지는 눈에 보이듯 빤하다. 형편없는 위생 상태 속에서 군집생활을 해야 했던 다수의 죄수들이 옥사했고, 살아남은 죄수들은 끝없는 중노동을 견뎌 내야 했다. 도형장에 가느니 차라리 사형을 당하는 게 낫다는 말이 있을 정도였다.

장 발장은 "몽둥이질 아래에서, 쇠사슬 밑에서, 지하 감방에서, 피로 속에서, 도형장의 뜨거운 태양 아래에서, 도형수들의 널빤지 잠자리 위에서" 자신이 무엇을 잘못했고, 또 사회는 무엇을 잘못했는지, 자신이 이곳에 있는 것에 어떤 부당함이 있는 것은 아닌지 내내 생각했다.

그는 인간 사회가 그 구성원들에게 사회가 행한 부조리한 부주의와 무자비한 용의주도함을 똑같이 따르도록 요구하고, 하나의 결핍과 하나의 과도함, 즉 일자리의 부족과 처벌의 과함 사이에 놓인 불쌍한 이들을 체포할 권리가 있는지를 스스로에게 물어보았다. 또 사회가, 우연하게 이루어진 재산의 분배에 있어서 그 몫이 가장 형편없는 구성원들, 그렇기에 가장 배려받아야 하는 그들을 이와 같이 대하는 것이 너무한 일이 아닌가 자문했다.

장 발장은 결국 탈옥을 결심하고 시도한다. 하지만 제아무리 용력이 대단한 장 발장이라 하더라도 탈옥에 성공할 수는 없었다. 육지에서는 언젠가 붙들릴 수밖에 없었고, 그렇다고 바다로 뛰어들면 익사밖에는 남은 길이 없었으니까.

도형장은 1854년이 되어서야 폐지된다. 장 발장이 사망하고 20여 년이 흐른 다음이다. 도형장 밖으로 나와 미리엘 주교를 만남으로써 전혀 다른 길을 걷게 된 장 발장이지만, 그럼에도 도형장의 기억은 여전히 심연에 자리한 공포로서 남아 있었다. 4부 「쁠뤼메 거리의 전원시와 쌩-드니 거리의 서사시」에 이를 잘 보여 주는 대목이 있다.

1832년, 그는 길에서 도형살이를 가기 위해 이동 중인 도형수 무리와 맞닥뜨리게 된다. 하나의 쇠사슬에 엮인 도형수들은 그의 눈에 인간이 아니라 정체불명의 덩어리 같았다.

가까이 올수록 그 덩어리는 윤곽을 이루고, 나무들 뒤에서 유령처럼 창

비참함으로부터 탄생한 위대한 벽화 레 미제라블

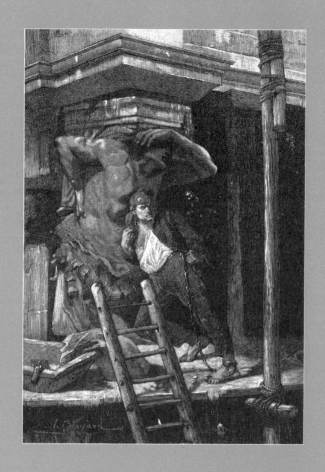

■───── 빠뜨려서는 안 될 이야기가 하나 있으니, 그가 도형수들 가운데 누구와도 견줄 수 없을 정도로 용력이 출중했다는 사실이다. 닻줄을 감아올리는 권양기를 돌리는 따위의 노역에서 장 발장은 네 사람 몫을 해냈다. 엄청나게 무거운 물건을 등에 짊어지고도 끄떡없어, 때로는 크릭이라고 불리던 기중기를 대신하는 수도 있었다. 전에는 사람들이 그 기계를 가리켜 오르괴이유라고 하였는데, 여담이지만, 빠리의 레 알 시장 근처에 있는 길의 이름 몽또로괴이유는 그 기계 이름에서 유래하였다. 그의 동료들이 그에게 '장─르─크릭'이라는 별명을 붙여 주었다. 한번은 뚤롱 시청의 발코니를 수리하는데, 쀠제(프랑스의 조각가이자 화가)의 유명한 조각상 기둥 하나가 주춧돌에서 뽑혀 쓰러지려고 했다. 마침 그곳에 있던 장 발장이 어깨로 그 기둥을 떠받치고는 인부들이 도착할 때까지 기다렸다. ─ 1부 2편, 〈절망의 이면〉

백하게 모양을 만들어 갔다. 덩어리가 문득 흰 빛을 띠었다. 천천히 떠오르던 태양이, 무덤 속 같으면서 동시에 살아 있는 그 우글거림 위에 희미하게 빛을 드리운 것이다. 머리의 윤곽이 시신의 얼굴들로 변했다. 그것이 무엇인지 보자.

일곱 대의 수레가 관문로를 따라 줄지어 나가고 있었다. 앞쪽 여섯 대는 그 구조가 특이했다. 통 제조인들이 통을 운반할 때 사용하는 좁고 긴 이륜수레를 닮았다. 일종의 긴 사다리가 양쪽 바퀴 위에 설치되어, 그것이 앞부분의 끌채 모양을 하고 있었다. 각 수레를, 정확히 말해 각 사다리를, 한 줄로 선 네 필의 말이 끌고 있었다. 그 사다리 위에 사람들이 기이한 다발을 이루어 실려 갔다. 아직은 날이 환하지 않아 사람들

■──『사형수 최후의 날』에 실린 삽화. 사슬에 엮여 수레에 실린 통처럼, "척추가 쇠사슬로 된 다족류 벌레처럼" 도형수들이 호송되는 장면을 잘 묘사했다. 위고는 나중에 상원의원이 된 뒤, 도형장의 비인도적 처우 못지않게 도형수 호송의 공포에 대해서도 문제를 지적한 바 있다.

비참함으로부터 탄생한 위대한 벽화 레 미제라블

모습은 보이지 않았다. 다만 사람일 것이라 짐작되었을 뿐이다. 마차마다 스물네 사람이 양쪽에 열둘씩 서로 등을 기대어 앉아 있는데, 얼굴을 행인들에게로 향하고 다리는 허공에서 건들거리게 한 채, 그렇게 실려가고 있었다. 또한 그들 등 뒤에서는 철컹거리는 소리가 들렸는데, 쇠사슬 소리였다. 그리고 그들 목에서 무언가 번쩍이고 있었는데, 쇠고리였다. 저마다 쇠고리 하나씩을 목에 건 채, 쇠사슬 하나에 연결되어 있었다. 그래서 그 스물네 명이 수레에서 내려 걸을 경우, 그들은 일종의 해체될 수 없는 단위에 묶여, 척추가 쇠사슬로 된 다족류 벌레처럼 지표면을 구불거리며 이동해야 했다.

한 쇠사슬에 묶인 스물네 명의 죄수들을 실은 마차의 저 음산한 행렬. 장 발장은 저 다족류 벌레 무리가 내뿜는 한숨과 탄식 소리에 몸서리를 쳤다. 도형장에 도착하기 전부터 이미 비인간으로 취급되는 자들에게 남은 것이라곤 기형의 과정뿐이리라. 저들의 무지와 절망은 이제 세상에 대한 증오와 치욕스러운 자신에 대한 저주로 변해 갈 뿐이다.

도형수, 신의 아들이 되다

감옥에서마저 문전박대 신세인 장 발장은 어쩔 수 없이 노숙을 하기로 결정했다. 헌데 길 위의 커다란 돌의자에 벌렁 드러누운 그에게, 다행히도 어느 늙은 여인이 다가와 손가락으로 한 곳을 가리키며 말한다. "저 집 문을 두드려 보세요." 그녀가 가리킨 곳은 광장 건너편 주교궁 옆에 있는 어느 작은 집이었다.

멀쩡한 주교궁을 놔두고 그 옆의 작고 허름한 집에 사는 것만 봐도 이 주교에게서는 뭔가 수상쩍은 냄새가 난다. 장 발장이 곧 문을 두드릴 이 작은 집에 사는 미리엘 주교는 사실 대혁명 전까지만 해도 멋 부리는 것 말고는 할 줄 아는 게 없는 난봉꾼이었다. 그는 법복귀족, 즉 돈과 지식을 갖춘 신귀족 가문 출신이다. 이들 신귀족은 구귀족과 감정적으로도 이해관계 측면에서도 서로 대립각을 세우곤 했으나, 대혁명 속에서는 신구를 막론하고 귀족이란 귀족은 싸그리 도륙당하고 내몰리기는 마찬가지였다. 이에 미리엘 역시 혁명 초기에 이딸리아로 망명했고, 혁명이 잦아들어 다시 프랑스로 돌아왔을 때 그는 이미 사제가 되어 있었다. 사제로서의 미리엘은 이전과 180도 달랐다. 그는 비좁고 노후한 병원 건물을 자신이 하사받은 아름답고 널찍한 주교궁과 맞바꾸었다. 도적떼가 출몰하는 곳도 마다하지 않고 방문해 주민들과 만났고, 국가로부터 받는 주교 연봉 대부분을 다른 이들을 위해 지출했다.

흔히 이런 이들에 대한 이야기를 들으면 우리는 쉽게 감동해 버린다. 하지만 생각해 보자. 실상 우리는 익숙한 것들, 즉 교육받은 것, 내면화된 것에 대해서만 감동받는다. 지고한 모성애, 모두를 위한 희생, 아낌없는 기부……. 하지만 감동만으로 사람을 변화시키기는 역부족이다. 대개의 감동적인 이야기는 그저 한순간 우리 마음을 흐뭇하게 하는 데 그치기 때문이다. 우리는 흐뭇함이 아니라 내 몸을 강타할 만큼의 충격을 받았을 때 몸을 일으켜 세운다. 우리는 충격적인 일을 겪고 나면 한동안 패닉 상태에 빠지게 된다. 대체 왜 그랬지? 무슨 일이 있었던 거지? 나는 어떡해야 하지? 이런 질문이 내내 머릿속을 맴돈다. 몸도 마음도 한동안 긴장 상태를 유지한다. 배움은 이 시간과 더불어 찾아온다. 이전의 모든 습관과 사유 패턴이 중지되고, 완전히 다른 물음이 구성되는 것이다. 이때 비로소 우리는 생각이란 걸 하기 시작한다. 그러므로 생각하기란 실은 '다르게 생각하기'인 셈이다. 그러므로 뭔가 알고 싶을 때도 우리는 다르게 물어야 한다. 이전과 다른 질문으로 묻지 않는 한, 우리는 결코 새로운 답을 도출해 낼 수 없기 때문이다.

바로 이날 밤, 장 발장이 이를 경험했던 것이다. 그는 미리엘 주교에게 경악했을 것이다. 주민 모두에게서 거부된 장 발장은 별 기대도 없이 주교의 집 문을 두드렸다. 그런데 주교는 그를 위해 은식기와 은촛대로 차린 식탁 위에서 식사를 대접하고, 침대가 있는 방 하나를 선뜻 내주었다. 그때 장 발장이 경험한 것, 그건 감동이 아니었다. 그날 장 발장은 어떤 세계와 처음 조우했던 것이다. 자신을 친구로서 예우해 주는 신세계를.

허나 19년간 절망과 증오 속에서 키운 악의가 이 정도 호의로 무너지지는 못했다. 어차피 자신은 거대한 사회 밑에 깔린 하찮은 좁쌀 한 톨에 지나지 않는데, 사회는 이런 좁쌀에게서도 무엇인가를 훔쳐 내기 위해 악착같이 달려드는데, 내가 왜 정직하게 살아야 한단 말인가! 장 발장은 식사를 하는 내내 식탁 위에 있던 은식기들에 신경이 쏠렸다. 결국 그는 한밤중에 깨어 배낭 속에 넣어 둔 무시무시한 무쇠 촛대를 손에 움켜쥐고 조용히 주교의 방으로 들어간다. 하지만 그는 감히 그것을 휘두를 수 없었다.

장 발장은 빛에 감싸인 노인에게 질겁해, 쇠 촛대를 손에 든 채 어둠 속에서 꼼짝 않고 서 있었다. 그는 이와 같은 광경을 한 번도 본 적이 없었다. 노인이 주는 신뢰가 그를 불안하게 만들었다. 불안에 떨고 혼란스러워진 양심이, 악행의 가장자리에 이르러 의인이 잠든 모습을 바라보는 이러한 장면, 도덕적 세계에서 이보다 큰 볼거리는 또 없다.

(중략)

그의 얼굴에 드러난 것은 일종의 격렬한 놀라움이었다. 그는 그렇게

비참함으로부터 탄생한 위대한 벽화 레 미제라블

■———— 장 발장은 성당의 종탑시계가 새벽 2시를 알릴 즈음 잠에서 깨어났다. 19년 만에 침대 위에서 잔 4
시간의 수면만으로도 그의 피로는 말끔히 가신 듯했다. 아니 그보다 아까부터 그의 뇌리를 떠나지 않는 은
식기의 잔영이 단잠을 깨웠을지도 모른다. 주교의 방문은 잠겨 있지 않았다. 주교의 침대 곁에 다다른 순간,
창으로 비치어 드는 달빛, 완벽한 정적, 주교의 평온한 얼굴에 감도는 영적인 숭고함 따위가 한꺼번에 그에
게 덤벼들어 그를 멈칫거리게 했다. 아니 그런데, 은식기를 넣어 둔 벽장에 열쇠까지 꽂혀 있는 게 아닌가.
그는 갈팡질팡했지만, 곧장 은식기를 훔쳐 창문을 넘어 달아나고 말았다.

바라보고만 있었다. 그런데 그는 어떤 생각을 하고 있었는가? 이를 짐작하는 것은 불가능할 것이다. 확실한 것은, 그가 감동했으며 강렬한 충격을 받았다는 사실이다. 그런데 그러한 감격은 어떤 종류의 것이었나?

그는 노인으로부터 눈을 뗄 수가 없었다. 그의 태도와 표정에서 명확하게 드러나는 한 가지는, 이상한 주저함이었다. 그는 두 심연 사이에서, 즉 한쪽은 파멸로 떨어지고 한 쪽은 구원으로 이끄는 심연 사이에서, 망설이고 있었다. 그는 노인의 머리를 부서 버리거나 혹은 그의 손에 입을 맞출 준비가 된 듯이 보였다.

이는 장 발장에게 다가온 첫 번째 갈등이었지만, 아직은 그를 뒤흔들어 놓을 만큼 강하지는 못했다. 결국 장 발장은 벽장에서 은식기들을 꺼내 배낭에 쓸어 넣은 뒤 달아난다.

그런데 여기서 놀라운 것은 미리엘 주교의 반응이다. 다음 날 아침, 없어진 은식기에 놀라는 여동생과 호들갑 떠는 가정부에게 주교는 이렇게 대꾸하는 게 아닌가. "헌데 그 은식기들이 우리들 것이던가요? 부당하게도 나는 그동안 너무 오래 그것들을 가지고 있었어요. 그것은 분명 가난한 이들의 것이에요. 그런데 그 사내가 누굽니까? 틀림없이 가난한 사람이에요. 게다가 우리에게는 주석으로 된 그릇도 있잖아요."

자, 여기서 『레 미제라블』의 명장면 중 하나가 시작된다. 달아난 장발장이 얼마 못 가 그만 헌병들에게 붙잡혀 다시 주교의 집에 끌려오고만 것이다.

비참함으로부터 탄생한 위대한 벽화 레 미제라블

문이 열렸다. 난폭해 보이는 한 무리의 남자들이 문간에 나타났다. 세 남자가 한 남자의 목덜미를 쥐고 있었다. 세 남자는 헌병들이었고 다른 한 명은 바로 장 발장이었다.

무리를 인솔해 온 듯 보이는 분대장은 문 가까이에 서 있었다. 그는 안으로 들어와 군례를 올리면서 주교에게로 다가갔다.

"예하……."

이 말에 침울하고 기죽은 모습의 장 발장이 고개를 들더니 아연실색한 얼굴을 했다.

"예하라니!" 그가 중얼거렸다. "그러면 사제가 아니란 말인가?"

"조용히 하지 못해!" 헌병이 말했다. "이분은 주교 예하시다."

그러는 동안에 비앵브뉘 주교는 지긋한 나이에 맞지 않게 서둘러 장 발장에게 다가가 그를 바라보며 외쳤다.

"아! 당신이로군요! 다시 보게 되어 기쁩니다. 그런데 제가 당신에게 촛대도 드렸을 텐데요. 그것도 나머지 것들처럼 은으로 된 것이라 팔면 200프랑은 나갈 거요. 왜 은식기들과 함께 가져가지 않으셨소?"

장 발장은 눈을 떠, 어떤 인간의 언어로도 표현할 수 없는 표정으로 그 거룩한 주교를 바라보았다. 분대장이 주교에게 물었다.

"예하, 그렇다면 이자가 하는 말이 사실입니까? 저희는 이 사람과 우연히 마주쳤습니다. 서둘러 떠나려는 것처럼 보였습니다. 그를 멈춰 세워 조사해 보았더니 이 은식기들이……."

"그래서 저이가 그대들에게, 한 사제 영감이 자기를 하룻밤 묵게 해주고 그 은식기들을 주었노라 말했다는 것이지요? 무슨 일인지 알겠소.

그래서 여러분은 그를 이리로 데려온 것이고요? 하지만 오해를 하셨소."

"그렇다면 저 사람을 놔주어도 괜찮겠습니까?" 분대장이 말했다.

"물론이오." 주교가 대답했다.

헌병들은 장 발장을 풀어 주었다. 그는 뒤로 물러났다.

"저를 놓아준다는 게 정말입니까?"

그는 마치 꿈속에서 말하는 듯이 어물거렸다.

"그래, 놓아주겠다. 귀라도 먹은 겐가?" 헌병 한 사람이 말했다.

"자, 친구여. 길을 떠나기 전에 여기 그대의 은촛대도 챙겨 가시오."

주교는 벽난로 위에 놓인 은촛대를 장 발장에게 건넸다. 두 여인(주교의 누이 바띠스띤느와 하녀 마글르와르)은 주교에게 방해가 될 어떤 시선도 보내지 않고 가만히 이를 지켜보았다.

장 발장의 온몸이 덜덜 떨리고 있었다. 그는 넋이 나가서 기계적으로 촛대를 받아 쥐었다.

"자, 이제 편안히 가시게나." 주교가 말했다.

"그런데 친구여. 다음에는 정원을 통해 들어올 필요 없이 길로 통하는 저 문으로 편히 드나드시오. 저 문은 밤낮으로 걸쇠 하나만으로 잠가 두었을 뿐이니."

주교는 헌병들을 향해 돌아서서 말했다.

"귀관들은 물러가도록 하시오."

헌병들은 떠났다.

장 발장은 혼이 빠진 사람 같았다. 주교는 그에게로 다가가 낮은 목소리로 말했다.

"잊지 마시오. 그대가 정직한 사람이 되는 데 이 은을 쓰겠다고 나와 약속했다는 것을 절대로 잊어버리지 마시오."

어떤 약속도 한 기억이 없는 장 발장은 여전히 입을 다물고 있었다. 주교는 힘주어서 말했다. 엄숙한 어조였다.

"장 발장, 내 형제여, 그대는 더 이상 악에 속하지 않으며 선에 속하는 사람이오. 나는 그대의 영혼을 산 것이오. 내가 그대의 영혼을 어두운 사념들과 타락한 마음으로부터 건져 내어, 신께 바치리다."

주교의 이 말로 인하여 훔친 은식기가 이제 선善을 위한 물건이 되어 버렸다. 그는 장 발장을 나무라지도, 그렇다고 용서하지도 않았다. 애초 주교 개인의 것이 아닌 물건이었으니 장 발장이 그걸 말없이 가져간 것이 죄가 되지도 않을 터이다. 다만 주교는 당부하고 싶었던 것이다. 그가 모쪼록 이 은식기들과 은촛대를 잘 사용하기를. 은을 팔아 좋은 마음으로 빵과 우유를 사 먹기를, 다시금 자신을 내팽개치듯이 다른 물건을 훔치지 않기를, 다른 모든 이들에게 그렇듯 장 발장의 삶에도 사랑에의 가능성은 언제나 있음을 잊지 말기를, 장 발장도 선하게 살 수 있는 영혼을 가지고 있음을 깨닫기를.

주교는 장 발장으로부터 무언가 받고자 하는 마음에 위와 같이 행동했던 게 아니다. 그의 행동은 장 발장을 감동시키기 위해서도, 그로부터 감사 인사를 받기 위해서도 아니다. 신의 아들이 되라고 권하는 마지막 순간에도 마찬가지다. 이 일을 계기로 장 발장이 회개하고 선한 사람이 된다면 좋겠지만, 만약 그렇지 못했다고 해서 실망하거나 마음을 다친다면 그건 미리엘 주교가 아닐 것이다. 그런 사람이었다면 애초에 은식기가 사라진 걸 안 순간 장 발장에게 그 얼마나 실망했을 터인가.

미리엘 주교는 사제가 된 이래 늘 이렇게 살았다. 위험한 산간 지역을 돌아다니면서 온갖 가난한 사람들과 범죄자들을 만나는 사이 그는 끝나지 않을 긴 선善을 그리고 있었다. 그 선을 그리도록 해 준 원동력을 우리는 '자비'라 불러도 좋을 것이다. 이미 나와 타인의 구분조차 버린 그에게는 이타심이니 보답이니 하는 말도 다 부질없을 터였다. 태양이 뭇 생명들에게 일방적으로 주는 빛과 열기가 곧 태양 그 자체의 표현이듯.

그러니 한 번도 이런 존재를 만나 보지 못한 장 발장의 심정이 대체 어떠했을까. 그가 느낀 것은 감동이나 고마움 따위가 아니었다. 그는 그런 감정을 느낄 만한 경험조차 한 번도 해보지 못한 사내였다. 지금껏 누구에게도 발견되지 못한 사람, 아무도 봐 주지 않고 인정해 주지 않던 사내에게 미리엘 주교가 준 것은 실로 어마어마한 충격에 다름 아니다. 장 발장은 도망치듯 그곳을 빠져나와 흥분과 노기와 수치와 감동을 한꺼번에 느끼면서 무작정 걷기 시작했다. 자기 내면에서 전투가 시작되었음을 장 발장은 서서히 느끼고 있었다. 주교의 자비가 주었던 강력한 공격에 자신이 무너질 것인가, 아니면 맞서 버틸 것인가. 만약 버틴다면 자신은 돌이킬 수 없이 사악한 자가 되고 말 것이다. 하지만 무너진다면, 지금껏 자신이 버틸 수 있도록 해준 증오가 사라질 터이다.

바로 그때였다. 그의 곁을 지나가면서 동전으로 공기놀이를 하던 소년이 그의 발치로 동전을 하나 떨어뜨렸다. 쁘띠-제르베라고 자기 이

비참함으로부터 탄생한 위대한 벽화 레 미제라블

름을 밝힌 아이는 돈을 돌려 달라며 떼를 쓰지만 장 발장은 아이의 말을 알아듣지 못했다. 아이가 울면서 하도 성가시게 굴자 안 그래도 심란하던 차에 장 발장은 그만 냅다 소리를 질러 아이를 쫓아 버리기까지 한다. 질겁한 아이가 도망가 사라지고 한참이 지나 장 발장은 다시 걸음을 옮기기 시작했다. 그런데 이게 웬일인가. 장 발장의 발아래, 밟혀서 흙 속에 반쯤 박힌 주화 하나가 눈에 띈 것이다. 놀란 장 발장은 아까 그 아이를 찾아 사방팔방 뛰어 보지만 아이는 이미 멀리 사라진 뒤였다.

장 발장은 처음 향하던 곳으로 다시 내달렸다. 꽤나 먼 길을, 아이를 찾아 두리번거리고 그의 이름을 부르고 울부짖었지만, 그는 아무와도 마주치지 않았다. 벌판에 누워 있거나 웅크린 사람으로 보이는 것을 향해서 두세 번 정도 뛰어갔지만, 덤불이거나 지면과 수평을 이룬 바위었다. 마침내 그는 세 갈래 길이 교차하는 곳에 이르러 멈추었다. 달이 높이 떠 있었다. 그는 먼 곳을 바라보면서 마지막으로 아이의 이름을 불렀다. "쁘띠-제르베! 쁘띠-제르베!" 그의 고함은 안개 속으로 사라져 버려, 메아리조차 들리지 않았다. 그가 다시 한 번 중얼거렸다. "쁘띠-제르베!" 힘없고 알아들을 수 없는 목소리였다. 그가 할 수 있는 마지막 노력이었다. 비틀린 마음의 무게가 보이지 않는 어떤 힘으로 그를 누르기라도 한 듯, 갑자기 그의 무릎이 휘어졌다. 그는 커다란 바위 위에 주저앉아 머리를 두 손으로 감싸 쥐고서 얼굴을 무릎에 파묻었다. 그리고 그는 외쳤다. "나는 불쌍한 놈이야!"

그러자 그의 심장은 찢어질 듯했고 그는 울기 시작했다. 19년 만에 처음으로 흘리는 눈물이었다.

이 일은 그에게 결정적인 사건이 되었다. 돈을 갖겠다는 욕심에 흔들리지 않고서 곧바로 아이에게 돈을 돌려주기 위해 애쓰는 모습 또한 나의 일부다! 그는 흐느끼면서 자기 생애 전체를 반추하기 시작한다. 더럽고 어두운 과거가 한참동안 이어졌지만, 그럼에도 거기 한 줄기 빛은 있었다. 그것은 아주 잠깐 만난 한 사람, 주교의 모습을 하고 있었다. 그의 내면 안에 단단히 자리 잡았던 무언가가 무너지기 시작했다.

그가 얼마나 그렇게 울고 있었던 것일까? 울고 난 뒤에는 무엇을 했을까? 어디로 향했는가? 아무도 이를 알지 못했다. 다만 확인된 것은 이날 밤, 당시 그르노블을 오가던 짐마차꾼이 새벽 세 시쯤 디뉴에 도착했으며, 그가 주교궁 근처의 거리를 건너던 중에 그 어둠 속에서 한 사내가 비앵브뉘 예하의 거처 앞 포석 위에 무릎을 꿇고 기도하는 자세를 취하고 있는 모습을 보았다는 사실이다.

장 발장은 기도할 줄 모른다. 그는 한 번도 기도해 본 적이 없다. 그러나 그의 발이 그날 밤 저절로 주교의 집을 향해 움직였고, 저절로 무릎이 굽혀져 바닥에 닿았다. 의지에 의한 것이 아니라 그의 신체가 어떤 힘에 이끌려 저절로 그리 된 것이다. 그가 그때 어떤 마음이었을지, 어떤 표정으로 어떤 말을 중얼거렸는지 우리는 알지 못한다. 아마 장 발장 본인조차 알지 못했을 것이다. 하지만 그렇게 함으로써 그가 온몸

비참함으로부터 탄생한 위대한 벽화 레 미제라블

으로 무언가를 표현하고 다짐하고 있었다는 것은 쉬이 짐작할 수 있다. 그 순간 그에게 성스러움이 스며들었다. 주교가 던져 준 환한 빛이 그의 몸에 들어와 그를 무릎 꿇게 하고 두 손을 모으게 했다. 그래서 장 발장은 이 세계 대하여, 타인에 대하여, 자기 자신에 대하여 처음으로 성스러움을 느낄 수 있었다. 주교의 집 앞에서 그는 온몸으로 이를 표현하고 있었던 것이다.

이리하여 장 발장의 첫 번째 발이 떼어졌다. 그는 앞으로도 종종 기도할 것이며, 기도하듯 사람들과 만나고, 기도하듯 살아가게 될 것이다. 이제부터는 장 발장 역시 주교를 따라 사랑과 자비로 이뤄진 끝나지 않을 선을 그릴 것이다. 허나 그러는 사이에도 내면의 전투는 끝나지 않을 것이다. 자신을 둘러싸고 외부의 유혹과 방해가 앞으로도 얼마나 많을

■——— 장 발장은 오랫동안 울었다. 뜨거운 눈물을 흘리며 흐느꼈다. 여자보다도 더 여리고, 아이보다도 더 두려운 마음으로 울었다. – 1부 2편, 〈쁘띠-제르베〉

것인지, 지금 주교의 집 앞에서 기도하는 장 발장은 아직 모르고 있을
터이다.

비참함으로부터 탄생한 위대한 벽화 레 미제라블

새로운 인생,
마들렌느
아저씨

3

'까르띠에 라땡'이 낳은
여자 레 미제라블

워털루 전투가 나뽈레옹의 패배로 막을 내리고 그가 세인트헬레나 섬으로 유배되면서 그의 백일천하가 끝난 뒤, 프랑스는 루이 18세 치하의 2차 왕정복고기에 접어든다. 전쟁의 시대가 종식되었으니 군인이 아니라 새로운 지배계급이 출현하는 것은 당연지사, 이제 프랑스는 군인으로서의 경력보다는 학력을 중시하는 사회로 재편된다. 그렇게 해서 빠리의 대학가 '까르띠에 라땡'('라틴 구역'이란 뜻으로, BC 1세기경 카이사르가 프랑스를 정복하고 500여 년 동안 다스리면서 남긴 로마문화 유적이 남아 있어서 붙은 명칭)은 수많은 학생들로 인해 전에 없이 붐비게 되었다.

그런데 젊은 청년들이 모이는 곳에는 늘 연애 사건이 잇따르는 법, 그들은 빠리의 여공들과 한껏 낭만을 즐겼다. 허나 서울로 유학 온 지방 명사들의 자제와 여공의 사랑은 그야말로 한철일 터. 팡띤느라는 매혹적인 여공의 사랑도 그랬다. 그 짧은 사랑 뒤 그녀는 남자를 잃었

■———— '1817년에'라고 새긴 목판화에는 남녀 네 쌍이 화창한 봄날을 즐기고 있지만, 팡띤느의 앞날에서
본다면 반어적인 표현이다. 그해 네 명의 여자는 네 명의 '빠리 대학생'들로부터 동시에 버림을 받았다. '2
년 동안 즐거웠다'는 쪽지를 받은 게 전부였다. 허나 팡띤느에게는 이미 아이가 하나 있었다. 1818년 그녀
는 고향 몽트뢰이유-쉬르-메르로 돌아가는 길에 아이를 빠리 인근 몽페르메이유에 있는 한 여인숙에 맡
겨야 했다.

고, 딸을 얻었다. 그녀의 불행은 그때부터 시작된다. 당시 서민층 여성이 생계를 위해 할 수 있는 일은 여공이나 식모 노릇밖에 없었다. 하루의 절반 이상을 노동에 바쳐야 하는 팡띤느에게 육아는 도저히 무리였다. 그래서 당시 빠리의 수많은 팡띤느들은 실패한 사랑으로 태어난 아기들을 거리에 버리곤 했고, 때문에 유기된 아기들을 수용하는 전문시설이 생길 정도였다. 하지만 팡띤느는 햇살 같은 딸을 버릴 생각은 꿈에도 하지 못했다. 대신 그녀는 여인숙을 운영하는 어느 여인에게 자기 아이를 부탁한다. '에쁘닌느'라는 이름의 그 집 딸이 꼬제뜨와 친구가 될 수 있으리라 기대하면서.

이상이 팡띤느의 세 살 난 딸 꼬제뜨가 떼나르디에 부처夫妻의 집에 머물게 된 사연이다. 팡띤느는 돈을 모으는 즉시 아이를 찾아가겠으며, 그 전까지 매달 생활비를 보내겠다고 약속한다. 하지만 그나마 돈을 부칠 수 있는 것도 공장에 취직해 일하는 동안만이었다. 미혼모임이 발각되어 사장도 모르는 사이 해고된 팡띤느는 이제 자신이 팔 수 있는 것들을 하나둘 팔기 시작했다. 레 미제라블로서의 삶이 시작된 것이다.

팡띤느의 수입은 너무도 적었고, 빚은 계속 불어났다. 팡띤느가 보내는 돈이 시원찮아 떼나르디에 내외는 자주 편지를 보내왔다. 그때마다 편지에 적힌 내용이 그녀의 가슴을 저리게 했고, 우편료로 돈이 수시로 새나갔다. 하루는 편지에, 꼬제뜨가 추운 날씨에 헐벗어 지내고 있어 양털로 짠 치마를 사 주어야겠으니, 어머니께서 적어도 10프랑 정도는 보내 주어야 한다고 쓰여 있었다. 그녀는 그 편지를 하루 종일 손에 쥐고 있었다. 그날 저녁, 그녀는 거리 귀퉁이에 자리한 이발소에 들어갔다. 머리핀을 풀자 아름다운 금발이 허리까지 흘러내렸다.

"머릿결이 참으로 아름답네요!" 이발사가 감탄하며 말했다.

"얼마나 주실 수 있나요?" 팡띤느가 물었다.

"10프랑이오."

"잘라 주세요."

그녀는 뜨개질해 만든 치마를 사서 떼나르디에 내외에게 부쳤다.

떼나르디에 내외는 보내온 치마를 보고 분노했다. 그들이 원한 것은 돈이었다. 부부는 치마를 에뽀닌느에게 주어 버렸다. 가여운 종달새는 계속 추위에 떨어야 했다.

어느 날 떼나르디에 내외로부터 온 편지에 아래와 같이 적혀 있었다.

"꼬제뜨가 이 지역에 도는 유행성 열병에 걸렸습니다. 흔히들 속립진이라고 부르는 병이지요. 약값이 만만찮아 저희는 파산할 지경이고 더는 감당하기가 힘듭니다. 일주일 내에 40프랑을 부쳐 주시지 않으면 그 어린것은 죽고 말 거예요."

그녀는 웃음을 터뜨리더니 늙은 이웃 여인을 붙잡고 말했다. "아! 정말 착한 사람들이에요! 40프랑이라니요! 그걸 나더러 어떻게 하라는 거죠! 금화 2나뽈레옹이나 되는 돈을 어디서 마련하라고요? 얼간이들이에요, 그 촌놈들은!"

(중략)

다음 날 새벽, 아직 해가 뜨기 전에 마르그리뜨가 팡띤느의 방으로 들어갔다. 그녀들은 항상 함께 일했는데, 그럼으로써 둘이 일하는데도 양초 하나로 족했기 때문이다. 팡띤느가 침대에 앉아 있었는데, 얼굴이 창백하고 몸이 차가웠다. 밤새 눕지도 않은 것 같았다. 그녀의 모자는 무릎 위에 떨어져 있었다. 양초는 밤새 켜져 있었던 듯 몽당해져 있었다.

온통 뒤죽박죽인 광경에 놀란 마르그리뜨가 문간에 선 채로 소리쳤다.

"세상에! 양초가 다 탔잖아! 무슨 일이 있었군그래!"

그러더니, 자기 쪽으로 고개를 돌린 민머리의 팡띤느를 유심히 바라보았다.

팡띤느는 전날 저녁보다 십 년은 늙어 보였다.

"예수님!" 마르그리뜨가 탄식하듯 말했다.

"무슨 일이 있었어요, 팡띤느?"

"아무 일도 아니에요." 팡띤느가 나지막하게 대답했다.

"그 반대예요. 아이가 도움을 받지 못해 병으로 죽지는 않게 되었어요. 저는 기뻐요."

그렇게 말하며 그녀는, 탁자 위에서 반짝이는 나뽈레옹 두 닢을 마르그리뜨에게 보여 주었다.

"아, 예수 신이시여!" 마르그리뜨가 놀라서 말했다.

"이런 행운이! 그 금화는 어디서 난 거예요?"

"어쩌다 보니 생겼어요." 팡띤느가 대꾸했다.

그녀가 미소를 지었다. 촛불이 그 얼굴을 비췄다. 핏빛 미소였다. 불그스름한 침이 입술 귀퉁이를 적시고 있었고, 입속으로 검은 구멍이 뚫려 있는 것이 보였다.

치아 둘이 뽑혀 없어졌다. 그녀는 40프랑을 몽페르메이유로 보냈다. 그런데 사실 그것은 떼나르디에가 돈을 얻어 내기 위해 꾸민 수작이었다. 꼬제뜨는 병에 걸리지 않았던 것이다.

이제 팡띤느는 거리에서 매춘을 하기 시작한다. 그녀는 사회 밑바닥으로 급속히 추락하고 있었다. 엎친 데 덮친 격으로 그만 병까지 걸린 그녀는 창백한 얼굴로 기침을 하며 어두운 거리를 비척비척 돌아다닌다. 이렇게 하여 아름다운 팡띤느는 작품 속에서 비참한 민중의 얼굴을 대표하는 존재로 급속하게 변모한다. 햇빛 속에서 밝게 빛나던 팡띤느와 거리의 창녀 팡띤느의 대조는 너무 급격하게 이루어져 그러한 추락의 참담함을 더욱 강조한다. 한 줌의 존중도 받지 못한 채 거리를 떠도는 벌거벗은 육신! 사법의 눈으로 바라볼 때 수많은 레 미제라블은 모두 잠재적 범죄자들이고 인간쓰레기일지 모르지만, 위고의 눈에 비친 그들은 사회적으로 보호받지 못해 사지로 내몰리는 약자들이었다. 팡띤느의 이름이 『레 미제라블』 1부 전체의 제목일 수 있는 이유도 이 때문이리라.

하지만 그런 그녀에게 잠깐의 서광이 찾아든다. 자신이 사는 도시의 시장을 만났을 때, 드디어 안도의 한숨을 쉬며 몸을 누일 수 있었다.

몽트뢰이유-쉬르-메르,
위고의 이상 도시

장 발장이 소도시 몽트뢰이유-쉬르-메르에 도착한 것은 1815년 12월의 어느 날 저녁이었다. 그런데 디뉴에서와 달리 누구도 그를 향해 의심의 시선을 던지지 않았다. 운 좋게도(?) 시청 건물에 큰 화재가 났기 때문이다. 장 발장은 별다른 주저함 없이 불길 속에 뛰어들어 헌병대장의 자식 둘을 구했고, 그런 그에게 통행증을 요구하는 사람은 아무도 없었다. 그렇게 해서 장 발장은 '마들렌느'라는 새 이름으로 그곳에 터전을 만들 수 있었다. 사람들은 이제 그를 '마들렌느 아저씨'라 불렀다.

이 고장은 예로부터 검은 유리 세공을 주된 수입원으로 삼아 왔다. 하지만 원자재 값이 워낙 높아 산업은 늘 제자리걸음이었다. 헌데 마들렌느가 여기에 혁신을 가져왔다. 수지 대신 라카를 사용하고, 팔찌의 용접식 고리쇠를 단순히 끝을 근접시킨 형태로 대신함으로써 원자재 구입비용을 엄청나게 줄이는 데 성공했던 것이다. 결과적으로 그는 부

비참함으로부터 탄생한 위대한 벽화 레 미제라블

자가 되었고, 덕분에 지역 또한 크게 발전했다. 많은 사람들을 고용할 수 있는 큰 공장, 무료 약국과 지역 병원, 학교와 양로원……, 요컨대 위고가 빈곤한 자들을 위해 필요하다고 생각해 온 모든 것들을 마들렌느는 작품 속에서 대신 실현시켜 주었다. 『레 미제라블』을 읽고 있노라면 위고가 일종의 복지국가를 꿈꾸었던 게 아닐까 싶다. 1편에서 활약하는 미리엘 주교도 빈민운동가로서의 성격이 두드러졌고, 그의 뜻을 이어받은 장 발장 역시 종교운동가가 아니라 사회사업가적 면모를 보여주고 있기 때문이다. 장 발장에게 돈이란 모으기 위해 필요한 게 아니다. 쓰이기 위해 필요할 뿐! 여느 사람이라면 수입의 일부를 잘 예치하고 괜찮은 곳에 투자해 더 많은 돈을 모으려 할 테지만, 마들렌느는 모두가 보다 윤택하게 살 수 있는 길을 택했다. 이에 그를 두고 혹자는 야심꾼이라고, 훈장을 원하는 사람이라고 수군거렸다. 하지만 종당에는 모두들 마들렌느를 사랑하고 존경했다. 이제 사람들은 그를 '마들렌느 씨'라고 불렀다.

허나 이 도시 감찰관직을 맡고 있는 형사 자베르만은 마들렌느를 향한 의심의 눈초리를 거두지 않았다. 타고난 형사적 직감을 통해 마들렌느가 사라진 도형수 장 발장이라 믿고 있기 때문이다. 한 번 도형수는 영원한 도형수, 출감한 도형수는 당국이 지정한 거주지에 머물러야 한다. 헌데 장 발장이란 놈은 어느 날 감쪽같이 사라져 버렸으니, 그가 어디에서 또 무슨 범죄를 저지를지 알 수 없는 것이다. 악인이 자유롭게 활보하는 것을 두고 볼 자베르가 아니다. 하지만 아직까지 자베르는 마들렌느를 말없이 주시하고만 있다. 결정적 물증을 확보하기 전까지는

■──── 누가 이 사람이 과거 도형수였던 장 발장임을 짐작이나 하겠는가? 몽트뢰이유에서 보낸 날들은 고
단한 그의 생애에서도 짧게나마 운이 따른 시기였던 듯하다. 그는 그곳에서 '마들렌느 아저씨'에서 '마들렌
느 씨'로, 또 이곳에 온 지 5년째 되는 1820년에는 '마들렌느 시장'이 되었다. 세 번의 상승을 거치며 인심
과 부를 한꺼번에 누렸던 것이다.

최대한 숨을 골라야 할 것이다.

그런데 사건이 터졌다. 마들렌느 씨에게 적대적인 또 한 사람, 포슐르방 영감이 몰던 말이 쓰러지면서 영감이 그만 마차 밑에 깔리고 만 것이다. 허벅지가 부러진 말은 도저히 일어설 수 없었고, 바퀴 사이에 끼인 영감은 하필 가슴팍이 짓눌려 숨을 헐떡이고 있었다. 게다가 전날 밤 내린 비로 땅이 젖어 있어 마차는 조금씩 더 깊이 처박히고 있었다. 이제 곧 포슐르방 영감의 갈비뼈가 으스러질 것이다. 소식을 듣고 달려온 마들렌느 씨는 금화 5루이를 사례할 테니 누군가 마차 밑으로 들어갈 사람이 없는가 고함치듯 물었다. 하지만 아무도 움직이지 않았다. 그때 마들렌느를 뚫어지게 보던 자베르 형사가 말한다.

"마들렌느 씨, 귀하께서 말씀하시는 일을 할 수 있는 자를 저는 단 한 사람밖에 알지 못합니다."

마들렌느는 동요했다.

자베르는 무심한 기색으로, 그러나 마들렌느를 향한 시선은 거두지 않은 채로 덧붙여 말했다.

"어느 도형수였습니다."

"아!" 마들렌느의 입에서 목소리가 새어 나왔다.

"뚤롱의 도형장에 있었던."

마들렌느의 얼굴빛이 창백해졌다. 그러는 동안에도 마차는 계속해서 천천히 가라앉았다. 포슐르방 영감은 괴로운 듯 헐떡거리며 소리를 질러 댔다.

"숨을 쉴 수가 없어! 갈비뼈가 부서지겠어! 손 기중기라도 줘! 제발 뭐라도! 아!"

마들렌느는 주변을 살펴보았다.

"20루이(1루이는 20프랑)도 벌고, 이 가엾은 노인의 목숨도 구할 이가 아무도 없단 말이오?"

그 누구도 꿈쩍하지 않았다. 자베르가 말을 이었다.

"내가 알고 있는 한, 손 기중기만큼의 힘을 쓸 수 있는 사내는 단 한 명뿐입니다. 그 도형수말입니다."

"아! 몸이 으스러지는 것 같아!" 노인은 울부짖었다.

마들렌느는 고개를 들어, 그에게서 떨어질 줄 모르는 자베르의 매의 눈과 마주쳤고, 미동도 없는 시골 사람들을 바라본 뒤에 씁쓸한 미소를 지어 보였다. 그리고는 아무 말 없이, 사람들이 비명을 지를 틈조차 없는 새에, 무릎을 꿇고서 마차 밑으로 들어갔다.

기다림과 침묵의 순간이 끔찍하게 흘렀다.

마들렌느는 무시무시한 무게 아래 엎드린 채 두어 번 팔꿈치와 무릎을 붙여 보려 했으나, 헛수고였다. 사람들이 그를 향해 소리 질렀다.

"마들렌느 씨! 어서 거기서 빠져나오세요!"

포슐르방 노인조차 마들렌느에게 말했다.

"마들렌느 씨! 저리 가시오! 나는 이미 죽은 목숨이오! 나를 내버려 두세요! 당신까지 깔리고 말겠어요!"

마들렌느는 대답이 없었다.

사람들은 조마조마해하며 지켜보았다. 바퀴는 계속해서 진흙 속으로

비참함으로부터 탄생한 위대한 벽화 레 미제라블

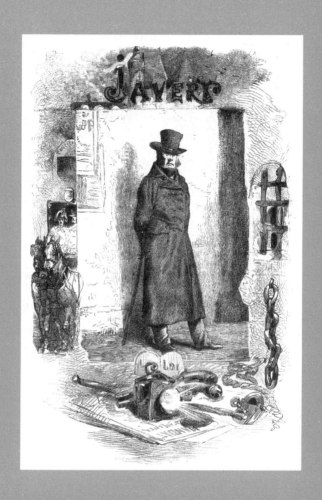

■──── 자베르의 외모, 감정, 품성, 생애에 대한 위고의 묘사는 집요하게 이어진다. 자베르는 "정부에 대한 존경과 반역에 대한 증오"라는 두 감정으로 이뤄진 매우 단순한 존재여서, 법의 테두리를 벗어난 악에 대해서는 절대로 예외를 두지 못한다. 그의 전 생애 역시 '지킨다'와 '감시한다'의 두 단어 속에 집약되어 있다. 그는 제 아비와 어미라도 죄를 지었다면 주저함 없이 고발하고 체포할 만큼 의무를 수행함에 가차 없고 무자비하고 냉혹하고 완고한, 그런 극단적인 정신의 소유자였다.

꺼져 들었고, 마들렌느가 마차 밑에서 빠져나오는 것은 이미 불가능해 보였다.

돌연 거대한 덩어리가 흔들리며 마차가 서서히 솟아올랐고, 진창 속에 묻혔던 바퀴도 반쯤 모습을 드러냈다. 마들렌느는 가쁜 호흡과 함께 소리를 질렀다. "서둘러 주시오! 도와줘요!" 마들렌느는 마지막 힘을 다했다.

사람들이 달려들었다. 한 사람의 헌신이 모두에게 힘과 용기를 불어넣었던 것이다. 스물의 팔이 마차를 들어 올렸다. 늙은 포슐르방은 구출되었다.

마들렌느는 허리를 펴 일어섰다. 땀에 젖어 있었고 얼굴은 창백했다. 옷은 찢겨진 데다 진흙투성이였다. 모두가 눈물을 흘렸다. 늙은이는 그의 무릎에 입을 맞추며 그를 선한 신이라고 불렀다. 마들렌느의 얼굴엔 뭐라 말할 수 없는 행복한 그리고 경이로운 고통이 서려 있었다. 그는 어김없이 그를 주시하고 있는 자베르를 평온한 눈으로 바라보았다.

이러니 자베르의 의혹은 더욱 짙어질 수밖에! 하지만 마들렌느에게 달리 무슨 수가 있었을까? 마차 밑으로 들어간 것은 그가 그 순간 할 수 있는 최선의 선택이었다.

이 사건이 있은 지 얼마 지나지 않아 마들렌느는 시장에 임명되었다. 자베르는 "주인의 옷에서 늑대의 냄새를 맡은 개가 느낄 법한 전율을 느꼈다." 그는 웬만하면 마들렌느와 마주치는 자리를 피하기 시작했다. 시장에게 시장으로서의 예우를 지키는 것, 그 역시 자신이 지켜야

비참함으로부터 탄생한 위대한 벽화 레 미제라블

할 마땅한 의무이기 때문이다.

법적 정의인가, 인간적 정의인가

그러던 차에 일이 터졌다. 한낱 매춘부에 불과한 팡띤느가 무례하게
도 지나가던 신사에게 주먹질을 해댄 것이다. 자베르는 팡띤느를 경
찰서로 끌고 가 그 자리에서 6개월 형을 선고했다. 팡띤느로서는 마른
하늘에 날벼락 같은 일이었다. 애초 거리에서 소동을 부린 것도 지나
가던 남자들이 갑자기 자신의 옷 속에 차가운 눈을 넣으며 놀렸기 때
문이다. 게다가 감옥에 있는 6개월 동안 떼나르디에에게 돈을 못 보내
면 꼬제뜨가 어떻게 될지 알 수 없는 일 아닌가! 그때 마침 경찰서 안
으로 마들렌느가 들어왔다. 분노한 팡띤느가 그의 얼굴에 침을 뱉는
다. 생각해 보면 자신의 머리칼과 앞니가 사라진 것도, 매춘을 시작한
것도, 마들렌느의 공장에서 자신이 해고됐기 때문이었다. 헌데 마들
렌느는 손수건으로 얼굴을 닦은 뒤 침착한 목소리로 이렇게 말한다.
"자베르 형사님, 이 여인을 풀어 주시오!" 어안이 벙벙하기는 자베르

비참함으로부터 탄생한 위대한 벽화 레 미제라블

일찍이 시장의 얼굴을 본 적이 없는 팡띤느는 자베르가 마들렌느에게 인사하며 시장님이라고 부르자마자, "오라, 시장님이란 작자가 바로 너구나!"라더니 큰소리로 웃으며 그의 얼굴에 침을 뱉었다. 마들렌느는 얼굴을 닦고서 "자베르 형사님, 이 여인을 풀어 주시오!"라고 다시 말할 뿐이었다. 그 순간, 자베르와 팡띤느는 각자 다른 의미에서 그러나 동시에 혼란에 빠졌다. 두 사람의 놀라움은 그들이 감당할 수 있는 놀라움의 총량을 넘어섰다.

도 팡띤느도 마찬가지였다.

"이 비천한 여자가 조금 전에 시장님을 모독했습니다."

"그것은 나의 일이오." 마들렌느 씨가 말했다. "내게 가해진 모욕은 나의 몫이오. 그러니 나의 뜻에 따라 처리하겠소."

"시장님, 죄송하지만 시장님께서 받으신 모욕은 시장님 것이 아니라 법에 대한 모욕입니다."

"자베르 형사." 마들렌느 씨가 말했다. "최우선의 사법은 양심이오. 나는 이 여인의 말을 다 들었소. 나는 내가 어떻게 해야 할지를 알고 있소."

"하지만 시장님, 저는 저의 눈앞에서 벌어지는 일을 이해할 수 없습니다."

"그렇다면 나를 따르는 것에 만족하시오."

"저는 제게 주어진 의무에 따릅니다. 저의 의무는 이 여자를 6개월 동안 감옥살이시키는 것입니다."

마들렌느 씨가 부드럽게 대답했다.

"내 말 들으시오. 이 여인은 하루도 감옥살이를 하지 않을 겁니다."

그 단호한 말에 자베르가 시장을 정면으로 노려보며 대꾸했다. 하지만 그 음성에는 존경심이 깊게 배어 있었다.

"시장님의 명령을 거역하게 되어 유감입니다. 이는 제게 처음 있는 일입니다. 하지만 제가 직권을 넘어서지 않았다는 것만은 인정해 주시길 부탁드립니다. 시장님께서 원하시니, 그 시민에 관련된 일에 대해

비참함으로부터 탄생한 위대한 벽화 레 미제라블

말씀드리겠습니다. 제가 사건 현장에 있었습니다. 바마따부와 씨에게 저 계집이 달려들었습니다. 바마따부와 씨는 선거권을 가진 분이며, 광장 구석에 있는 사층 석조 건물, 발코니가 딸린 그 아름다운 건물의 소유주입니다. 세상에는 별의별 일이 다 일어나는 법이지요! 여하튼, 시장님, 이 사건은 치안 유지에 관련된 것이고, 그래서 제 소관이므로, 저는 이 여자를 구속하겠습니다."

그러나 마들렌느 씨가 팔짱을 끼더니, 지금껏 그 도시에서 누구도 들어보지 못한 엄한 목소리로 말했다.

"당신이 말하는 그 사건은 시 소속 경찰의 소관이오. 형사소송법 제9 조, 15조, 66조에 의거, 내가 판사요. 나는 이 여인의 석방을 선고하오."

자베르가 마지막으로 시도했다.

"하지만 시장님……."

"나는 당신에게 불법감금에 관한 1799년 12월 13일자 법률 제81조 를 상기시켜 드리겠소."

"시장님, 저는……."

"아무 말 마시오."

"하지만……."

"이곳에서 나가 주시오." 마들렌느 씨가 명령했다.

자베르는 러시아 병사처럼 꼿꼿이 서 있었다. 하지만 사실 그는 그 때 정면에서 가슴 한가운데로 타격을 받은 셈이었다. 그는 이마가 땅 에 닿도록 인사를 한 뒤 밖으로 나갔다. 팡띤느는 비켜서며, 자기 앞으 로 지나가는 자베르를 멍하니 바라보았다.

누가 옳은가? 법적 정의를 수호하려는 자베르? 인간적 정의를 실현하려는 시장? 누가 그른가? 융통성 없이 윗사람에게 자기 주장을 펼치는 자베르? 법보다 양심을 먼저 따지는 순진한 시장? 그녀를 옥살이시키려는 자베르, 그리고 그녀의 무고함을 주장하는 마들렌느 간의 이 팽팽한 대립. 이는 어느 한 쪽이 더 정당하다고, 더 옳다고 감히 손 들어 줄 수 없는 구도다.

자베르는 자기 정당성에 대해 추호의 의심도 없다. 법은 지켜져야 한다. 악으로부터 사회를 보호하려면 무엇보다도 법적 정의를 완벽히 실현해야만 한다. 그러므로 매춘부가 거리에서 선량한 시민을 공격하는 것을 좌시할 수는 없다. 그녀의 행동이 곧 악이다!

그러나 마들렌느가 보기에 자베르의 판결은 공정하지 않다. 팡띤느는 보호받지 못해 거리로 내몰린 가련한 여인이고, 그런 여인을 돕지는 못할망정 몇몇 못된 남자들이 길에서 그녀를 농락했기 때문에 이 사단이 난 것이다. 그런데도 남자들이 쑤셔 넣은 차가운 눈 때문에 파랗게 질린 여인을 6개월이나 수감시키는 게 법이라면, 그것은 사회와 법의 이름으로 자행되는 폭력일 뿐이었다. 여인이 자신에게 침을 뱉은 것 역시, 구석에 몰린 약한 짐승이 자신을 지키기 위해 취한 보호본능일 뿐이다. 고작 그것 때문에 한 사람을 반년이나 가둔단 말인가!

이 대결의 승자는 결국 마들렌느가 되었지만, 자베르는 결코 가만있지 않았다. 그는 상부에 마들렌느 '씨'를 고발했다. 그러나 고발 사유는 시장이 행한 경찰의 권한 침해가 아니었다. 그는 마들렌느를 자취를 감춘 옛 도형수로서 고발해 버렸다!

비참함으로부터 탄생한 위대한 벽화 레 미제라블

자베르는 도형수 아버지와 카드점을 치는 어머니 사이에서 태어났다. 당시 수감 중이던 어머니 때문에 감옥 안에서 태어나야 했던 자베르는 아버지의 얼굴은 본 적조차 없다. 사회의 완벽한 변방에서 태어난 이 아이에게 예정된 길은 부랑자, 사기꾼, 좀도둑 따위가 전부였을 터이다. 그런데 무슨 운명의 조화인지 어른이 된 자베르는 경찰이 된다. 자신의 출생지인 감옥, 그리고 감옥을 오가는 사람들을 증오하는 자리에 서게 된 것이다. 그는 다른 경찰관들보다 곱절로 엄격하고 냉정하게 범죄를 다루고 범인을 좇기 시작한다. 그 자신이 법의 화신化身이라고 느낌으로써만 자기 출신성분을 잊을 수 있었기 때문일까? 사회 바깥의 존재가 사회 속으로 들어가기 위해서는 처음부터 사회 속에 있던 사람들보다 몇 배는 더 엄격하게 법의 정의를 믿고 법과 자신이 그야말로 혼연일치하다고 여겨야 했던 걸까? 우리가 자베르의 내적 인과까지 알 수는 없을 것이다. 하지만 바로 지금, 자베르가 도저히 마들렌느를 인정하거나 묵과할 수 없는 상태라는 것은 너무도 확연하다. 한낱 도형수, 그것도 법을 어기고 달아나 버린 도형수가 한 도시의 존경받는 어른이 되다니, 자베르의 입장에서 그건 사기다. 마들렌느, 아니 장 발장은 범법자이고 악인이다!

팡띤느는 마들렌느에 의해 진료소로 신속히 옮겨졌고, 수녀들의 보살핌 속에 치료를 받기 시작했다. 그러나 너무 늦었다. 극심한 영양실조 상태에서 결핵균이 팡띤느를 야금야금 갉아먹고 있었다. 그런 팡띤느에게 소원은 단 하나였다. 꼬제뜨를 다시 만나는 것. 우리들의 마들렌느 아저씨가 이를 모른 체 할 리 없다.

하지만 두 가지 방해물이 그의 앞에 나타났다. 떼나르디에는 마들렌느에게 더 큰돈을 요구하기 시작했고, 자베르는 갑자기 나타나더니 자신을 파면해 달라고 한다. 자베르의 말인 즉슨, 자신이 시장을 빠리 경찰국에 고발했단다. 그 말에 마들렌느는 호탕하게 웃으며 이렇게 묻는다. "시장 주제에 경찰의 권한을 침해했다고?" 뭘 그런 걸 가지고. 하지만 맙소사, 앞서 말했듯 자베르는 옛날의 도형수로 그를 고발했던 것이다. 이 말에 마들렌느의 얼굴은 흙빛으로 변했다. 허나! 진짜 반전은 이제부터다. 자베르가 정중히 보고하기를, 진짜 장 발장이 다른 곳에서 발견되었다는 것이다. 헉! 내가 장발장인데, 진짜 장 발장이 대관절 어디 따로 있단 말인가?

"저는 그렇게 믿고 있었습니다. 오래전부터 저는 의혹을 품고 있었습니다. 비슷한 용모, 시장님께서 파브롤에서 모으도록 하신 정보들, 포슐르방이 사고를 당했을 때 보여 주신 허리의 힘, 정확한 사격 솜씨, 질질 끌리는 듯한 다리. 제가 뭘 안다고! 멍청이 같은 소리를 늘어놓고 있습니다. 하지만 여하튼 저는 시장님이 장 발장이라고 불리던 그 사람이라고 생각했습니다."

"누구라고? 그 이름이 뭐라고 하셨소?"

"장 발장입니다. 20년 전 제가 뚤롱에서 교도관 보조로 복무하던 시절 본 적이 있는 도형수입니다."

비참함으로부터 탄생한 위대한 벽화 레 미제라블

내가 도둑놈 장 발장이오!

사정인즉 이러했다. '상마띠외'라고 불리던 영감이 최근 어느 지역에서 절도 행위를 하다 붙잡혔는데, 많은 사람들의 증언에 따라 그가 장 발장임이 밝혀졌다는 것이다. 물론 상마띠외 본인은 극구 부인하고 있으나, 자베르 형사가 직접 가서 보니 역시 장 발장이었다는 것. 이에 자베르는 지금 마들렌느에게 사죄하며 자신을 처벌하길 요청하고 있는 중이다. 하지만 오해하지 말자. 이 순간에도 자베르는 조금도 굴종적이지 않다. 그는 그저 자신이 믿는 법과 정의를 실현하기 위한 최선을 택했을 뿐이다. 때문에, 진짜 장 발장이 따로 있음이 밝혀졌으니 무고한 시장을 의심한 내가 죄인이라고 고백하는 순간에도 그는 여전히 마들렌느 앞에서 당당할 수 있었다. 법이 그를, 한낱 도형수의 자식이자 감옥에서 태어난 언저리 인생일 뻔한 한 남자의 삶을 당당하게 만들어 주었다. 그러한 신념 말고는 그를 구원해 줄 만큼 막강한 것은 세상 어디에도 없을 터이다.

저는 제 인생에서 대체로 엄격했습니다. 다른 사람들에게 말이지요. 그건 옳았습니다. 제가 잘한 일입니다. 그런데 만약 지금 제가 자신에게 엄격하지 못하다면, 제가 옳다고 생각하고 행한 모든 것이 부당해질 것입니다. 제가 다른 사람들보다 자신에게 너그러워야 하겠습니까? 아닙니다. 대체 그게 뭡니까! 다른 이들 처벌하는 데에만 쓸 만하고, 자신을 처벌하는 데에는 그렇지 못하다니! 그러면 저는 비참한 놈이 될 것입니다! 저를 손가락질하며 비열한 자베르라고 욕을 하는 자들이 있어도 어쩔 수 없겠지요! 시장님, 저는 시장님께서 저를 관대히 대하시는 것은 원하지 않습니다. 시장님께서 다른 이들에게 관용을 베푸실 때, 그것도 이미 제게는 충분한 근심거리였습니다. 저는 저를 위한 어떤 관용도 원하지 않습니다. 일반 시민에게 맞서는 매춘부, 시장에게 맞서는 일개 경찰관, 상급자에게 맞서는 하급자를 두둔하는 관용, 그것을 저는 나쁜 관용이라 여깁니다. 그런 관용들로 인해 사회가 와해됩니다. 아! 신이시여! 관대하기는 아주 쉽습니다. 어려운 것은 정의로운 일입니다. 그렇습니다! 만약 시장님께서 제가 생각한 그자였다면, 저는 결코 시장님께 관용을 베풀지 않았을 겁니다. 시장님께서는 제가 무슨 짓을 했을지 똑똑히 아시겠지요! 시장님, 저는 제가 다른 이들을 대하듯 저 자신을 대하고자 합니다.

하지만 이때 마들렌느의 심정은 어떠했을까? 아니, 진짜 장 발장이

비참함으로부터 탄생한 위대한 벽화 레 미제라블

나타났다고? 그 말은, 나를 대신해 무고한 누군가가 엄청난 형량을 받는다는 소리 아닌가! 그의 내면은 요동치기 시작했다. 그날 밤부터 다음날 동이 터올 무렵까지, 마들렌느는 위고의 표현대로 "두개골 밑에서인 폭풍"에 시달렸다. 어찌나 시달렸던지, 그의 머리는 밤사이 그만 하얗게 세고 말았다. 덕분에 그의 방 아래층에서 살던 공장 회계원은 밤새 마들렌느가 서성이느라 내는 발걸음 소리를 들어야만 했다.

샹마띠외라는 생면부지의 남자가 자기 대신 붙잡혀 있다는 사실에 장 발장은 일단 안도했다. 본능에 의해 그는 자신을 위협하는 대상에 대해 일단 공포감부터 느꼈고, 자신을 보호하기 위해 머리를 굴리기 시작했다. 하지만 이내 어떤 경악이 그를 덮쳐 왔다. 마들렌느의 첫 번째 고백 혹은 의혹. 지금까지 마들렌느라는 이름으로 내가 해온 모든 것 역시 내 개인적 욕심들에서 비롯된 것이 아니었을까! 도형수로서의 지난날을 모두 묻어 버리고 완전히 다른 모습으로 고귀하고 평화롭게 살고자 한 개인적 욕심! 마들렌느는 자신을 계속 추궁했다.

그는, 자신의 삶이 하나의 목표를 가지고 있다고 스스로 공언했다. 그러나 그 목표란 무엇인가? 자기 이름을 감추는 것? 경찰을 속이는 것? 그토록 하찮은 것을 위해 그 모든 일을 했단 말인가? 그에게는 더 크고 진실한 목표가 있지 않았던가? 그것은 자기 육신이 아니라 영혼을 구출하는 것이었다. 다시 정직하고 선량해지는 것이었다. 의인이 되는 것이었다! 그가 항상 원했고, 주교가 그에게 명령했던 것은, 무엇보다도 그것, 아니 오로지 그것이 아니었던가? 그렇다면 과거로 통하는 문이 닫

■-------'나는 지금 어떤 상황에 처한 것인가? 꿈을 꾸고 있는 게 아닐까? 내가 무슨 말을 들은 걸까? 자베르를 보았고 그가 나에게 그런 말을 했다는 것이 정말 사실일까? 그 상마띠외란 사람은 어떤 자일까? 그가 나를 닮았다고? 그것이 가능한 일인가? 어제 난 그토록 평온하고 아무 걱정도 하지 않았는데! 어제 이 시각에 대체 무얼 하고 있었던가? 이 뜻밖의 사건은 뭐란 말인가? 어떻게 해결될까? 내가 어찌해야 좋을까?'

그는 고뇌하고 있었다. 그의 뇌수는 생각들을 제어할 힘을 잃어 온갖 생각들이 격류처럼 일렁거리는 통에, 그는 그 생각들을 멈춰 세우려고 두 손으로 이마를 움켜쥐었다. – 1부 7편, 〈두개골 밑에서 인 폭풍〉

혔는가? 천만에, 나는 그것을 닫지 않았다. 맙소사! 수치스러운 행위로 그 문을 다시 열고 있지 않은가. 게다가 다시 하나의 도둑, 가장 혐오스러운 도둑이 되어 가고 있었다! 그는 다른 이의 존재, 삶, 평화, 햇볕을 쬘 수 있는 자리를 훔치고 있었다! 살인자가 되어 가고 있었다! 그는 죽이고 있었다. 약한 사람 하나를 정신적으로 죽이고 있었다. 그 가여운 자에게 끔찍한 살아 있는 죽음을, 흔히 도형장이라 부르는, 하늘이 열린 죽음을 안겨 주려 하고 있었다! 반대로, 자수함으로써 음울한 오판의 희생물이 될 어떤 남자를 구하고, 자기 이름을 되찾고, 의무에 충실해 다시 도형수 장 발장이 되는 것 등이, 진정한 의미에서 자신의 부활을 완수하고 지옥의 문을 영영 닫는 길이었다! 겉보기에는 다시 지옥으로 떨어지는 것 같아도, 그것이야말로 실제로는 지옥으로부터 나오는 길이었다! 그렇게 해야만 한다! 그렇지 않으면 아무것도 하지 않은 것이나 같았다! 그의 전 생애가 부질없고, 모든 고행이 허사가 될 것이며, 할 말은 이 한마디뿐일 것이다. "무슨 소용이란 말인가?" 그는 미리엘 주교가 그곳에 와 있고, 죽었으되 산 사람 못지않게 현존하며, 훗날 어떤 선행을 하더라도 마들렌느 시장은 주교의 눈에 가증스럽게 보이는 반면, 도형수 장 발장은 주교 앞에서 순결하게 보일 것이라고 생각했다. 또한 다른 사람들은 가면을 보지만 주교는 그의 얼굴을 본다고 생각했다. 뿐만 아니라 다른 이들이 그의 생활을 보는 반면, 주교는 그의 양심을 꿰뚫어 본다고 생각했다. 그러니 아라스(상마띠외의 재판소가 있는 곳)로 가서 가짜 장 발장을 풀어 주고 동시에 진짜를 고발해야 했다! 아아! 그것은 희생들 중 가장 큰 것이고, 승리들 중에서는 가장 고통스러운 것이며,

넘어야 할 마지막 한 걸음이었다. 하지만 그렇게 하지 않으면 안 된다. 고통스러운 운명! 인간의 눈에 치욕적인 것으로 돌아가지 않는다면, 신의 눈에 성스러운 것 속으로 들어갈 수 없다.

그런데 앞의 이야기를 가만 듣고 있던 또 다른 마들렌느가 문득 팡띤느와 그녀의 어린 딸을 떠올린다. 그러자 어떤 희망의 빛이 보이는 듯했고, 이에 힘입어 그가 항변하기 시작한다. 나는 여기 남아 그들을 도와야 하지 않겠는가? 내가 가 버리면 그들은 어떻게 되는가?

마치 지킬 박사와 하이드처럼 그는 저 혼자 방안을 오락가락하며 외쳤다. 때로는 전율 속에 말을 멈추지만, 그러나 다시금 태연하게 말을 이어 나갔다.

"좋아, 그는 도형장에 가게 되어 있어. 여하튼, 젠장! 그가 절도를 저지른 건 사실이야! 그가 훔치지 않았다고 내가 아무리 강변해도 소용없어! 그가 훔친 건 사실이니까! 반면 나는 이곳에 남아 계속하는 거야. 10년 이내에 내가 천만 프랑을 벌어 그것을 이 고장에 뿌리고 나를 위해서는 아무것도 남기지 않겠어. 그것이 내게 무슨 소용이겠어? 내가하는 일은 나를 위해서가 아니야! 모든 사람들의 번영이 증대되고, 온갖 산업이 깨어나 활기를 띠고, 각종 제조소와 공장들이 늘어나고, 가정들, 수백 수천의 가정들이 행복을 구가할 거야!"

그를 존경하는 이들은 상상할 수나 있었을까? 뛰어난 인품으로 자신

비참함으로부터 탄생한 위대한 벽화 레 미제라블

들의 사랑을 한 몸에 받고 있는 시장의 저 같은 독백을. 그는 혼자 욕하고, 머리를 쥐어뜯고, 마침내는 장 발장으로서의 과거를 지우기 위해 지금까지 지녀 온 물건들을 죄다 불태워 버렸다.

내면에서 치르는 전쟁 탓에 지쳐 선잠을 자다 깬 마들렌느는 여전히 결정을 유보한 채로 법원이 있는 아라스를 향해 떠났다. 중도에 자꾸 사건이 터져 시간이 지체될 때마다 은밀하게, 하지만 대단히 큰 기쁨을 느꼈음은 물론이다. 피치 못할 이유로 인해 제때 아라스에 도착하지 못한다면, 떳떳한 마음으로 다시 지금까지처럼 살 수 있을 테니까. 허나 아라스로 향하는 마들렌느를 막아서는 힘만큼이나 마들렌느를 밀고 당겨 주는 힘도 제대로 작용하고 있었다. 마침 재판이 연기되는 바람에 그는 시간에 맞춰 그곳에 도착해 버렸다! 그는 자신이 느끼는 게 괴로움인지 만족감인지조차 알 수 없게 되었다. 이제 마들렌느는 시장을 환대해 주는 판사와 검사들 속에서 재판 과정을 지켜보기 시작한다.

샹마띠외는 생각보다 훨씬 우둔했다. 그는 검사가 하는 말도, 재판의 진행 과정도 도무지 이해하지 못했다. 그저 놀란 눈으로 사람들을 보고, 사람들이 웃으면 같이 웃을 뿐이었다. 오직 땅에 떨어진 사과 가지 하나를 주운 것 때문에 이 사단이 난 것이다. 샹마띠외는 그저 억울했고, 이해할 수 없었고, 그러나 항변할 수도 없었고, 자신을 둘러싼 모든 사람들이 똑똑하면서 동시에 미친 것처럼 보일 뿐이다. 재판장이 그에게 의례적으로 마지막 변론을 요구하자 샹마띠외는 우리가 흔히 떠올릴 수 있는 최종변론과는 전혀 무관한 이야기를 떠들어 대기 시작한다.

"할 말이 있습니다요. 나는 빠리에서 수레 만드는 일을 했는데, 발루 씨 댁에서였습죠. 아주 힘든 일이었어요. 수레장이 일이라는 게, 항상 밖에서, 마당에서 해야만 했거든요. 좋은 주인을 만나면 헛간에서 하기도 하지만, 닫힌 데서는 불가능합니다요. 자리를 차지하는 일이니까요. 겨울에는 엄청스레 추워 제 팔을 두들겨 열을 내 보기도 하지만, 주인들이 싫어하지요. 우리가 시간을 낭비한다나 뭐라나! 길바닥에 깔린 돌도 얼어붙는 날씨에 쇠붙이 연장 다루는 일은 얼마나 고되던지. 그래 사람이 금방 낡아 버립니다요. 이 일을 하면 젊은 나이에 늙어 버려요. 나이 마흔에 볼 장 다 보는 게지요. 그 시절 내 나이 쉰셋이었는데, 지독히도 고생했습죠. 게다가 일꾼들이라는 것들은 또 어찌나 성미 고약한지! 그것들은 좀 늙었다 싶으면 늙다리니 뭐니 놀려 대지! 나는 하루에 30쑤밖에 받지 못했습죠. 내 나이가 많다고 젤로 적게 주었습니다요. 주인들이 내 나이 많은 걸 이용한 게죠. 내게 딸내미 하나가 있는데 개천에서 빨래 해주는 일을 했습죠. 그렇게 고것도 벌었습니다요. 그걸로 둘이 어떻게든 꾸려 나갔어요. 딸년도 고생이 이만저만 아니었습죠. 비가 오나 눈이 오나, 살을 에는 바람이 뺨따구를 사정없이 후려치는 날에도, 물이 허리춤까지 차는 나무통 속으로다 들어갔습니다요. 물이 얼 때도 빨래를 해야 했어요. 빨랫감이 많지 않아 빨래를 미뤄 두는 치들도 있어 일거리가 없을 때도 있었습죠. 판자조각이 제대로 들어맞지 않아 틈새로 물방울들이 마구 떨어집니다요. 그러면 치마가 겉이고 속이고 할 것 없이 다 젖어 버려요. 몸뚱이까지 전부 다. 딸년은 앙팡-루즈 빨래터에서도 일했는데, 거긴 수도꼭지에서 물이 나옵니다요. 그래서

비참함으로부터 탄생한 위대한 벽화 레 미제라블

나무통에는 들어가지 않아요. 앞에 있는 수도꼭지 물로 빨아서 뒤에 있는 대야에 헹구면 되니까. 닫힌 곳이라 몸은 덜 춥습니다요. 허지만 뜨거운 물에서 김이 굉장히 솟구쳐 눈을 못 쓰게 되었습죠. 딸년은 저녁 일곱 시면 돌아와 일찍 잠들었습니다요. 너무 피곤했던 게지요. 남편은 그 아이를 자주 때렸어요. 고것은 죽었습니다. 우리는 행복하지 못했습죠. 무도장 한 번 안 가고 얌전했던 아인데. 딱 한 번 카니발 마지막 날, 딸년이 모처럼 쉬는 날이라 저녁 여덟 시에 잠자리에 든 적은 있습니다요. 지금도 생각나요. 이게 전부예요. 다 사실이에요. 사람들에게 물어봐요. 아 참, 물어보라니! 내가 멍충이지! 빠리는 깊은 구렁이야. 그곳에서 누가 샹마띠외 영감을 알겠어? 하지만 발루 씨는 다릅니다요. 발루 씨 댁에 가서 알아봐 주세요. 이게 전부인데, 뭘 더 원하시는지 모르겠네요."

그가 입을 다물고 서 있었다. 그는 그 모든 일들을 크고 빠르고 거칠고 쉰 음성으로, 조금 성난 듯 사나운 어조로 늘어놓았다. 그는 말을 하다가, 청중 가운데 누군가에게 인사하려는 듯 한 번 중단하기도 했다. 그는 간간이 딸꾹질하듯 자기 앞을 바라보며 단언하듯 말을 했는데, 그때마다 장작을 패는 나무꾼의 동작을 취하곤 했다. 그가 말을 마치자 청중석에서 웃음이 터져 나왔다. 그가 그들을 물끄러미 바라보더니, 그들이 웃는 것을 보고, 아무 영문도 모르는 채 자기도 웃기 시작했다.

이 가여운 영감은 지금 자신이 어떤 처지인지나 제대로 파악하고 있는 걸까? 샹마띠외는 자신이 할 수 있는 말을 다했다. 하지만 그건 재판

L'AFFAIRE CHAMPMATHIEU

■——— 예수의 십자가 상 아래로 마들렌느 시장을 배치하면서, 묘한 일치감을 전달하려는 것이 화가의 의도였을까. 마들렌느는 아라스의 법정으로 왔으되 어떤 결정을 내리고 온 것은 아니었다. 하지만 재판이 진행되는 것을 보면서, 가난에서 비롯되었을 한 인간의 무지함을 결코 법이 참작해 주지 않음을 똑똑히 지켜보았다. 이에 그는 결단을 내리지 않을 수 없었다. 그가 말했다. "제가 장 발장입니다."

정에 요구한 말이 아니다. 그의 말은 못 배우고 가난한 자가 할 수 있는 말의 전부였지만, 그것으로는 그의 무고함이 판명될 수도 없을 뿐더러, 검사와 재판관의 동정이나 호의를 끌어내기에도 역부족이었다. 또한 엎친 데 덮친 격으로 이어서 세 명의 도형수가 차례대로 나온다. 그들은 이 샹마띠외가 자신들과 지냈던 장 발장이 맞다고 증언하는 게 아닌가. 여전히 어리둥절한 피의자가 내뱉은 말은 고작 이거다. "굉장하군!"

이렇듯 그들의 재판이란 결국 사회 전체가 이 한 명의 백치를 몰아세우는 것 그 이상도 이하도 아니었다. 그들은 단죄할 죄인을 필요로 했고, 가난하고 어리석다는 바로 그 점이 유력한 죄의 증거로 간주되어 샹마띠외는 형을 선고받았던 것이다. 결국 보다 못한 마들렌느가 나서서 이렇게 외친다. "배심원 여러분, 피고를 풀어 주도록 하십시오. 재판장님, 저를 체포하라고 명령을 내리십시오. 여러분들이 찾으시는 사람은 저 사내가 아니고 바로 저입니다. 제가 장 발장입니다." 물론 아무도 믿지 않았다. 오히려 마들렌느 시장이 충격으로 혼란을 겪고 있다고 판단한 검사는 의사를 찾기 시작했다. 이에 마들렌느는 증인으로 나온 세 도형수를 향해 말한다.

"좋아, 당신을 알아보겠군! 브르베! 기억하시오?"

그러더니 말을 중단하고 잠시 머뭇거리다 계속하였다.

"자네가 도형장에서 가지고 있던, 체크무늬로 뜨개질한 멜빵을 기억하나?"

브르베가 충격을 받은 듯 놀라며, 두려운 기색으로 그를 머리부터 발끝까지 훑어보았다. 그가 말을 이었다.

"슈닐디으, 자네는 스스로에게 쥬-니-디으라는 별명을 붙였지. 자네의 오른쪽 어깨는 심하게 화상을 입었지. 어깨에 새긴 세 글자 T.F.P.(무기징역 죄수를 뜻함)를 지우려고, 어느 날 숯불이 이글거리는 난로에 그 어깨를 가져다 댔기 때문이지. 하지만 글자들은 여전히 남아 있네. 대답해 보게, 그렇지 않은가?"

"정말이야." 슈닐디으가 대답했다.

그가 이번에는 꼬슈빠이유에게 말을 건넸다. "꼬슈빠이유, 자네 왼쪽 팔 안쪽에 화약을 태워 푸른색 글자로 날짜 하나를 새긴 게 있지. 그 날짜는 황제가 깐느에 상륙한 1815년 3월 1일이지. 소매를 한번 걷어 보게."

꼬슈빠이유가 소매를 걷어 올렸고, 모두의 시선이 그 팔에 집중되었다. 헌병 하나가 램프를 팔 가까이로 가져갔다. 날짜가 있었다.

불운한 사나이가 미소를 지으며 청중과 재판관들을 향해 돌아섰다. 그 미소를 본 사람들은 아직도 그때를 생각할 때마다 감회에 사로잡힌다. 그것은 승리의 미소였다. 동시에 절망의 미소였다.

"보시다시피 제가 장 발장입니다." 그가 말하였다.

이후 모든 일은 신속히 처리되었다. 샹마띠외는 여전히 영문을 모르는 채로 풀려났고, 마들렌느라는 이름을 벗어 버린 장 발장은 다시 자기 도시로 돌아와 병든 팡띤느 곁을 지켰다. 그러나 그것도 잠시, 만족스러운 웃음을 띠고 나타난 자베르에 의해 장 발장은 곧바로 체포되었

비참함으로부터 탄생한 위대한 벽화 레 미제라블

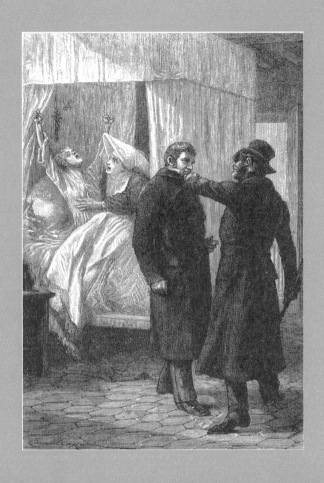

■ 팡띤느의 최후를 묘사한 그림. 그녀는 마들렌느가 자신의 딸 꼬제뜨를 데리러 간 것으로 알고 있었다. 헌데 잠에서 깨어났을 때 눈앞에 보인 건 자베르 형사였다. 게다가 무례하게도 그가 마들렌느의 멱살을 잡고선 "여봐, 가야지."라며 상스러운 반말을 지껄여 대는 것이 아닌가. 팡띤느는 급작스럽게 신열이 솟구치면서 자신이 본 것과 들은 바를 도무지 헤아릴 수가 없는 지경이 되어 부들부들 떨더니 이내 경련을 일으키며 침대로 고꾸라졌다. 마들렌느가 자베르에게 말했다. "당신이 이 여인을 죽였소."

다. 그 충격으로 현장에 있던 팡띤느는 그만 사망한다.

　장 발장의 결정은 옳았는가? 뭐라 단정하기 힘들다. 빵을 훔치기 위해 유리창에 팔을 들이밀던 그 순간부터 지금까지, 장 발장의 삶 속에는 단 한 번도 보장된 정답이 없다. 수많은 질문과 선택지는 있을지언정 답 같은 건 없다. 이토록 운수 사나운 사내가 세상 천지에 또 있을까 싶을 정도다. 하지만 장 발장은 앞으로도 일관되게 보여 준다. 우리 삶에 답은 원래 없다! 물론 어떤 이들은 답이 있다고 여기고 일관되게 한 방향을 향해 나아가기도 한다. 그들은 고민하지 않고 스스로에게 묻지도 않는다. 역설적이게도, 생각하지 않는 자에게는 세계에 마치 답이 있는 것처럼 보이기 십상이다. 세계가 자신을 속인다고 여겼던 장 발장 역시 그 생각을 의심하지 않았기에 미리엘 주교의 은식기를 훔칠 생각을 했던 것이다. 당시 그는 크게 갈등하지 않았다. 그에게는 그게 확연한 정답이었기 때문이다. 그는 자기 의지로 자기 세계를 정답 있는 세계로 만들었던 것이다. 하지만 미리엘 주교와의 만남으로 인해 장 발장은 정답 없는 세계로 넘어와 버렸다. 그건 고통이지만, 또한 자유의 증거이기도 했다. 한 가지에 속박되어 있는 노예가 아니라, 그 자신 스스로 답을 찾기 위해 고군분투하는 주체임을 증명하는 것이기 때문이다. 고로 투쟁하는 자란 곧 자유로운 자다.

　　비참함으로부터 탄생한 위대한 벽화 레 미제라블

운명적 조우

4

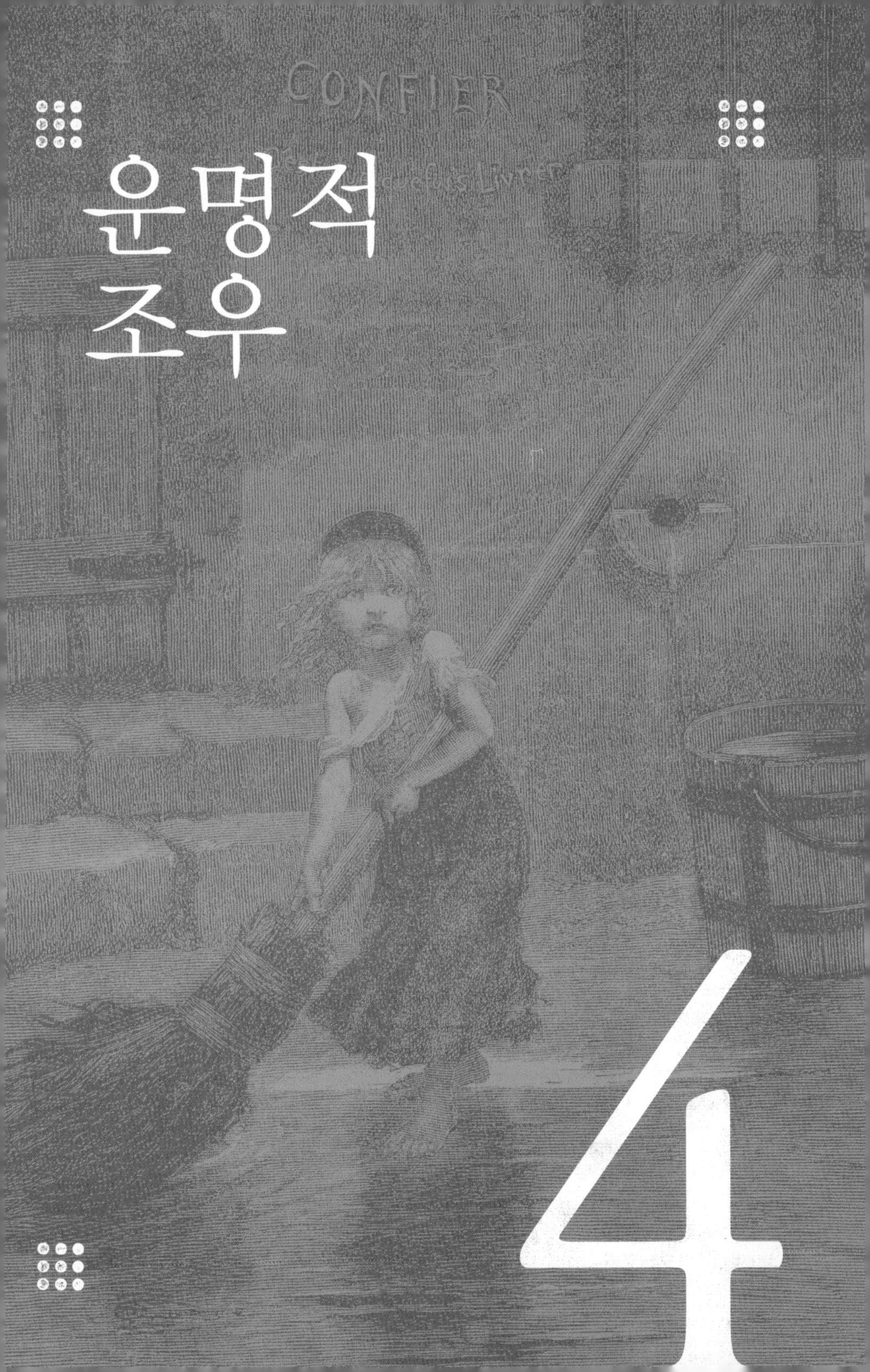

역사의 경첩, 워털루 전투

장 발장이 탈옥에 성공해 급박하게 상황이 돌아가는 이때, 위고는 뜬금 없이 워털루 전투 이야기를 꺼낸다. 워털루 전투 이야기가 무려 90쪽에 걸쳐 이어지는데, 이는 독자로선 의아해질 수밖에 없는 구성이다. 하지 만 거기에도 다 이유가 있는 법, 그 이유를 알고서 다시 보면 일견 지루 하게 느껴질 수 있는 '삼천포 스토리'가 다르게 다가온다.

실제로 위고는 1861년 워털루 근처의 어느 호텔에 투숙하면서 전장 을 답사했다. 그리고 그곳에서 워털루 전장 묘사를 마쳤다고 전해진다. 61년에 작품을 완성해 이듬해 출간했으니, 워털루 에피소드는 『레 미 제라블』의 마침표나 마찬가지라 보아도 좋을 것이다. 이를 통해 위고 가 보여 주려 한 것이 무엇인지 살펴보자.

위고가 보기에 워털루 전투는 곧 한 시대의 종식을 의미하는 사건이 었다. 나뽈레옹이 맹위를 떨치던 시대는 지났고 이제 프랑스 국민은 다시금 왕의 통치 하에 살게 되었다. 하지만 이는 루이 18세가 훌륭해서, 혹은 왕정복고가 올바른 정치 형식이라서가 아니다. 위고는 특이하게도 이를 세계의 무한성이라는 차원에서 해석한다.

나뽈레옹이 전투에서 승리하는 것이 가능했을까? 그렇지 않다고 대답할 수밖에 없다. 왜 그런가? 웰링턴(잉글랜드군 총사령관) 때문일까? 블뤼허(프로이센군 총사령관) 때문일까? 아니다. 신 때문이다. 워털루에서 승리하는 보나빠르뜨, 19세기의 법 속에 그것은 더 이상 존재하지 않았다. 더 이상 나뽈레옹의 자리는 없는, 다른 일련의 사건들이 기다리고 있었다. 사건들의 악의적 의도가 오래전부터 움트고 있었다. 그 위대한 인간이 쓰러질 때가 도래한 것이다.

인류의 운명 속에서 그가 가지고 있던 지나친 무게가 평형 상태를 흔들고 있었다. 그 개인 혼자서 전체 인류보다 큰 중요성을 차지하고 있었다. 인류의 전체 생명력이 단 하나의 머릿속에 집중된, 즉 세계가 단한 명의 뇌에 몰린 그런 상태가 앞으로 더 지속된다면, 그것은 문명에 치명상을 입힐 것이다. 부패할 수 없는 절대적 공정성이 마침내 결단을 내릴 때가 온 것이다. 물질 영역에서와 마찬가지로 정신적 영역에서도 정상적인 중력 법칙에 기대고 있는 원칙들과 요소들이 아마 불평을 하고 있었던 모양이다. 흐르는 피, 넘쳐나는 묘지들, 눈물 흘리는 어미들, 그것들이 두려워해야 할 고발자들이다. 대지가 과다한 무게에 눌려 괴로워하면 어둠 속에서 신비한 신음 소리가 들리고 마침내 심연이 그 소리를 듣는다.

나뽈레옹은 무한 속에서 고발을 당했고, 그의 추락은 확정되었다. 신을 거북하게 했기 때문이다.

워털루는 하나의 전투가 아니다. 그것은 우주의 앞면에 가해진 변화였다.

그러니까, 워털루 전투의 패배는 운명이다. 무한이라는 이름의 신이 거대한 손을 휘둘러 워털루 전투에서 나뽈레옹을 제압한 것이다. 왜? 한때 위대했던 세기를 그만 접기 위해서. 그래야만 또 다른 위대한 세기가 시작될 것이기 때문이다. 사실 위고는 당대 프랑스인 중에서는 나뽈레옹을 찬미하는 쪽에 가까웠다. 하지만 단 한 명의 영웅이 존재하는 세계란 곧 변하지 않는 세계를 의미한다고, 그리고 변하지 않는 세계란 실상은 뒷걸음질치는 세계일 뿐이라고 여겼다. 세계의 변화는 우주의 섭리다. 이를 거스를 수는 없다. 거스를 수 없는 이 사실, 이것이 곧 유한한 존재인 인간들이 공통으로 가지고 있는 운명이다. 그래서 위고는 이렇게도 말한다. "이 책은 한 편의 드라마이며, 그 주인공은 무한이다. 인간은 조연이다." 워털루 전투는 수많은 사상자를 낸 사건이지만, 반드시 필요한 '역사적 경첩'이었다.

이와 같은 위고의 생각은 위고만의 독특한 기술 방법을 낳게 했는데, 그것은 커다란 역사적 사건이나 공간을 먼저 조망한 뒤 서서히 그 속에서 움직이는 등장인물에게 접근해 그들이 그 안에서 어떤 사건을 만들어 내는지 살펴보는 것이다. 거대한 들판을 원경으로 잡은 뒤 카메라가 서서히 작은 들풀 하나에 가까이 다가갈 때 우리는 느낀다. 세계는 얼

비참함으로부터 탄생한 위대한 벽화 레 미제라블

마나 넓고 나는 얼마나 작은가. 하지만 이런 내가 살고자 하는 의지가 들판보다 약하다고 누가 말할 수 있겠는가.

나뽈레옹이 고배의 잔을 마시는 순간 프랑스는 부르봉 왕가의 지배 하에 다시 왕정체제로 돌아갔고, 이에 망명 귀족들 또한 프랑스로 돌아 와 특권을 회복했다. 그 같은 결론을 예상하지 못한 나뽈레옹, 그리고 그를 믿고 기꺼이 그를 옹립한 사람들이 '우고몽'에서 목이 잘리고 팔 이 잘리며 죽어갔다. 위고는 워털루 에피소드를 통해 바로 그런 이들을 그려보고 싶었던 것 같다. 나뽈레옹이 아닌 이상 역사에서 요약되거나 생략되기 마련인 그 인물들을 조명해 보려는 것.

그곳에도 미나리아재비와 데이지가 있고, 잡초가 무성하며, 쟁기를 끌던 말이 풀을 뜯는다. 말총을 꼬아 만든 빨랫줄이 나무 사이에 매어져 있고, 그 밑을 지나가면서 사람들은 고개를 숙이며, 그 버려진 땅을 걷다 두더지 구멍에 발이 빠지기도 한다. 풀밭 가운데 뿌리 뽑힌 나무가 쓰러진 채 초록으로 변하고 있다. 블랙맨 소령이 그 나무둥치에 등을 기대고 앉아 숨을 거두었다. 곁에 있는 커다란 나무 밑에서는 알라마니아(독일 서부 지역을 가리키는 라틴어) 장교 뒤쁠라가 쓰러졌다. 낭뜨 칙령이 철회되었을 때 알라마니아 지방으로 망명한 프랑스 가문 출신이다. 바로 옆에는, 병들어 고목이 되었고, 흙과 지푸라기를 섞어 이겨 상처를 감싸 놓은, 사과나무 한 그루가 기우뚱하게 서 있다. 대부분의 사과나무들이 늙어 쓰러져 가고 있다. 일반 총탄이나 산탄을 맞지 않은 나무가 없다. 그 과수원은 죽은 나무들로 수북하다. 까마귀들이 나무 사이로 날아다니고, 멀리 숲 안쪽에서는 제비꽃들이 무수히 피어났다.

워털루 전투의 두 거점지 중 하나였던 우고몽에는 반세기가 지났음에도 여전히 당시의 흔적들이 남아 있다. 워털루 전투가 벌어진 장소, 그곳의 사람들, 그 사람들의 친구와 가족 등 어떻게든 전투에 연관된 모든 사람에게 전투는 지워지지 않을 흔적을 남겼다. 나무, 땅, 총탄이 모두 각자의 방식으로 전투의 악몽을 드러낸다.

전투의 폭풍우가 아직도 뜰에 남아 그 끔찍함이 선명히 보인다. 육박전의 격동이 화석화되어 있다. 지금도 살고 죽는다. 바로 어제의 일처럼. 성벽들이 죽어가고, 돌들이 무너지며, 깨진 틈이 울부짖는다. 성벽에 난 구멍들은 상처이다. 휘어 떨리는 나무들은 마치 도망치려 애쓰는 듯 보인다.

이 스케치의 화자인 나그네를 자처한 위고는 당시의 사건을 목격하고 또 견뎌 내야 했던 나무층계라든지 아기예수 상, 문손잡이, 포탄에 뚫린 벽 등에 하나하나 시선을 던지고 있다. 우고몽의 과수원을 돌아보며 나그네는 상념에 젖는다. 그는 전쟁터에서 숨 쉬고 헐떡이고 공포에 떨었을 한 인간을 그려 본다.

진정 두려운 것, 악몽을 능가하는 현실이 있다면, 그것은 이런 것이다. 살아 있고, 태양을 바라보고, 사나이다운 힘으로 넘치고, 건강과 기쁨을

비참함으로부터 탄생한 위대한 벽화 레 미제라블

BATAILLE DE MONT-SAINT-JEAN, DITE DE WATERLOO. (LE 18 JUIN 1815.)

■——— 역사는 워털루 전투를 1815년 6월 18일의 일로 기록하지만, 그건 가장 치열하고도 중요했던 '몽–
쌩–장 고원' 전투(위 석판화)가 그날 벌어졌기 때문이다. 그러나 17일 밤부터 내린 비는 18일의 모든 양상
을 바꿔 놓기에 충분했다. 위고가 간과된 17일을 다시 건져 올린 건 세심한 관찰자의 면모에 걸맞다. 포병
위주의 전술을 구사하는 나뽈레옹에게 간밤의 비로 질퍽해진 땅은 확실히 불리한 여건이 되었다. 대포를
운반하려면 땅이 마를 때까지 기다려야 한다. 그러는 사이 동맹군에는 기다리던 지원부대가 합류할 수 있
었다. 나뽈레옹은 워털루의 지형을 파악하는 데 있어도 결정적인 지점을 살피지 못함으로써 엄청난 병력
손실을 자초했다. 몽–쌩–장 고원을 바로 눈앞에 둔 그 지점에는 절벽에 가까운 가파른 협곡이 복병처럼 매
복하고 있었는데, 그 천연의 함정을 놓친 것이 패전의 시작이었다.

누리고, 유쾌하게 웃고, 목전에 있는 영광을 향해 달리고, 가슴속에 호흡하는 폐와 힘차게 뛰는 심장과 고찰하고 말하고 생각하고 희망하고 사랑하는 의지를 간직하고 있고, 어머니와 아내와 자식들이 있고, 빛을 가지고 있는데, 문득, 비명 한마디 지를 순간에, 채 1분도 못 되는 시간에, 심연 밑바닥으로 무너져 내려 뒹굴고, 다른 이들을 밟고, 자신도 밟히고, 밀 이삭과 꽃과 잎사귀와 나뭇가지들이 보이지만 그 어느 것에도 매달릴 수 없고, 자신의 검이 무용함을 절감하고, 밑에 쌓인 사람들과 자기 위로 떨어지는 말들 사이에서 헛되이 몸부림치고, 그 암흑 속에서 어떤 발길에 뼈가 부러지고, 어느 발뒤꿈치에 밟혀 자신의 눈알이 불쑥 튀어나오는 것을 느끼고, 마구의 쇳조각을 미친 듯이 깨물고, 숨이 막혀 비명을 지르고, 온몸을 뒤틀고, 그렇게 밑에서 깔린 채, '조금 전까지만 해도 나는 살아 있었는데!'라고 생각하는 일이다.

그는 얼마나 살고 싶었을 것인가! 어떤 명분이 한 인간을 그런 죽음 속으로 몰고 간 뒤 정당성을 주장하는가. 인간은 왜 스스로 그런 길로 빠져드는가.

죽음 앞에서는 나뽈레옹도 저 이름 없는 병사와 별반 다르지 않다. 말 위에서 몇 천의 병사들에게 호령하는 나뽈레옹은 초인超人이었지만, 자신이 만든 덫에 걸려든 나뽈레옹은 왜소하고 가련한 패잔병 중 하나에 불과했다. 세인트헬레나 섬에서 유배생활을 시작하기도 전, 나뽈레옹은 이미 죽은 것이나 다름없었다.

비참함으로부터 탄생한 위대한 벽화 레 미제라블

밤이 시작될 무렵, 베르나르와 베르트랑은 제나쁘 근처 벌판에서 살기 등등하고 깊은 생각에 잠긴 듯한 어느 사나이의 코트 자락을 붙잡고 있었다. 그 사나이는 패군의 흐름에 휩쓸려 그곳까지 밀려와 이제 막 말에서 내려 고삐를 팔에 끼고, 혼미한 눈으로 홀로 워털루 쪽으로 되돌아가려 하고 있었다. 아직도 전진하려던 사나이, 그는 허물어져 버린 꿈에 잠긴 거대한 몽유병자, 나뽈레옹이었다.

헌데 이 전장에 갑자기 한 마리의 생쥐 같은 사내가 등장한다. 나뽈레옹이 워털루 전투의 패배한 거인이었다면, 전장의 한켠에서는 어느 난쟁이가 나름의 승리를 구가하고 있었다. 이 난쟁이의 이름이 곧 떼나르

■──── 워털루 전투가 남긴 폐허 속에서 처연함과 무상함에 젖어드는데, 난데없이 시신들 위를 네 발로 기어 다니는 파충류 같은 인간 하나가 나타난다. 떼나르디에가 동트기 전 어둠 속에서 신속한 손놀림으로 전사자들의 소지품을 털고 있다. "그 전투에서 아무 일도 하지 않은 워털루가 모든 명예를" 누린 것과 마찬가지로, 그 같은 자들은 싸우지 않고 군대의 꼬리를 졸졸 따라다니기만 하다가 최후의 승리를 구가한다.

디에다. 그는 전투가 휩쓸고 간 지역을 순방하며 죽은 병사들의 금반지나 배지 등을 터는 질 나쁜 도둑이다. 죽어가는 프랑스 장교 '뽕메르씨'의 주머니를 털다가 의도치 않게 그를 살려 준 꼴이 되어 버린 이 사내는 순식간에 도둑에서 은인으로 지위가 상승된다. 워털루 전투의 마지막 장면에서 숨은 조역을 맡았던 이 사내는 그로부터 몇 년 후 장 발장의 운명에 등장한다. 이번에는 팡띤느의 어린 딸 꼬제뜨의 보호자, 아니 그녀를 부려먹는 악덕주인의 역할로서. 그는 나뽈레옹 치하에서 수많은 전쟁에 참가해 유럽을 전전하며 살다 종전 후 새로운 세기에 적응하지 못해 점차 퇴락의 길을 걷는 수많은 하층계급 남성의 전형이었다.

비참함으로부터 탄생한 위대한 벽화 레 미제라블

두 별이 만나다

위고의 눈은 다시 장 발장에게로 돌아온다. 장 발장은 다시 붙잡혔지만, 이번에도 역시 탈출에 성공한다. 배 위에서 사고로 떨어져 활대에 매달려 있는 선원을 구해 낸 뒤, 그 짧은 순간 그는 모종의 계획을 실행에 옮길 결심을 내린다. 사람들은 인명을 구한 도형수에게 한창 환호하고 있었다. 그리고,

도형수는 노역에 다시 착수하기 위해 즉시 내려오기 시작했다. 신속히 내려오기 위해 그는 밧줄들 사이로 미끄러져 내려와 낮은 활대 위로 달렸다. 모든 눈이 그를 따라가며 주시했다. 어느 순간 사람들이 두려움에 사로잡혔다. 기운이 빠졌는지, 눈앞이 어지러웠는지, 그가 멈칫거리며 비틀거리기 시작했기 때문이다. 갑자기 군중이 비명을 질렀다. 도형수가 바다에 떨어진 것이다.

매우 위험한 추락이었다. 전함 '알헤시라스'가 '오리옹' 곁에 정박해 있었는데, 가엾은 도형수가 그 사이로 떨어진 것이다. 두 전함 중 어느 하나의 밑으로 미끄러져 들어갈 위험이 몹시 컸다. 선원 네 명이 서둘러 구조용 보트를 타고 뛰어들었다. 군중이 그들을 격려했고, 불안감이 모두를 사로잡았다. 추락한 사람은 다시 떠오르지 않았다. 마치 기름통 속으로 빠진 듯, 물결조차 남기지 않고 바닷속으로 사라졌다. 잠수하여 찾아보았으나 허사였다. 저녁까지 수색을 했으나 시신조차 발견하지 못했다.

다음 날, 뚤롱의 일간지에는 다음과 같은 기사가 실렸다.

"1823년 11월 17일. 어제 전함 '오리옹' 선상에 노역을 나갔던 도형수 하나가, 선원을 구출하고 작업장으로 돌아오던 중 추락해 익사했다. 시신은 찾지 못했다. 해군 조선소 방파제의 말뚝 밑에 걸려 있을 것이라 추측된다. 그는 9430번으로 죄수 명부에 기록되어 있으며, 이름은 장 발장이라고 한다."

이렇게 하여 장 발장은 감쪽같이 도망쳐 나올 수 있었다. 그러자 위고의 카메라는 장 발장에게서 떨어져 나와 이번에는 높은 상공에서 지상의 두 점을 함께 포착하길 택한다. 서로를 향해 움직이고 있는 두 점, 그것은 물론 장 발장 그리고 꼬제뜨다.

입헌군주제를 지향하며 노동자와 농민 등을 포함한 하층민을 위한 온건정책 노선을 취한 루이 18세 하의 1823년. 많은 사람들은 1년 뒤 자신들이 다시 반동적으로 돌아선 샤를 10세의 국가 체제 안에서 얼마

비참함으로부터 탄생한 위대한 벽화 레 미제라블

　■——　우리에게 아주 잘 알려진 그림 속 여자아이가 바로 꼬제뜨다. 팡띤느가 떠나자마자 꼬제뜨는 떼나르디에 내외의 두 딸을 대신해 벌을 받는 "대리 천덕꾸러기"가 되었고, 다섯 살이 되기도 전에 그 집의 하녀로 전락했다. 꼬제뜨 뒤편으로 보이는 글귀는 "맡기는 것은 때로는 주어 버림이 된다."는 뜻이다.

나 혹독한 삶을 이어갈지 상상하지 못한 채 비교적 활기에 넘쳐 그해 겨울을 나고 있었다. 그러나 몽페르메이유 지역의 떼나르디에 여인숙에 사는 꼬제뜨만은 자기 삶이 앞으로 나아지리라는 희망을 갖지 못한 유일한 피조물이었다. 그저 벽난로 근처 탁자 밑 자신의 지정좌석에 쪼그리고 앉아 있을 뿐.

떼나르디에 부처에게 꼬제뜨는 두 개의 알을 낳는 닭이다. 꼬제뜨는 여인숙의 어린 하녀로서 온갖 일을 도맡아 하고 있었지만, 바로 그 때문에 그들은 팡띤느로부터 매달 (그들로서는 별로 달갑지 않을) 감사의 편지와 더불어 (매우 반가운) 양육비를 받아 낼 수 있었던 것이다. 여덟 살의 꼬제뜨는 빨래, 청소, 심부름 등 온갖 일을 다했다. 조금이라도 실수가 있을 때, 혹은 떼나르디에 부처의 기분이 별로 좋지 않을 때, 아이는 온갖 상욕을 들으며 매질을 당해야 했다. 덕분에 소녀는 삐삐 말랐고, 눈 밑에는 검은 그림자가 짙게 드리웠으며, 다 떨어진 옷을 걸친 채 종일을 떨었다. 그리고 하필이면 크리스마스인 이날 밤 평소 꼬제뜨가 가장 두려워하는 임무가 떨어졌다. 이렇게 컴컴한 밤에, 숲 속에 있는 샘터에서 물을 길어 오라니……

그때 장 발장은 빠리의 오삐딸 대로를 오가다 방 하나를 얻었다. 그러고는 합승마차에 올라, 혹시라도 모를 추격이나 감시를 따돌리기 위해 몽페르메이유보다 훨씬 떨어진 곳에서 내려 걷기 시작했다. 숲이 시작됐다. 그리고 그곳에서 작은 그림자 하나가 끙끙거리며 무거운 물건을 들고 가는 모습을 보았다.

소녀는 고통스럽게 헐떡거리며 숨을 쉬고 있었다. 흐느낌이 목을 죄어 왔다. 하지만 감히 울지는 못했다. 멀리 떨어져서도 떼나르디에의 처를 그토록이나 두려워했던 것이다. 떼나르디에의 처가 항상 곁에 있다고 상상하는 것이 소녀의 버릇이었다.

하지만 얼마 나아가지는 못했다. 소녀의 걷는 속도는 아주 느렸다. 멈추어 있는 시간을 줄이고 걷는 시간을 최대한 연장해도 소용없었다. 이렇게 가다가는 몽페르메이유까지 한 시간도 더 걸릴 것이고, 그러면 떼나르디에 처가 매질을 할 것이라고 생각하며 소녀는 불안해했다. 이 불안은 어두운 숲 속에 홀로 있다는 두려움과 뒤섞였다. 평소 낯익은 늙은 밤나무까지 이르러, 소녀는 충분히 쉬기 위해 오랫동안 멈추었고, 남은 힘을 모두 모아 물통을 다시 든 다음 용기를 내어 걷기 시작했다. 하지만 절망한 그 어린것의 입에서는 탄식이 절로 터져 나왔다. "오! 신이시여!"

바로 그 순간, 소녀는 물통이 별안간 전혀 무겁지 않음을 느꼈다. 거대해 보이는 손 하나가 물통 손잡이를 잡고 물통을 힘차게 들어 올린 것이다. 소녀가 고개를 들었다. 검고 꼿꼿하게 선 거대한 형체 하나가 그 곁에서 걷고 있었다. 어떤 사내였다. 소녀의 뒤로 다가왔으되 소녀가 그 소리를 듣지 못했던 것이다. 그 사내가, 아무 말 없이, 소녀가 들고 가던 물통의 손잡이를 움켜쥐었던 것이다.

삶에서 이루어지는 어떤 만남이든 본능이 먼저 그 만남에 반응한다. 아이는 두려워하지 않았다.

시적인 만남을 가능케 하는 이 아름다운 우연! 위고의 작품이 유난히 뮤지컬과 동화로 각색되어 많은 사랑을 받게 된 이유 중 하나는 당대에 대한 비판적 시선과 고발에 결코 가려지지 않는 이런 기적 같은 에피소드들 덕분일 것이다. 위고의 작품은 대하소설이고 사회비판소설이면서 동시에 언제나 동화였다. 꼬제뜨는 가련한 운명에 처해 그 어린 나이에 일찍감치 고생길을 걷지만 운 좋게도 키다리 아저씨를 만난다. 가난과 무지 때문에 도형수로 19년을 살며 청춘을 다 보내야 했던 장 발장은 드디어 진정 자신을 필요로 해주는 사람을 만난다. 위고의 말처럼 그들은 서로 처음부터 상대를 알아보았다. 그는 좋은 사람이고, 그는 내게 필요한 사람이고, 그는 나를 필요로 하는 사람이었다.

꼬제뜨를 따라 여인숙으로 간 장 발장은 드디어 떼나르디에와 대면한다. 앞으로 10여 년 넘게 장 발장을 괴롭히게 될 모진 인연이 이제 막 시작된 것이다. 장 발장은 한눈에 알아보았다. 떼나르니에의 처는 누가 보건 상관하지 않고 꼬제뜨를 혹사시켜 왔으며, 떼나르디에는 오직 누군가를 속여 돈 챙기는 일에만 혈안이 된 사내임을.

이리저리 오가던 떼나르디에 처가, 일을 멈추고 두 소녀의 노는 모습을 넋 놓고 바라보고 있던 꼬제뜨를 발견했다.

"너 잘 걸렸다!" 그녀가 소리 질렀다. "어디서 일을 이따위로 해! 채찍 맛을 봐야 일을 할 모양이지!"

의자에 앉아 있던 나그네가 그녀를 돌아다보았다.

"부인." 그가 미소를 지으며 조심스럽게 말했다. "까짓것! 아이가 놀

비참함으로부터 탄생한 위대한 벽화 레 미제라블

게 좀 해주세요!"

저녁 식사거리로 양다리 한 쪽과 포도주 두어 병쯤을 주문하고, '끔찍스런 가난뱅이' 행색이 아닌 손님이 그런 뜻을 비쳤다면 그것은 곧 명령이었을 것이다. 하지만 이따위 모자를 쓴 자가 무엇을 원하고, 이따위 코트를 걸친 자가 감히 자기 뜻을 내비친다는 사실, 떼나르디에 처는 그것을 도저히 용서할 수 없었다. 그녀는 귀에 거슬리는 음성으로 대꾸했다.

"저것도 일을 해야지요, 먹어야 하니까. 빈둥빈둥 놀리면서 먹여 살릴 수는 없어요."

"그래, 아이가 하는 일이 대체 무엇이오?" 나그네가 부드러운 음성으로 다시 묻는데, 그 음성이, 거지의 옷차림 그리고 짐꾼을 연상시키는 어깨 등과 기이한 대조를 이루었다.

떼나르디에 처가 못마땅한 어조로 그의 물음에 답했다.

"긴 양말을 뜨고 있어요. 양말이 없어서 맨발로 다녀야 할 처지인 제 두 딸들에게 줄 것이에요."

나그네가 꼬제뜨의 빨갛게 언 종아리를 한 번 보고 나서 다시 물었다.

"저 아이가 그 양말 한 켤레를 언제쯤 다 뜰 수 있을까요?"

"게을러서 앞으로도 꼬박 사나흘은 걸릴 걸요."

"완성한 양말 한 켤레의 가격은 얼마나 되오?"

떼나르디에 처가 경멸하듯 그를 힐끗 쳐다보았다.

"적어도 30쑤."

"그것을 내게 5프랑에 파시겠소?" 남자가 다시 말했다.

"맙소사!" 듣고 있던 짐마차꾼 하나가 웃음을 터뜨리며 소리쳤다. "5

프랑? 젠장, 양말 한 켤레에 5프랑이라니!"

때나르디에가 이번에는 자신이 대답을 해야겠다고 판단했다.

"네, 손님, 정 원하신다면 5프랑에 그 양말을 넘겨드리지요. 저희는 손님들의 요청을 거절하지 않습니다."

"즉시 지불하셔야 해요." 그 처가 단호하게 말했다.

"내가 그것을 사겠소." 나그네가 대답하더니 주머니에서 5프랑짜리 주화 하나를 꺼내 탁자 위에 놓고 다시 덧붙였다. "여기 그 값을 지불하오."

그러더니 꼬제뜨를 돌아보며 말했다.

"이제 네가 뜨개질할 양말은 내 것이란다. 아가야, 이제 놀거라."

그 모습을 본 때나르디에는 장 발장의 정체, 즉 팡띤느로부터 위임장을 받은 이임을 모른 채로 그에게서 많은 돈을 뜯어낸 뒤 꼬제뜨를 팔아 치울 속셈에 들떴다. 그는 이렇게 변죽을 울리기 시작한다. "제 말씀을 들어보세요. 저는 그 아이를 무척 좋아합니다."

우리 꼬제뜨 말씀입니다! 그 아이를 데려가시겠다고 하셨잖습니까? 좋습니다, 솔직히 말씀드리겠습니다. 손님께서 정직한 분인 것은 사실이지만, 저는 이 일에 대해서는 동의할 수 없습니다. 제가 그 아이를 무척 그리워하게 될 것 같으니까요. 아주 어릴 적부터 제가 길렀답니다. 그 아이로 인해 돈을 지출해야 하고, 그 아이에게 여러 단점들이 있으며, 저희들이 부유하지 못하지만 아이가 병에 걸렸을 때 약값으로 400프랑

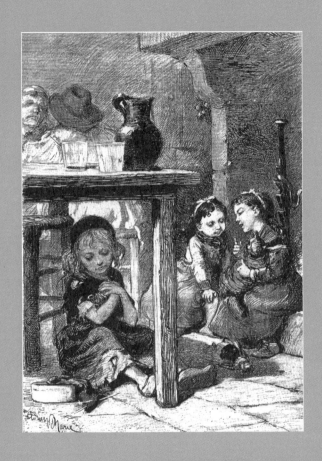

■── 떼나르디에의 두 딸 에뽀닌느와 아젤마가 가지고 놀던 인형을 팽개쳐 두고 '움직이는 인형' 고양이를 포대기에 감싸서 놀고 있다. 꼬제뜨는 자신의 지정석인 탁자 아래 '개집'에서 새끼손가락보다 작은 군도를 포대기에 싸서 팔 위에 눕혀 자장가를 불러 주었다. 이렇게 놀 수 있게 된 것도 장 발장이 양말값을 치른 덕분이다.

이상을 지불해야 했던 것 등은 모두 사실입니다! 하지만 착한 신을 위한 일도 해야 합니다. 그것에게 어미도 아비도 없어, 제가 그것을 길렀습니다. 그 아이와 제가 함께 먹을 빵은 저에게도 있습니다. 사실 저는 그 아이에게 애착을 가지고 있습니다. 이해하시겠지만, 함께 살다 보면 정이 들게 마련이지요. 저는 사람 좋은 바보입니다. 이것저것 따질 줄을 모르지요. 그 어린것을 그저 좋아할 뿐입니다. 제 처 역시, 성미는 괄괄해도, 그 아이를 무척 사랑합니다. 보시다시피, 저희들의 친자식이나 다름없습니다. 저는 그 아이가 이 집 안에서 재잘거리기를 바랍니다.

하지만 이미 상황 파악을 마친 장 발장은 본론을 말하길 요구한다. 그러자 떼나르디에는 주저하지 않고 본심을 실토했다. "저는 현금으로 1500프랑이 필요합니다."

떼나르디에는 장 발장으로부터 1500프랑을 받고서 속으로 쾌재를 부르며 선뜻 꼬제뜨를 내놓았다. 하지만 이내 뒤집히는 마음. 더 받을 수도 있었건만! 내가 멍청이야! 하여 장 발장과 꼬제뜨가 여인숙을 떠난 뒤 떼나르디에는 길을 나서 그들을 따라잡는다. 시커먼 속셈을 숨긴 채 그가 내세우는 말이 가관이다. "보시다시피 저는 정직한 사람입니다. 이 애는 저희 자식이 아니고 이 애 엄마의 아이죠. 아이 엄마가 아이를 저에게 맡겼으니, 저는 오직 그녀에게만 이 아이를 돌려줄 수 있습니다."

이런 식으로 물고 늘어지면 웃돈을 더 챙길 거라 생각한 떼나르디에의 예상대로 장 발장은 자기 주머니에 손을 집어넣었다. 기쁨에 몸을

비참함으로부터 탄생한 위대한 벽화 레 미제라블

떠는 떼나르디에. 그의 눈앞에 장 발장이 종이 한 장을 들이밀었다. 그러자 떼나르디에는 그만 할 말을 잃었다. 팡띤느가 쓴 위임장이 그의 눈앞에서 팔랑거리고 있었던 것이다. 독자들 속이 다 시원해질 정도로 떼나르디에는 원통해하고, 장 발장과 꼬제뜨는 의기양양 다시 길을 떠난다. 떼나르디에 여인숙으로부터의 탈주에 성공한 두 사람의 앞날은 마냥 행복해 보였다. 두 사람은 전날 장 발장이 미리 세를 낸 집에서 지친 몸을 누였다.

두 번째의 하얀 경험 — 꼬제뜨

고풍스럽다기보다 낡아 보이는 그 구역이, 그 무렵부터 변형을 추구하고 있었다. 그러므로 그곳을 보고자 하는 이들은 서둘러야 했다. 날마다 한 부분씩 사라졌다. 오늘날에는, 그리고 20년 전부터, 빠리—오를레앙 간의 열차 플랫폼이, 곁에 있는 변두리 구역을 바꿔 놓고 있었다. 세상 어디든 수도의 변두리에 기차역이 들어서면 그것은 곧 변두리의 죽음과 새로운 시가지의 탄생을 의미하는 것이다. 많은 이들의 이동에 있어 중심이 되는 도시 둘레에서는, 그 강력한 기계들이 굴러가는 소리에, 그리고 석탄을 먹고 불을 내뿜는 괴물 같은 말들의 숨결에, 씨앗을 잔뜩 품고 있는 대지가 진동하며 스스로 열려 인간의 낡은 거처들을 삼키고 새로운 거처가 솟아나도록 하는 것 같다.

오를레앙행 기차역이 쌀뻬트리에르 병원 부지를 침범한 후, 쌩—빅또르 해자들과 왕립식물원 근처의 옛길들은, 일정한 시간 동안 집들을

비참함으로부터 탄생한 위대한 벽화 레 미제라블

좌우로 물러서게 하는 합승마차들과 삯마차들로 이루어진 거센 조류가 가로지르고 지나가는 바람에, 날마다 서너 차례씩 변모한다. 틀림없는 사실이되 말하기에는 이상한 일들이 있다. 대도시에서는 태양이 남향 주택들의 정면 벽을 식물처럼 키운다는 말이 사실이듯, 마차들의 빈번한 통행이 도로를 확장하는 것이 틀림없다. 새로운 삶의 징후들이 완연하다. 시골과 다름없는 그 옛 동네에, 가장 황량한 그 구석에, 포장된 도로가 나타나고, 비록 아직 행인은 없어도, 도로 양편에 인도들이 쑥쑥 자라 길어지기 시작한다. 어느 날 아침, 기념할 만한 아침이었다. 1845년 7월 어느 날, 문득 아스팔트용 타르를 담은 검은 냄비들에서 김이 솟아오르기 시작했다. 그날 문명이 루르씬느 로에 찾아들고, 빠리가 쌩-마르쏘 변두리 구역에 들어섰다고 말할 수 있을 것이다.

젊은 시절 쓴 『빠리의 노트르담』에서 보여 준 도시 변화에 대한 관심이 다시금 한 차례 드러나는 대목이다. 위고에게 있어 도시란 생물과 같은 것이다. 그것은 날마다 변하고 자란다. 그러하되, 그것은 저 혼자 쑥쑥 자라는 것이 아니라, 사회 공동의 산물이며 세월의 퇴적물이다. 도시가 보여 주는 것은 그러므로 그 안에 사는 인간들의 관념과 관습 들이다. 위고는 사람들에 의해 변하는 도시의 모습, 그리고 그 도시 속에서 이리저리 헤매고 부딪히는 사람들을 동시에 포착함으로써 인간 세계를 조망하는 데 있어 탁월한 능력을 보여 준 바 있다. 이번에도 위고는 장 발장과 꼬제뜨가 앞으로 보낼 삶을 이야기하기에 앞서 일단 그들이 살아야 할 공간을 조망하길 택했다. 철로가 깔리고 도로가 포장되면서 근대화가 이루어지기 시작한 이곳, 오삐딸 대로.

　일부 독자는 이런 장면 묘사들이 느닷없이 삽입될 때 스토리가 방해를 받는다고 여길 수도 있을 것이다. 허나 바로 이런 장면들 때문에 우리는 위고의 렌즈가 어느 특정 개인의 특이한 삶을 포착해 그려 내는 것만을 목적으로 삼지 않았다고 짐작할 수 있다. 위고의 렌즈는 인간 사이의 갈등과 사건을 세밀하게 그려 보이다가도 틈만 나면 카메라를 저만치 뒤로 쭉 빼 시야를 확장한다. 그랬을 때 우리는 그 세계 전체를 바라볼 수 있게 되는데, 그렇게 되면 당연히 지금까지 렌즈의 피사체이던 등장인물은 작은 점으로 축소될 수밖에 없다. 그들은 자기 삶의 주인공들이고 위고 소설의 주요 등장인물이지만, 동시에 거대한 세계의 이런저런 조건들에 처해 있으며 역사의 흐름에 휘말릴 수밖에 없는 존재들이기도 하다. 하지만 동시에 그는 역사를 바꾸는 존재들 중 하나이기도 하다. 사회 속의 인간이 역사나 도시보다 선험적으로 존재할 수 없는 것처럼, 역사나 도시 역시 인간에 앞서 존재하지 않는다. 둘은 서로 부단히 상호작용하며 스스로를 변화시키고 상대를 변화시킨다. 인간은 역사에 휘말리는 존재이면서 동시에 역사를 바꾸는 존재이기도 하다. 인간은 도시에 지배되지만 동시에 도시를 무너뜨리고 세우는 존재이기도 하다. 그래서 위고가 카메라를 저 높이 올려 빠리 시를 조망할 때, 우리는 장 발장과 꼬제뜨가 어떻게 도시 속에서 자기 거처를 확보하고, 도시 속에서 자꾸 달아나고, 그러면서 도시를 자기들 식대로 변용하는지 목격하게 된다.

　이 도시 안에서, 장 발장과 꼬제뜨의 공동의 삶이 시작되었다.

　　　　　비참함으로부터 탄생한 위대한 벽화 레 미제라블

다음 날 아침, 해가 높직하게 떴으나 아이는 여전히 자고 있었다. 12월의 연한 햇살 한 자락이 다락방의 창을 통해 들어와, 천장에 그림자와 빛의 긴 줄들을 드리우고 있었다. 문득, 무겁게 짐을 실은 채석장 주인의 마차가 차도를 지나며 천둥소리처럼 그 누옥을 뒤흔들어 건물 전체가 떨렸다.

"예, 아주머니!" 잠에서 깨어난 꼬제뜨가 소리쳤다. "가요! 지금 가요!"

그러더니, 잠에 겨운 눈을 반쯤밖에 뜨지 못한 채, 침대에서 뛰어내려 벽 한구석으로 손을 뻗었다.

"오, 신이시여! 내 빗자루!" 소녀가 중얼거렸다.

소녀가 눈을 완전히 떴을 때 장 발장의 미소 짓는 얼굴이 보였다.

"어머나, 그랬었지! 밤새 안녕히 주무셨어요, 아저씨!"

아이들은 기쁨과 행복을 즉각 그리고 친숙하게 받아들인다. 그들 자체가 곧 행복이고 기쁨이기 때문이다.

꼬제뜨는 침대 발치에 있던 까뜨린느(장 발장이 떼나르디에 여인숙에 머문 날 꼬제뜨에게 사 준 인형)를 와락 껴안아 그것을 가지고 놀면서 장 발장에게 수백 가지 질문을 하였다. 자기가 어디 와 있는 건지, 빠리는 큰 도시인지, 떼나르디에 부인이 멀리 있는지, 그녀가 쫓아오지 않을지 등등. 그러더니 문득 소리쳤다.

"여기 참 예뻐요!"

실은 보기에 끔찍할 만큼 누추한 곳이었다. 소녀는 그곳에서 자유로움을 느끼고 있었던 것이다.

■——— 장 발장과 꼬제뜨의 첫 안식처는 고르보의 누옥이라 불리는 허름한 이층집이었다. 그 집은 분명 빠리에 있되 빠리가 사라져 버린 듯한, 황량하고 끔찍하고 음울한 곳에 있었다. 꼬제뜨는 떼나르디에 부부에게 의탁된 5년 동안 두려움에 잠식당한 존재였다. "여기 참 예뻐요!"라는 말에서는 비로소 자신을 옥죄던 굴레에서 벗어났음을 재확인하는 꼬제뜨의 안도감이 느껴진다.

"제가 비질을 해야 하지 않을까요?" 소녀가 물었다.

"그냥 놀거라." 장 발장의 대꾸였다.

하루가 그렇게 흘러갔다. 꼬제뜨는 아무 걱정 없이, 인형과 노인 사이에서 형언할 수 없을 만큼 행복하기만 했다.

지금껏 단 한 번도 누군가와 함께 생활해 본 적이 없는 장 발장, 기억하는 한 한 번도 누군가의 미소 속에서 잠을 깬 적이 없는 꼬제뜨에게 고르보 누옥에서의 생활은 천국에서의 나날들처럼 느껴졌다.

장 발장은 자신이 미리엘 주교에 이어 두 번째로 "하얀 경험"을 하는 중임을 서서히 깨달았다. "미리엘 주교가 그의 앞 지평선에 미덕의 여명을 가져왔고, 꼬제뜨가 이제 그곳에 사랑의 여명을 가져왔다." 꼬제뜨를 구해 준 건 장 발장이지만, 장 발장을 구해 준 것은 또 꼬제뜨인 셈이었다. 나를 발견해 준 사람이 있다는 데에서 오는 충족감, 내가 사랑할 수 있는 능력이 있음을 깨닫는 데에서 오는 고양감! 지금껏 단 한 번도 무언가를 사랑한 적이 없는 장 발장, 우정을 나눠 본 적도 가족을 이뤄본 적도 없는 장 발장은 자기 딸이 된 어린 소녀를 통해 처음으로 자기 심장이 달콤하게 뛰는 것을 느낄 수 있었다. 장 발장은 꼬제뜨가 인형놀이를 하는 모습을 지켜보며 다시 강해질 수 있었다. "그가 그녀를 보호했고, 그녀는 그를 견고하게 만들어 주었다."

꼬제뜨 역시 마찬가지였다. 소녀는 생애 처음으로 아버지를 만났고, 첫날부터 이 아버지를 본능적으로 사랑하기 시작했다. 소녀에게 갑자기 숲에서 나타난 아버지는 신과 같은 존재였다. 장 발장은 하나의 힘이었고, 신비였고, 절대적인 무엇이었다.

홀아비 장 발장과 고아 꼬제뜨의 만남! 이로써 새로운 가족의 탄생이 이루어졌다. 그들은 장 발장이 공장 사장 마들렌느였던 시절 모아 둔 돈으로 부족함 없이 살 수 있었다.

비참함으로부터 탄생한 위대한 벽화 레 미제라블

빠리 시를 누비는 도망자와 추적자

하지만 떼나르디에로부터 벗어나자 기다렸다는 듯 다시금 과거의 그림자가 장 발장을 덮쳐 온다. 형사 자베르가 그를 좇아 오삐딸 대로의 그 집에까지 들이닥친 것이다. 1824년 3월 어느 날, '적선하는 거지'에 대한 소문을 들은 것이 사건의 시작이었다.

소문에 따르면, 그는 연금 생활자인데, 아무도 그의 이름을 모르며, 여덟 살쯤 된 여자아이가 함께 산다고 하였다. 그리고 여자아이는 자신이 몽페르메이유에서 살다 왔다는 것 외에는 아무것도 모른다고 하였다! 그 지역 이름이 항상 뇌리에 되살아나곤 했던 차라, 그 소리를 듣는 순간 자베르의 두 귀가 쫑긋해졌다. 그 이상한 사람으로부터 적선을 받던 늙은 거지가, 그러니까 지난날 교회당지기였으며 이제는 경찰 밀정 노릇을 하는 그 늙은이가, 몇몇 특징들을 덧붙여 알려 주었다. 예를 들어,

그 연금 생활자는 사납게 생겼고, 저녁에만 외출하며, 가난한 사람들에게 가끔 말을 건넬 뿐 다른 누구와도 대화를 나누지 않고, 아예 사람들이 접근하는 것조차 허용하지 않는다는 것이었다. 또한 끔찍하도록 낡은 황갈색 코트를 입고 다니는데, 코트의 안감과 겉감 사이에 은행권을 잔뜩 채워 꿰매, 그 옷의 값어치가 수백만 프랑에 이른다고도 했다. 특히 마지막 언급이 자베르의 호기심을 결정적으로 자극했다. 그 신기한 연금 생활자의 경계심을 촉발하지 않고 그를 가까이에서 보기 위해, 자베르는 어느 날 그 교회당지기로부터 남루한 옷과, 그가 저녁마다 기도문을 읊조리며 웅크리고 앉아 사람들을 엿보며 밀정 노릇을 하던 자리를, 모두 빌렸다.

드디어 '수상한 자'가, 그렇게 변장한 자베르 곁으로 다가오더니, 그에게 적선을 하였다. 그 순간 자베르가 고개를 쳐들었고, 장 발장은 자베르인 듯한 그 모습에 충격을 받았으며, 자베르 또한 자기에게 적선하는 사람이 장 발장인 것 같아 역시 충격을 받았다.

자베르는 즉시 고르보의 누옥까지 장 발장을 미행했고, 그 집에 사는 노파를 구슬려 몇 가지 정보를 얻었다. 하지만 장 발장이 누군가. 그는 도망자 특유의 육감으로 미련 없이 그 집을 등 뒤로 하고 꼬제뜨의 손을 잡은 채 길을 떠난다. 흡사 영화의 스릴 넘치는 한 장면처럼 장 발장과 꼬제뜨는 어두운 빠리 시내를 누비며 자베르 일행을 따돌리고, 자베르는 또 기를 쓰고 그들을 좇는다. 여기서 위고는 장 발장과 꼬제뜨가 마치 펼쳐 놓은 거대한 빠리 시 지도 위에서 움직이는 작은 점인 것

비참함으로부터 탄생한 위대한 벽화 레 미제라블

처럼 묘사했다. 그럼으로써 세계는 너무 크고 그 속에서 인간, 특히 사회의 아웃사이더들은 작고, 하지만 그럼에도 뛰기를 멈추지 않는, 결코 지치지 않는 두 사람이 여기 이렇게 있음을 보여 주는 데 성공한다.

장 발장이 그때 서 있던 빠리의 그 지점, 쌩−앙뚜완느 구역과 라뻬 구역 사이의 그 지점은, 최근 있었던 대역사로 인해 완전히 탈바꿈된 곳들 중 하나이다. 경관을 추하게 만들어 버렸다고 주장하는 사람들이 있는가 하면, 어떤 이들은 그저 변형일 뿐이라고 말한다. 여하튼, 경작지와 목재 적재장, 오래된 건물들이 모두 사라졌다. 오늘날 그곳에는 새로 닦은 넓은 도로들과 원형 경기장, 서커스 극장, 경마장, 기차역 등이 있으며, 감옥도 하나 있는데, 그것은 마자스 감옥이다. 교정소를 대동한 발전이다.

반세기 전에는, 프랑스학사원이 있는 지점을 '레 까뜨르 나씨용'으로, 국립희가극극장이 있는 지점을 오직 '페도'라고만 부르던, 그리고 구전되는 요소들만으로 형성된 사람들의 일상어로는, 장 발장이 도달해 있던 그곳을 '르 쁘띠−삑쀠스'라고 불렀다. 라 뽀르뜨 쌩−자끄, 라 뽀르뜨 빠리, 쎄르장 관문, 뽀르슈롱, 갈리오뜨, 셀레스땡, 까삐쌩, 마이유, 부르브, 아르브르−드−끄라꼬비, 쁘띠뜨−뽈론뉴, 쁘띠−삑쀠스 등은, 새로운 빠리 위에서 부유하는 옛 빠리의 지명들이다. 민중의 기억이 과거의 표류물들을 타고 떠다닌다.

(중략)

그 거리가 지난 세기에는 그랬다. 이미 대혁명이 그 거리를 심하게 괴롭혔는데, 공화파 토목관이 다시 부수고 찢고 사방에 구멍을 냈다. 그리하여 건축 폐기물을 모아 두는 곳까지 생겨났다. 이미 30년 전부터, 새로운 건축물들이 옛 거리를 삭제하기 시작해, 오늘날에는 그것들이 아예 지워져 버렸다. 오늘날 제작된 어느 지도에도 그 흔적이 보이지 않는 쁘띠-삑쀠스 구역이, 1727년의 지도에는 선명하게 표시되어 있다. 빠리의 쁠라뜨르 로 맞은편의 쌩-자끄 로에 있는 드니 띠에리 출판사와, 리용의 프뤼당스 구역 메르씨에르 로에 있는 장 지랭 출판사에서 간행된 지도들이다. 쁘띠-삑쀠스 구역을 우리가 Y자형 거리라고 불렀던 것은 슈맹-베르-쌩-앙뚜완느 로가 두 갈래로 나뉘어 있었기 때문이다. 왼쪽 갈림길은 삑쀠스, 오른쪽 갈림길은 뽈롱쏘라는 이름을 얻었다. 두 줄기 길은 그 끝이 한 개의 가로지르는 길로 합쳐졌는데, 그 길을 드라-뮈르라고 불렀다. 뽈롱쏘 로는 그 길에서 끝나고, 좁은 길 삑쀠스는 더 연장되어 르누와르 장터 쪽으로 뻗어 있었다. 쎈느 강 쪽에서 오던 사람이 뽈롱쏘 로 끝에 도착하면, 그 길과 직각을 이루며 왼쪽으로 뻗어 있는 길 드라-뮈르와, 그 길가의 담벼락이 보였으며, 오른쪽으로는, 드라-뮈르가 조금 더 연장되다가 문득 절단되어 막다른 골목을 이루고 있는 것이 보였다. 그 막다른 골목의 이름이 '장 로'였다.

장 발장이 그곳에 서 있었다.

한 가지 재미있는 사실을 여기 덧붙여야겠다. 삑쀠스 구역은 실제로 나씨용 광장 근처에 있었던 시가지인 반면 쁘띠-삑쀠스라는 구역은 존재한 적이 없었단다. 그러니까 위고는 존재하지도 않았던 공간을 실제

비참함으로부터 탄생한 위대한 벽화 레 미제라블

있었던 것인 양 말하고 있는 것이다. 어째서? 알고 보면 좀 단순한 이유다. 위고가 작품을 집필할 당시의 빠리는 이미 쎈느의 주지사였던 오스만이 나뽈레옹 3세의 명령에 따라 대대적으로 정비된 후의 빠리였다. 즉, 장 발장과 꼬제뜨 등이 살던 과거의 빠리 시는 완전히 사라지고 이미 없었다는 뜻이다. 위고의 상상력과 장난기는 이 사실을 놓치지 않았다. 그는 오스만 프로젝트를 역이용해 상상의 시가지를 만들고 아주 능청맞고 유쾌한 마음으로 그 속에 장 발장과 자베르를 풀어 놓았던 것이다.

이 가상의 공간 쁘띠-삑쀠스에 들어선 장 발장이 고개를 들어올린다. 눈앞에 거대한 담벼락이 길을 막고 서 있고, 등 뒤에는 자신들을 좇는 사냥개 무리가 서 있다. 자, 이제 어떻게 할 것인가?

드라-뮈르와 삑쀠스가 이루는 모퉁이에서 망을 보고 있던 그림자를 보고, 그는 뒷걸음질 쳤다. 의심할 여지가 없었다. 그것은 장 발장을 기다리고 있었다.

어찌한단 말인가?

오던 길로 돌아가자니 때가 늦었다. 조금 전, 그의 뒤 상당히 먼 지점에서 움직이던 그림자들은, 자베르와 그의 수하들이 분명했다. 장 발장이 그 길 끝에 도착했을 때, 자베르가 이미 그 길로 들어선 모양이었다. 거조로 보아, 자베르가 그 구역의 미로들을 훤히 알고 있어, 수하 하나를 보내 출구를 감시하도록 하는 용의주도함까지 보인 모양이다. 그러한 추측은 틀림없는 것으로 여겨져, 돌풍에 한 줌 먼지가 소용돌이치며 하늘로 올라가듯, 한순간에 장 발장의 고통스러운 머릿속을 휩쓸었다.

그가 막다른 길 장 로를 유심히 살폈다. 그곳에는 장벽이 가로놓여 있었다. 뻑쀠스 로 쪽을 살피니 그곳에는 파수꾼이 있었다. 그 검은 형체가 달빛 쏟아지는 하얀 길 위로 이동하는 것이 보였다. 앞으로 계속 간다는 것은 그 검은 유령에게 걸려듦을 의미했다. 되돌아가는 것은 스스로 자베르의 손아귀에 들어가는 것을 뜻했다. 장 발장은 그물이 자신을 천천히 조여 오는 듯한 기분을 느꼈다. 그가 절망적인 눈으로 하늘을 올려다보았다.

앞뒤가 꽉 막힌 이 길 안에서 이제 꼼짝없이 잡히고 말 것인가? 절망으로 고개를 치켜든 장 발장에게 어느 음산한 집을 둘러싼 높은 담장이 보인다. 다른 이라면 몰라도 장 발장에게 이건 천운이었다. 수차례 담장을 넘어 탈옥할 만큼 힘이 장사인 장 발장은 꼬제뜨를 밧줄에 묶어 이끌면서 오직 자기 근육의 힘만으로 눈앞의 높다란 담을 넘었다. 두 사람은 무사히 자베르 일행을 따돌리고 그 집 뜰에 들어섰다.

그런데 아니? 왜 여기에 포슐르방 영감이 있지? 그는 장 발장이 시장이던 시절 제 몸을 던져 구해 준 이가 아니던가? 그는 사건 이후 시장이 몸소 일꾼으로서 어느 수녀원에 추천했던 이가 아니던가? 아뿔싸! 그렇다면 이곳은 금남의 구역, 성스러운 장소, 바로 수녀원이다! 경찰에 쫓기는 도형수 사내는 지금 막다른 길에 몰리다가 이제 그만 수녀원에 들어오고 만 것이다. 하지만 어쩔 수 없다. 나가면 붙잡힌다. 꼬제뜨를 지킬 수 없게 된다. 그는 포슐르방과 꾀를 짜내어 포슐르방의 동생이라고 원장수녀에게 '거짓'으로 고한 뒤 그곳에서 정원지기 노릇을 하기 시작

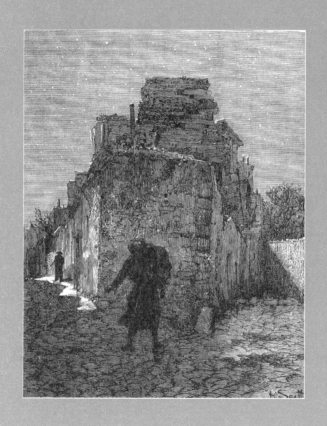

　■──── 장 발장의 인생 행로를 지켜보는 독자는 이 지점에서 숨이 턱 막힐 지경이다. 이럴 때야말로 하늘로
치솟거나 땅으로 꺼져 들어가는 수밖에 없다. 위고는 이 말을 단지 관용적인 수사로 치부하지 않으려는 듯,
하늘로 치솟는 방법에 상응하는 아이디어로 두 사람을 구해 낸다. 오른편으로 보이는 막다른 골목의 담을
넘는 것, 그건 장 발장에겐 식은 죽 먹기인지도 모른다. 허나 지금 그는 지친 꼬제뜨를 업고 있다. 그는 가
로등 등불을 매어 두는 밧줄 한 가닥을 잘라 꼬제뜨의 몸에 묶었다. 그 밧줄을 입에 물고 먼저 담장에 오른
다음 꼬제뜨를 끌어 올렸다. 모든 일이 순식간에 이루어졌다.

한다. 하지만 아이러니한 일이다. 감옥에 돌아가지 않기 위해 사회 안의 또 다른 감옥에 머물길 택한 셈이니 말이다.

기어오르고, 담을 타 넘고, 죽음을 각오한 모험까지 감행하는 등, 다른 속죄의 장소로부터 빠져나오기 위해 쏟은 노력들, 그는 결국 또 다른 속죄의 장소로 들어오기 위해 그 모든 노력들을 해 온 것이다. 이것은 그의 운명을 보여 주는 하나의 상징일까?

이 수녀원 역시 하나의 감옥이었다. 이곳은 장 발장이 빠져나온 다른 거처와 음산하게 서로 닮았다. 하지만 비슷하다는 생각은 미처 하지 못했다.

19년 감옥 생활에 이어 이번에는 수녀원에 들어간 장 발장은 다음번에는 하수도에 들어가고, 마지막으로 자기 방에서 닫힌 생활을 경험하게 된다. 이처럼 그의 삶에서 사건은 공간이 갖는 의미와 밀접하게 관련을 맺으며 진행된다. 그러므로 우리는 『레 미제라블』을 이렇게도 요약할 수 있겠다. 네 차례 장 발장을 가두는 각각의 닫힌 공간, 그리고 그 공간에서 벌이는 그의 사투.

도시의
음화陰畵

5

빠리는 이면에 무엇을 숨기고 있는가

도시의 근대화는 늘 이면에 또 다른 그림을 그리기 마련이다. 변두리에 죽 늘어선 빈민가와 정신병원, 기아원棄兒院 등은 수도를 포위한 형상으로 밀리고 또 밀리면서 먼지더께처럼 두텁게 쌓여 갔다. 이에 위고는 3부 「마리우스」를 시작하면서 높다란 건축물 뒤편에 살고 있는 부랑아들을 주목하지 않을 수 없었다.

그 어린아이는 명랑하다. 매일 끼니를 챙겨 먹진 못하지만, 아이는 원할 때면 매일 저녁 연극을 보러 간다. 몸엔 셔츠 하나 걸치지 않고, 두 발엔 신발 한 짝도 없으며, 머리 위엔 지붕도 없다. 그런 것들이 하나도 없는 그는 하늘의 파리들과 같았다. 그는 일곱에서 열세 살 사이로, 무리 지어 살고, 거리를 배회하고, 밖에서 자고, 그의 발꿈치보다 더 길게 내려오는 아버지의 낡은 바지를 입고, 귀 아래까지 내려오는 다른 아버

비참함으로부터 탄생한 위대한 벽화 레 미제라블

지의 낡은 모자를 쓰고, 가장자리가 노랗게 된 하나뿐인 멜빵끈을 걸친 채, 달리고, 엿보고, 구걸하고, 시간을 허비하고, 담뱃대를 담뱃진으로 거무스름하게 하고, 지옥에 떨어진 자처럼 욕설을 하고, 카바레를 드나들고, 도둑들과 어울리고, 여자에게 반말을 하고, 은어를 말하고, 음란한 노래를 부른다. 그러나 그의 마음속에 악한 것은 하나도 없다. 그의 가슴속에는 순진무구함이라는 진주가 하나 있다. 그 진주들은 진흙 속에서 썩지 않는다. 인간이 아이인 한 신은 그가 순진무구함을 원한다. 만약 거대한 도시에게 "저것이 무엇인가?"라고 묻는다면, 도시는 이렇게 답할 것이다. "내 새끼라오."

왜 이런 대목으로 이야기가 시작되는가? 이에 대해 위고는 말한다. "그곳 아이들을 묘사한다는 것은 곧 도시 자체를 묘사하는 것이다." 이 같은 빠리의 모습을 보지 않고서는 결코 빠리 전체를 알 수 없다. 물가는 쉴 새 없이 오르는데 임금은 그것을 따라가지 못하니 노동자의 생활 조건은 개선되기는커녕 오히려 악화 일로인 데다가 실업 위기마저 닥치자 곳곳에서 빵을 요구하는 시위가 터지고 있는 상황이었다. 그러니 도시에는 자연스럽게 빈민가가 형성되고, 부모 없는 어린아이들은 길에서 놀고 길에서 자면서 도시를 위협하는 존재로 성장한다. 빠리의 변두리는 빈곤층들로 잠식되어 가고 있었다. 요컨대 빠리 변두리는 일종의 화약고다. 언제 혁명이 터질지 알 수 없는 장소다. 3권에서부터 우리는 알 수 없는 기운으로 들끓는, 흡사 혁명 전야를 떠올리게 하는 빠리 시를 목도하게 된다.

위고는 빠리가 낳은 작은 새들의 명랑함을 사랑하고, 그들이 곧 이상적인 프랑스의 원동력이 되리라 믿었다. 하지만 동시에 우려를 드러내는 데에도 주저하지 않는다. "인간을 만드는 반죽에 무지가 섞여 그것을 검게" 만들면 "검은색이 인간 내부에 침투하여 '악'으로 변한다." 그래서 어린 부랑자들에게 존재하던 찬란한 빛과 순진무구함이 사그라져 그들을 어두컴컴한 구덩이에 사는 사나운 그림자로 변질시켜 버린다는 것. 위고는 그 사나운 그림자들이 사는 곳을 '무대 밑 지하 삼 층'이라고 부른다.

그곳에 사는 자들이 바로 '빠트롱-미네뜨(새벽)'라는 이름으로 불리는 4인조 범죄자들이다. 떼나르디에와 어울리는 패거리가 바로 그들이다. 위고는 그들 지하 생활자들이 존재하는 데 대한 책임을 우선적으로 사회에 돌리고 있다. 장 발장이 19년의 도형 생활을 하고, 수많은 사람들이 가난한 가정에서 태어났다는 이유로 범죄자가 되었다가 사형수가 되는 것은 일차적으로 사회 구조의 탓이다. 가난한 자가 가난하다는 이유로 교육에서 소외되고, 범죄자가 되고, 나중에 법에 의해 처벌받게 되는 상황이 해소되지 않는 한 제2의 장 발장, 제2의 빠트롱-미네뜨는 언제고 등장할 것이다. "사회가 현재의 상태로 유지되는 한, 그들도 지금의 모습으로 유지될 것이다. 그들의 동굴 어두운 천장 밑에서 그들은 사회의 분비물처럼 언제까지나 지속적으로 태어난다. 항상 같은 모습으로."

이렇듯 유령처럼 되돌아오는 레 미제라블, 다시 말해 비참한 사람들이 쓰는 언어가 바로 '은어隱語'다. 위고가 4부의 일부를 할애해 은어에

PATRON MINETTE

■───── 판화 맨 앞. 네모반듯하고 투박하게 생긴 남자가 괼르메르, 가진 건 힘밖에 없는 전문 살인 청부업자
다. 그 오른편 약간 뒤로 야윈 얼굴의 사내가 바베. 암흑세계에서는 보기 드물게 신문을 읽으며 언변이 좋
고 아는 게 많다. 하지만 절대 그 속을 드러내지 않는다. 끌라끄쑤, 곧잘 가면을 사용하고 복화술에 능하다.
존재 자체가 어둠이라 할 만큼 종잡을 수 없고 무시무시한 인물이다. 맨 뒤, 모자를 비스듬히 쓴 멋쟁이가
몽빠르나쓰, 일당 중 가장 어리고 잘생겼다. 여성적인 부드러움을 지녔고 우아함을 추구하지만 사납고 가
차 없다. 이들은 넷이되 하나의 신체처럼 행동한다. 빠리 쎈느 지역에서 벌어지는 온갖 검은 사업이 이들의
손아귀에서 집행된다.

대해 한참 장광설을 늘어놓는 이유는 이 때문이다. 비참한 사람들이 쓰는 비참한 언어에 주목하는 것은 그들의 얼굴과 삶에 주목하는 것과 같다. 은어는 빠리의 자식들인 부랑아들이 옹알이를 할 때부터 쓰던 언어이며, 무대 밑 지하 삼 층의 공식 언어이고, 빠트롱-미네뜨의 모국어다. "은어 속 모든 단어들은, 그것을 사용하는 이들처럼, 영원히 도주하는 신세이다." 그뿐인가. 수인囚人들은 지하 감옥에서 은어로 이루어진 노래를 지어 부르며 자신들의 고통과 고독, 불안을 잊고자 했다. 때문에 위고는 은어를 가리켜 "비참한 이들의 가엾은 사유"라고 부르기도 한다.

빠리의 샤뜰레 감옥에는 크고 긴 지하실 하나가 있다.

그 지하실은 쎈느 강 수면보다 8삐에(옛 프랑스에서 쓰던 척도로 32.4㎝에 해당함) 아래쪽에 있었다. 그곳에는 창문도 환기구도 없으며, 유일하게 열리는 것이라고는 출입문뿐이었다. 그래서 사람은 들어갈 수 있으나 공기는 그럴 수 없었다. 그곳 천장은 둥근 석재 천장이었고, 바닥은 10뿌쓰(1뿌스는 1/12삐에 또는 27㎜) 두께의 진흙층이었다. 원래는 포장되어 있었지만, 물이 스며들어 썩고 틈이 벌어졌다. 바닥으로부터 8삐에에 되는 높이에 육중한 들보 하나가 이 끝에서 저 끝으로 가로지르고 있었다. 그것으로부터 길이 3삐에에 되는 쇠사슬이 듬성하게 늘어져 있고, 그 끝에 쇠고랑이 달려 있었다. 도형 선고를 받은 사람들은 뚤롱으로 떠나는 날까지 그 지하실에 갇혔다. 그들을 들보 밑에 밀어 세웠는데, 그곳에는 각자에게 배당된 철물이 어둠 속에서 흔들리며 그들을 기다리고

비참함으로부터 탄생한 위대한 벽화 레 미제라블

■——— 은어를 환유하는 그림이다. 깊숙한 지하갱도, 비참한 세계에서 태동한 언어. 어둠 속에서 굼실대는
그것이 위험하고 표독스러운 까닭은 무엇인가? 그것은 "악습이라는 핀과 범죄라는 철퇴로 사회적 질서를
공격하는" 비참한 이들의 전투용 언어이기 때문이다.

있었다. 늘어져 있는 팔 같은 쇠사슬과 편 손 같은 쇠고랑들이 그 비참한 사람들의 목을 휘감았다. 그렇게 꼼짝 못하게 고정시켜 그대로 내버려 두었다. 쇠사슬이 너무 짧아 그들은 누울 수도 없었다. 그들은 그곳에서, 그 어둠 속에서, 그 들보 밑에서 거의 매달려, 빵이나 주전자를 집으려면 고역을 치러야 하는 처지로, 머리 위로는 천장을 이고, 진흙은 정강이 중턱까지 올라오고 자신들의 배설물은 다리를 타고 질질 흘러내리는데, 능지처참된 사람처럼 지쳐, 허리와 무릎이 휘어져, 휴식을 취하기 위해 두 손으로 쇠사슬에 매달리고, 선 채로 잠을 청하지만 쇠고랑이 목을 죄니 매순간 퍼뜩 깨어나면서, 꼼짝도 못한 채 그렇게 거기 있어야 했다. 몇몇 사람들은 깨어나지 않았다. 무엇을 먹으려면 진흙 속에 던져 준 빵을 먹기 위해 발뒤꿈치로 정강이뼈를 따라 그것을 손이 닿는 곳까지 밀어 올려야 했다. 얼마 동안이나 그런 상태로 그들이 있었을까? 한 달, 두 달, 때로는 여섯 달, 그리고 어떤 이들은 한 해 동안 그곳에 머물렀다. 그곳은 도형장으로 가기 위한 대기실이었다. 국왕의 사냥터에서 토끼 한 마리를 잡은 죄로 그 속에 처박힌 이도 있었다. 지옥과도 같은 그 무덤 속에서 그들은 무엇을 하고 있었을까? 무덤 속에서 할 수 있는 것을 하고 있었으니, 즉 죽어가고 있었으며, 지옥에서 할 수 있는 것을, 즉 노래를 부르고 있었다. 더 이상 희망이 없는 곳에는 오직 노래만이 남기 때문이다. 몰타 섬 수역으로 도형수들을 실은 배가 들어서면, 노 젓는 소리에 앞서 노랫소리가 들렸다고 한다. 샤뜰레의 지하 감옥을 거쳐 간 가엾은 밀렵꾼 쉬르뱅쌍은 이렇게 말하곤 했다. "나를 지탱해 준 것은 노래이다." '시'는 쓸모없다, 운율 따위를 무엇에 쓴단

비참함으로부터 탄생한 위대한 벽화 레 미제라블

말인가? 이렇게 말하는 사람도 있을 것이다. 은어로 이루어진 대부분의
노래들이 탄생한 것은 바로 이 지하실에서였다.

고르보 누옥의 부르주아 청년

작품 속 빠리의 부랑아들 중 유독 위고의 사랑을 독차지한 소년이 하나 있다. 그의 이름은 '가브로슈', 열한 살 가량 된 거리의 개구쟁이다. 녀석은 일정한 거처 없이 거리를 어슬렁거리고, 큰소리로 노래하고, 가끔 무언가를 훔치고, 누군가와 곧잘 싸우곤 한다. 고아 소년이리라 생각하기 쉽지만, 실은 양친이 다 멀쩡하게 살아 있다. 두 명의 누이도 있다.

서울에서도 한 다리만 건너면 다 아는 사이라고들 하지만, 위고의 작품 속에서 서로 간 인연은 더 단단하고 복잡하게 이어져 있다. 놀라지 마시라. 가브로슈의 아버지는 떼나르디에이고, 그의 누이는 에뽀닌느다. 그뿐만 아니다. 장 발장과 꼬제뜨가 힘겹게 수녀원으로 피신한 지 8년이 흐른 시점이라며 위고가 입을 뗀 그때, 가브로슈는 오랜만에 어머니를 만나기 위해 떼나르디에 부처가 사는 집에 방문한다. 헌데 가브로슈가 가는 곳은 몽페르메이유의 여인숙이 아니다. 소년이 쪼르르 달려간 곳은 고르보 누옥이다. 맞다. 9년 전 장 발장이 꼬제뜨를 위해 빌린 그 집이다. 장 발장이 준 돈을 순식간에 날린 떼나르디에는 장 발장을 원망하며 살다 어느덧 고르보 누옥에서 셋방살이를 시작했던 것이다. 떼나르디에는 그곳에서 '종드레뜨'라는 이름으로 온갖 자잘한 나쁜 짓을 하며 살고 있었다.

그 가정은 명랑한 거지 소년의 가정이었다. 소년이 집에 와서 마주하는 건 가난 그리고 비참함이었다. 가장 슬픈 것은 어떠한 미소도 볼 수 없다는 것이다. 아궁이가 차가웠고 그들의 가슴속도 차가웠다. 그가 들어설 때 "어디에서 오니?"라는 물음에 그는 "거리에서."라고 답한다. 그가 집 밖으로 나갈 때 "어디 가니?"라는 질문을 받고 그는 "거리로."라고 답한다. 그의 엄마는 이렇게 말한다. "여긴 뭣하러 왔어?"

이 아이는 지하실에 가져다 놓은 생기 없는 풀들처럼 애정의 부재 속에 살고 있었다. 그는 그런 삶을 고통스러워하지 않았고, 누구를 탓하지도 않았다. 그는 아빠와 엄마라는 존재가 어떤 역할을 하는 건지 정확히 알지 못했던 것이다.

가브로슈에 대한 이야기가 본격적으로 시작되는 것은 조금 더 시간이 흘러서다. 여기에서 위고는 다른 이야기를 시작하려 한다. 그것은 종드레뜨 가족이 사는 방의 복도 끝에 세 들어 살고 있는 어느 청년에 대한 것이다. 헌데 그 청년과 떼나르디에의 인연 역시 오래전에 이미 시작되어 있었다. 왜냐하면 청년의 아버지가 뽕메르씨 장군, 그러니까 떼나르디에가 워털루 전투에서 도둑질을 하던 당시 의도치 않게 목숨을 구해 준 바로 그 사람이었기 때문이다. 마리우스는 종드레뜨가 떼나르디에임은 꿈에도 알지 못했고, 그저 아버지의 은인이자 자신의 은인인 떼나르디에를 찾아 은혜에 보답할 수 있기를 바라고 있었다. 그의 이름은 마리우스. 그것은 작품 제3권의 제목이기도 하다.

전형적인 왕당파 할아버지(외조부) 밑에서 자라 아버지에 대한 일말의 정보도 그리고 애정도 없었던 마리우스는 아버지의 죽음 뒤에야 그에 대해 하나둘씩 알아 간다. 그것은, 워털루 전투에 참가했다는 이유만으로 군인들을 흉악범 취급하는 완고한 할아버지의 영향에서 그가

■──── 떼나르디에가 2녀 3남을 두었다는 사실에, 독자는 한참 생경하다는 느낌이 들 것이다. 그도 그럴 것이 그 아이들이 한 번도 한꺼번에 등장한 적이 없었기 때문이다. 꼬제뜨가 몽페르메이유 여인숙에 기거하고 있을 때는 두 딸과 아들 하나만 있었다. 그때까지만 해도 막내이던 가브로슈는 세 살 무렵이었는데, 이미 양친의 보살핌을 받지 못하고 있었다. 그 아이는 출생과 동시에 버려진 것이나 다름없었다. 하지만 이 아이는 길바닥의 포석이 엄마의 가슴보다 더 포근했다. 아이는 무엇 하나 가진 게 없었지만 마음껏 자유로웠기에 즐거웠다.

비참함으로부터 탄생한 위대한 벽화 레 미제라블

조금씩 벗어나는 시간이기도 했다. 한창때의 불꽃 같은 청년은 급속도로 정치적 변모를 보이기 시작한다. 그것은 위고 그 자신의 청년기 모습이기도 했다. 왕당파였던 어머니의 영향력 하에 성장했으나 낭만주의 문학으로 이름을 떨치기 시작하면서 다른 세계에 눈을 뜨고 급기야 열렬한 공화주의자가 된 청년 위고 말이다. 그래서 정치적으로 눈을 뜬 마리우스에 대해 위고가 제법 길게 붙이고 있는 설명은 그 자신의 정치적 논평처럼 보인다. 그리고 그것은 누가 보더라도 어느 낭만주의자의 열렬한 고백처럼 읽힌다.

그때까지 그에게 '공화국', '제국'과 같은 단어는 흉측한 단어일 뿐이었다. 공화국이란, 황혼 녘의 단두대, 제국은 밤중의 검이었다. 그는 그것들을 자세히 보게 되었다. 암흑의 혼란을 발견하리라 예상한 곳에서 공포와 기쁨이 뒤섞인 여태 알지 못한 경악감에 사로잡혀, 별들, 즉 미라보, 베르니오, 쌩쥐스뜨, 로베스뻬에르, 까미유 데물랭, 당똥(이상 모두 대혁명을 지지한 주요 정치가)이 빛나고, 하나의 태양, 즉 나뽈레옹이 떠오르는 것을 보았다. 그는 정신을 차릴 수 없었다. 그는 강렬한 빛에 이성이 마비되어 뒷걸음쳤다. 그러다 조금씩 놀라움이 가시면서 그 광선들에 익숙해져 갔다. 그러면서 그것들의 작용을 보고도 정신이 어지럽지 않게 되었다. 그는 사람들을 두려움 없이 관찰할 수 있었다. 대혁명과 제국이 예언가적인 그의 동공 앞에 찬란한 빛을 발하며 멀리 펼쳐졌다. 그는 그 두 사건과 인물들의 집단이 각자 거대한 두 현상으로 요약되는 것을 보았다. 공화정은 시민들에게 반환된 공민권이라는 지상권으

MARIUS

■—— 마리우스가 아버지의 무덤 앞에서 눈물을 떨구고 있다. 그가 아버지에 대해 모든 것을 알게 된 건 우연이었다. 어릴 적 이모와 함께 다니던 교회당에서 마뵈프 영감을 만나게 되었고, 그 노인과 이런저런 얘 기를 나누고 난 뒤, 아버지의 영웅적인 과거와 할아버지가 벌인 일의 전모를 알아 버렸다. "희귀하고 숭고 하며 다정했던 사람, 자기의 아버지였던, 사자이며 동시에 어린 양이었던" 아버지를 깊이 이해하게 되면서 할아버지에 대한 분노를 주체할 수 없었다.

로, 제정은 온 유럽에 강제로 부과한 프랑스적 사상의 지상권으로 나타났다. 그는 대혁명에서 민중들의 거대한 모습이 나타나는 것을 보았고, 그 모든 것이 보기 좋다고 스스로에게 선언했다.

하지만 할아버지가 그런 마리우스를 묵인할 리가 없었다. 처음에는 연정에 의해 손자가 밖으로 나돌기 시작한다고 여기다가, 마리우스의 방에서 뽕메르씨 장군이 아들에게 남긴 편지를 발견하고 분노 속에 마리우스를 내쫓는다. 이렇게 해서 상류 부르주아 집안의 자제였던 아름다운 청년 마리우스가 고르보 누옥으로 거처를 옮기게 되었다.

청년 마리우스,
혁명그룹 아베쎄와 접속하다

집을 떠나온 마리우스는 이후 무엇을 했을까? 빌 오거스트 감독의 1999년작 〈레 미제라블〉과 톰 후퍼 감독의 2012년작 〈레 미제라블〉에서 마리우스는 열혈 혁명가로 분해, 조직의 리더 격이 되어 소리 높여 거리연설을 한다. 하지만 실제 위고의 작품에서 마리우스는 그와는 조금 거리가 있다. 태어나 처음으로 독립한, 십대 후반의 청년은 몹시 어리바리하고, 사회를 보는 눈도 협소하다. 그런 그가 처음으로 비밀 혁명조직과 만났으니 그 얼마나 허둥거렸겠는가.

아직 이렇다 할 비밀조직이 없는 프랑스에 그나마 이딸리아의 까르보나리와 유사한 단체가 하나 있었으니, 그것이 '아베쎄(ABC)의 친구들'이다. 이 그룹은 ABC를 가르치는, 그러니까 문맹 퇴치를 위한 단체라고 표방하고는 있으나, 실은 아베쎄(Abaissé), 즉 억눌린 사람들을 위한 친구, 비밀 혁명그룹이었다. 그곳의 리더 격이 되는 청년은 앙졸라, 공

비참함으로부터 탄생한 위대한 벽화 레 미제라블

포정치 시대에 검은 천사로 불리던 혁명가 쌩쥐스트를 모델로 삼아 위고가 창조한 청년이다. 무시무시한 미모와 엄숙함, 지성으로 무장한 그는 5권에서 폭발하는 1832년 6월 사태에서 혁명군을 이끌고 싸운다.

마리우스는 동급생을 통해 아베쎄의 친구들의 아지트 '까페 뮈쟁'에 처음으로 발을 들이지만, 그 안에서 그가 얻은 것은 혼란뿐이다. 마침 나뽈레옹에 대해 아베쎄의 친구들이 벌이는 논쟁이 한창이다. 앙졸라는 이렇게 말한다. "프랑스는 위대해지기 위하여 어떤 코르시카도 필요로 하지 않습니다. 프랑스는 프랑스이기에 위대한 것일 뿐입니다." 그러자 여기 끼어들어 마리우스가 떨리는 목소리로 장광설을 쏟아 놓는다. 사람들은 침묵하고, 그는 점점 더 열광에 도취된다. "정복하고, 지배하고, 무너뜨리고, 유럽의 황금빛 찬란한 민족이 되고, 티탄(그리스 신화에 나오는 거인족)의 팡파레를 역사 속에 드높이 울려 퍼지게 하고, 무력과 찬탄으로 세계를 두 번 정복하는 것, 이 모든 것이 숭고합니다. 이보다 더 위대한 것이 있겠습니까?" 그런데 꽁브페르가 단 한 마디 말로 그를 제압했다. "자유로운 것이지." 마리우스의 KO패.

방 안은 텅 비어 있었다. 마리우스와 단 둘이 남겨진 앙졸라는 마리우스를 엄숙한 눈빛으로 바라보았다. 그렇지만 마리우스는 그의 생각들을 정리해 본 후, 자신이 심한 공격을 당했다고는 생각하지 않았다. 그의 내면에는 표출해 내지 못한 감정의 격렬함이 남아 있었고, 그가 그것을 앙졸라에게 삼단논법으로 펼치려 했다. 그때 갑자기 누군가가 밖으로 나가며 계단에서 부르는 노래가 들려왔다. 그는 꽁브페르였고, 여기

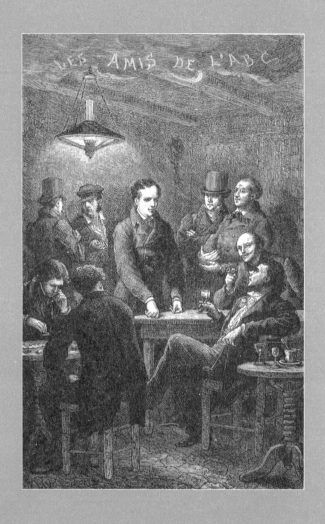

■──── 가운데 조명 아래 청년은 실존 인물 쌩쥐스트를 연상시키는 외모로 보아, 아베쎄의 리더 격인 앙졸
라를 묘사한 것 같다. 3부 4편에서 거명되는 주요 멤버는 9명이다. 그들 중 앙졸라는 우두머리였고, 꽁브페
르는 안내자였으며, 꾸르페락은 중심이었다. 마리우스는 처음 까페 뮈쟁으로 안내되던 날, 다종다양한 정신
들이 우글거리는 벌집 속에 떨어진 것 같았다. 철학, 문학, 예술, 역사, 종교, 미술 등 그들의 논쟁에 오르지
못한 주제는 없어 보였고, 또 그것들은 마리우스가 익히 알지 못하는 지평에서 자유롭게 논박되었다. 마리
우스는 '지혜의 입구'에 서서 일찍이 겪지 못한 혼란과 먼저 마주해야 했다.

그가 부른 노래가 있다.

"만약 카이사르가 나에게

영광과 전쟁을 준다고 해도

내가 버려야 한다면

내 어머니의 사랑을,

위대한 시저에게 말하리라

그대의 왕홀과 전차를 다시 가져가시오

나는 내 어머니가 더 좋소

나는 내 어머니가 더 좋소."

꽁브페르의 부드러우면서도 거친 노랫소리는 그 노래에서 기이한 위대함이 느껴지게 했다. 마리우스는 생각에 잠겨 눈을 천장에 향한 채 기계적으로 반복했다.

"나의 어머니……?"

그 순간 마리우스는 자신의 어깨 위에 앙졸라의 손이 와 닿아 있음을 느꼈다.

앙졸라가 말했다. "시민이여, 내 어머니란, 바로 공화국이지."

이제 막 얻은 신념, 나뽈레옹과 프랑스 제국의 위대함에 대한 흔들리지 않을 것만 같던 신념이 까페에서 만난 또래 청년들에 의해 흔들리기 시작했다. 자유를 제1명제로 여기는 아베쎄의 친구들에게는 보나빠르띠즘은 구시대의 유물이었다. 자유는 단 한 명의 지배가, 하나의 계급이 아니라 백성 모두에게 주어져야 한다. 자유가 없는 세계에서 영웅의 위대함이 무슨 소용이란 말인가. 나뽈레옹이 만든 프랑스의 명성을 우리의 발로 딛고 일어서야 한다. 하지만 마리우스는 아직 이를 받아들일 준비가 되지 않았다. "그토록 애써서 아버지에게 가까이 다가왔는데, 지금 다시 아버지로부터 멀어져 가야 한다고 생각하니 그는 두려웠다." 그는 자신이 할아버지와도, 친구들과도 다른, 주변부에서 어정거리는 사람임을 깨달았다. 늙은 사람들에게 그는 무모한 꼬마였고, 동년배들에게 그는 시대에 뒤처진 젊은이였다. 그래서 마리우스는 어떻게 했을까? 그는 까페 뮈쟁에 가기를 멈추었다.

그는 점점 더 가난해졌다. 가난해진 채 스무 살을 맞이했다. 그 사이 그의 할아버지는 자신을 자책하고, 손자를 그리워하며, 그러나 자존심 때문에 손자에게 먼저 손을 내밀지 못하고서 점점 늙어 갔다. 마리우스는 그런 할아버지의 심정을 헤아릴 만큼 충분히 성숙하지는 못했다. 그는 자존심을 굽히지 않고 가난하게, 홀로 지냈다. 앙졸라 무리와도 필요할 때 서로 도움을 주고받았지만, 거리를 유지한 채 왕래했다. 당시 그의 친구는 어쩌면 단 한 명이었다. 그는 마뵈프 영감, 가난한 도서 수집가 노인이었다. 마리우스는 마뵈프 영감의 집에서 책에 대한 이런저런 대화를 곧잘 즐겼다. 하지만 그의 나이 이제 갓 스물, 더없이 매력적으로 성장한 청년에게 어울리는 상대는 늙은 사내보다는 아리따운 아가씨였을 것이다.

마리우스가 습관처럼 산책을 하는 공원에는 일정 시간마다 일정한 벤치 위에 앉아 이야기를 나누는 부녀가 있다. '르블랑'이라 불리는 아버지는 진중한 분위기로 사람의 눈길을 끄는 사내였지만, 딸은 야위고

비참함으로부터 탄생한 위대한 벽화 레 미제라블

어리고 끊임없이 재잘대는 작은 계집아이일 뿐이었다. 마리우스는 아버지처럼 보이는 그 사내가 왠지 마음에 들었다. 하지만 매번 무심하게 그들을 지나치곤 했고, 그들 역시 마리우스가 안중에도 없는 듯했다.

어느 날, 별다른 이유 없이 마리우스가 산책을 중단했다. 그리고 그로부터 6개월이 지난 어느 날 아침, 다시 산책길에 나섰다. 운명은 바로 그날 마리우스에게 봄길을 열어 주었다. 다시 찾은 산책길에서 보니 말라깽이 소녀가 어느덧 여인이 되어 있었던 것이다. 그녀는 마리우스에게 혼란과 흥분, 열정 등을 한꺼번에 선사했다. 자, 한 사람이 처음으로 사랑에 빠지는 순간을 우리도 함께 음미해 보자.

지금 그의 눈앞에 보이는 소녀는 성장한 아름다운 여인이었다. 이 소녀는 여인의 가장 매력적인 모든 형태와 함께 아이의 우아함, 순진무구함을 갖추고 있는 바로 그 시기에 있었다. 그 시기는 찰나의 순간이자 열다섯 살이라는 말로밖에 표현할 수 없는 때였다.

(중략)

이는 흔히 발생하는 현상이다. 어느 순간 소녀들은 눈 깜짝할 사이 피어나 장미꽃이 되어버린다. 어제까지만 해도 어린아이였는데, 오늘은 그들에게서 마음 놓을 수 없는 모습을 보게 된다.

그 소녀는 단지 자라난 것만이 아니라 이상적인 여인의 모습을 하고 있었다. 4월이 오면 사흘 만에 자신을 꽃으로 뒤덮는 나무처럼, 그녀가 자신을 아름다움으로 감싸는 데는 여섯 달이면 충분했다. 그녀의 4월이 온 것이다.

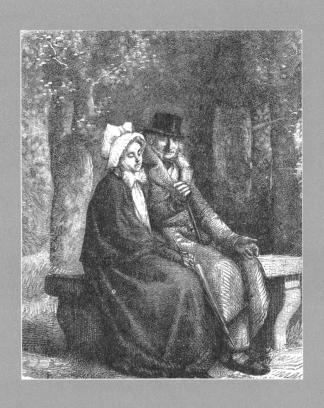

■──── 부녀지간으로 보이는 신사와 소녀는 언제나 뤽상부르 공원에서 가장 한적한 곳에 놓인 벤치에 나란히 앉아 정답게 이야기를 나누었다. 남자는 육십여 세의 퇴역 군인 같은 인상을 풍겼고, 소녀는 너무 여위어 예뻐 보이지 않았지만, 짙은 하늘빛을 담은 눈만은 훗날 아름답게 변모할 듯해 보였다. 마리우스는 항상 두 사람이 앉은 벤치의 반대편 산책길 끝에서부터 걷기 시작하여 그 앞을 대여섯 번 지나치고, 일주일에 대여섯 번의 산책을 하였음에도, 양편 모두 상대방에게 특별한 관심을 두지 않았다. 1년 하고도 6개월이 그렇게 흘렀다.

(중략)

어린 소녀가 두 눈을 그에게 향했고, 그들의 두 시선이 마주쳤다. 이때 소녀의 시선 속에는 무엇이 담겨 있었을까? 그 물음에는 마리우스도 대답할 수 없었을 것이다. 거기엔 어떤 것도 없었고, 동시에 모든 것이 있었다. 그것은 묘한 빛의 번쩍임이었다. 그녀는 두 눈을 떨구었고 마리우스는 산책을 계속했다.

그가 본 것은 어린아이의 천진난만하고 단순한 눈빛이 아니었다. 그것은 살며시 열리다가 느닷없이 닫혀 버리는 신비로운 심연이었다. 어느 소녀든 그런 시선을 내보이는 때가 있다. 그 시선을 마주하게 되는 사람에게는 불행이 닥칠 것이다.

이렇게 하여 마리우스의 중병이 시작되었다. 그날부터 그는 가장 좋은 옷을 입고, 심지어 장갑까지 끼고서 산책을 하기 시작했다. 떠올려 보자. 그는 공원에 진입했다. 아직 보이지 않지만 예의 그 벤치 위에 그녀가 앉아 있을 것이다. 눈앞에 아무것도 보이지 않는다. 아무것도 들리지 않는다. 하지만 애써 침착하려 한다. 태연해지려 한다. 하지만 이미 두 팔과 다리는 마치 로봇처럼 뻣뻣하게 굳어 있을 것이다. 그는 서서히 벤치께로 다가간다.

그의 귓속에서 무언가 날카로운 소리가 그의 귀를 울렸다. 벤치에 가까이 다가서면서 그는 다시 한 번 윗옷의 주름을 펴고, 두 눈을 소녀에게 고정시켰다. 그녀가 오솔길 한 부분 전체를 온통 아련한 하늘빛으로 물들이고 있는 것 같았다.

허나 이 두근거리는 사랑도 금세 끝나 버리고 말았다. 노신사가 그만 이사를 가면서 더 이상 공원에 나오지 않게 되어 버렸기 때문이다. 이런 식으로 사랑을 놓쳐 버리다니! 스무 살 마리우스는 하늘이 무너지는 듯한 절망감과 상실감에 무릎을 꿇었으리라. 소녀 역시 상심하기는 마찬가지였다. 그녀는 생애 처음으로 경험한 사랑과 실연을 차마 아버지 앞에서 드러낼 수도 없어 그저 침묵 속에서 마음을 달래야 했다. 소녀의 이름은 말할 것도 없이 꼬제뜨였고, 아버지는 장 발장이었다.

떼나르디에, 내가 두고 온 어둠

생이란 도통 알 수가 없는 상대다. 떼나르디에가 두고두고 장 발장 인
생의 길목에 숨어 있다 튀어나오길 반복할 줄 누가 알았을까.

　장 발장에게 받은 돈을 몽땅 탕진한 떼나르디에는 인근에서 돈 좀 있
다 하는 온갖 사람들에게 호소문을 쓰느라 하루를 보내고 있었다. 그는
어떤 편지에서는 가난한 화가로, 어떤 편지에서는 죽어가는 아이의 아
비로, 어떤 편지에서는 병으로 몸져누운 여인으로 자신을 소개하면서
수신자들에게 약간의 '후원'을 부탁한다. 그렇게 쓴 편지는 그의 두 딸
들에 의해 이 사람 저 사람에게 배달되었다. 딸들이 부지런히 들고 돌
아다니는 그 편지들 중 한 통이 장 발장의 손에 들어왔다. 발신자가 떼
나르디에인 줄 꿈에도 생각하지 못한 장 발장은 당연하게도 꼬제뜨를
대동하고 그들의 허름한 집을 방문했다. 떼나르디에 역시 자신의 수많
은 편지들 중 하나가 장 발장의 손에 들어갔을 줄은 예상하지 못했다.

■—— 어느 날 에뽀닌느는 떼나르디에의 편지 한 통을 '쌩-자끄-뒤-오-빠 교회당의 자비로운 분'으로 통하는 한 노인에게 배달하게 되었다. 교회당 일대에서 그 노인은 소박하게 살면서 가난한 이를 아낌없이 돕는 연금 생활자로 알려져 있었다. 짐작하겠지만 그가 곧 장 발장이다. 장 발장은 편지에서 읽은 극빈한 극예술가 화방뚜를 돕기 위해 따뜻한 옷가지와 이불 따위를 준비하여 그가 사는 거처를 직접 방문했다. 장 발장은 이런 자리에 항상 딸 꼬제뜨를 동반했다. 그리하여 떼나르디에와의 악연이 근 8년 만에 재개된 것이다. 더 끔찍한 형태로.

장 발장 역시 떼나르디에처럼 자기 정체를 숨기고 살고 있었기 때문이다. 하지만 떼나르디에가 누군가? 그는 제때에 자기 눈앞의 노신사가 장 발장임을, 수년 전 꼬제뜨와 '자기 돈'을 낚아채 사라진 그 놈임을 알아보았다.

어느 순간부터 종드레뜨가 이 '박애주의자'를 기이한 방식으로 대하기 시작했다. 그는 말을 하면서 어떤 추억을 모으려는 듯 상대를 주의 깊게 살펴보는 것 같았다. 그러다 방문객이 다친 아이의 손을 살피며(떼나르디에가 동정심을 유발하기 위해 일부러 자기 둘째 딸의 손을 다치게 한 것임) 어떠냐고 묻는 틈을 타서, 힘없이 멍청하게 침대 위에 있던 자기 처에게 다가가 이렇게 말했다. "저 남자를 잘 살펴봐!"

그런데 이 자리에는 초대받지 않은 또 한 명의 사람이 있었다. 벽 너머 다른 방에서 구멍을 통해 이쪽을 엿보고 있는 또 다른 세입자, 마리우스가 바로 그 장본인이다. 마리우스는 지금 완전히 정신을 빼앗길 지경이다. 사라져 버린 그 소녀가 이처럼 다시 자기 앞에 모습을 드러냈기 때문이다. 집에서 돈을 가지고 다시 돌아오겠다며 장 발장과 꼬제뜨가 그곳을 나서자, 떼나르디에가 계략을 짜기 시작한다. 마리우스는 그 모습 또한 모두 지켜본다. 그날 저녁 떼나르디에는 4인조 빠트롱-미네뜨를 집에 불러들인다. 장 발장을 위협하고 고문할 온갖 무기들과 함께. 마리우스는 거리를 걷다가 또 어떤 사내들이 이날 저녁의 음모를 속삭이고 있는 것을 듣는다. 마리우스는 경찰서로 간다. 장 발장은 자

■――― 처음 마리우스가 벽에 난 구멍을 들여다보게 된 건 에뽀닌느 때문이었다. 그녀가 아버지의 편지를 들고 자기에게도 찾아온 그날이었다. 마리우스는 그녀가 겪는 불운이 어떠한지 보아 두는 것이 혹여 생길지 모를 더 큰 불행을 막을지도 모른다는 생각에서였다. 짐승의 토굴처럼 지저분한 거처가 눈에 들어왔고, 그 속에서 담배를 입에 문 채 마구 욕설을 해대면서 편지를 휘갈기고 있는 떼나르디에가 보였다. 그리고 한참 지난 다음 그 소굴의 문으로 들어서는 꼬제뜨와 장 발장을 목격했던 것이다.

신도 모르는 사이 마리우스의 큰 도움을 받고 있었던 셈이다.

떼나르디에가 새로 사들인 끌이 벽난로에서 잘 달궈지고 있는 그 저녁, 장 발장이 홀로 그들의 소굴을 다시 방문했다.

순간, 꺼져 있던 희미한 그의 눈동자가 무시무시한 빛을 뿜더니, 그 조그만 남자가 몸을 일으켜 세워 소름 끼치게 변했다. 그는 르블랑 씨를 향해 한걸음 다가가 우레 같은 고함을 질렀다.

"지금까지 모든 건 우리와 무관한 이야기였소! 내가 누군지 알아보겠소?"

놀란 것은 장 발장만이 아니다. 이 모습 또한 엿보면서 경찰들과 미리 계획한 대로 신호를 보낼 순간을 기다리고 있던 마리우스의 귀에 청천벽력과도 같은 말이 들려온다.

"나는 파방뚜가 아니야, 종드레뜨도 아니야, 내 이름은 떼나르디에야. 몽페르메이유의 여관 주인이라고! 무슨 말인지 알겠어? 떼나르디에라고! 자 이제 날 알아볼 수 있겠나?"

거의 알아차리기 어려운 붉은빛이 르블랑 씨의 이마를 스치고 지나갔다. 하지만 그는 동요하지도 목소리를 높이지도 않고 여느 때와 같이 평온하게 대꾸했다.

"잘 알지 못하겠소."

마리우스는 그 대답을 듣지 못했다. 누군가 어둠 속에 있던 그를 가까이에서 보았다면, 그가 마치 감전되어 얼빠지고 멍청한 사람처럼 보였을 것이다. 종드레뜨가 "내 이름은 떼나르디에야."라고 말하던 순간, 마리우스는 차디찬 칼날에 자신의 심장을 찔린 것처럼 온몸을 부들부들 떨며 제 몸을 벽에 기대었다. 그와 동시에 신호를 보내기 위해 권총을 발사할 준비가 되었던 오른쪽 팔을 천천히 아래로 내렸다.

순식간에 장 발장은 밧줄에 묶인 채, 도끼를 든 사내와 잘 달궈진 끌을 든 사내, 총으로 위협하는 사내 등에 의해 포위되고 말았다. 하지만 이런 소동 속에서도 장 발장은 그 어떤 소리도 내지 않았다. 이에 쾌재를 부르는 떼나르디에. 아하, 이놈도 나처럼 경찰을 두려워하는구나! 우리 일에 경찰이 개입할 리는 없구나! 하지만 장 발장도 만만한 상대가 아니다. 19년의 도형수 생활이 그에게 아무것도 남기지 않은 것은 결코 아니었던 것이다. 그 통쾌한 장면을 잠시 구경해 보자.

그는 자신의 몸에 감겨 있던 밧줄을 떨쳐 버렸다. 밧줄은 이미 끊어져 있었다. 포로의 한쪽 다리만이 침대에 묶여 있을 뿐이었다. 일곱 남자가 정신을 차리고 덤벼들 새도 없이 포로는 벽난로 아래로 상체를 숙였다가, 풍로 위로 손을 뻗은 후, 다시 몸을 벌떡 일으켰다. 이제 떼나르디에와 그의 처, 그리고 강도들은 놀라서 방 한쪽 구석으로 물러선 채 포로를 넋 놓고 바라보았다. 포로는 거의 자유로운 몸으로 무시무시한 몸짓을 하며 음산하게 번뜩이는 붉은 끌을 그의 머리 위로 높이 쳐들고 있었다.

훗날 고르보 집에서 일어난 사건을 수사하던 중, 그곳을 덮친 경찰에

비참함으로부터 탄생한 위대한 벽화 레 미제라블

의해 독특한 방식으로 세공된 커다란 동전 하나가 발견되었다. 그 커다란 동전은 도형장의 인내심이 암흑세계를 위해 암흑에서 만들어 낸 굉장한 수공품들 중 하나로, 그 수공품이란 곧 탈옥을 위한 도구들이었다. 경이로운 기술로 만들어진 흉측하고 정교한 산물들이 보석 세공업에서 차지하고 있는 위치는, 은어로 이루어진 은유가 시에서 차지하는 위치와 비슷하다. 언어의 세계에 비용(프랑스의 서정시인으로 언어 구사의 대가로 평가됨) 같은 시인이 있는 것처럼 도형장에는 벤베누또 첼리니(피렌체 출신의 세공사 겸 조각가) 같은 자들이 있었다. 해방을 위한 방법을 찾는 불운한 사람은, 이따금 어떠한 도구도 없이, 작은 칼이나 낡은 칼로, 동전 하나를 얇은 두 조각으로 만들어서, 두 조각의 겉에 있는 무늬에 흠집 하나 내지 않고 그 안을 파낸 뒤 그 옆에 나사고리를 만들어 두 조각이 다시 원래의 모양대로 하나가 되게 만들 수 있었다. 그 두 조각은 마음대로 조이거나 풀 수 있었다. 그것은 하나의 작은 상자였다. 그 상자 안에는 시계태엽을 감추어 두는데, 그 태엽을 잘만 사용하면 죄수의 쇠사슬이 묶인 고리나 쇠창살을 자를 수도 있다. 불행한 도형수가 단순히 동전 하나를 가지고 있는 것쯤으로 생각할 수 있다. 하지만 그렇지 않다. 그가 가지고 있는 것은 자유이다.

경찰이 방 안을 수색하다가 창가 쪽 초라한 침대 아래서 발견한 동전도 열려서 두 조각으로 나뉘는 종류의 것이었다. 또한 동전 안에 들어갈 만한, 푸르스름한 철로 만들어진 조그만 톱 하나도 발견했다. 아마 포로는 강도들이 자기 몸을 뒤질 때 재빠르게 그것을 손 안에 숨기는 데 성공했고, 오른손이 자유로워졌을 때 동전의 나사를 풀어 태엽을 꺼낸 뒤 자신을 묶고 있던 밧줄을 끊어 낸 모양이다.

(중략)

"당신들은 불쌍한 사람들이군. 내 목숨은 그렇게 애써 지켜 낼 만한 가치가 없소. 당신들로서는 내가 말하고 싶지 않은 걸 말하게 하고, 내가 쓰고 싶지 않은 걸 쓰게 하고, 진술하고 싶지 않은 걸 진술하게 할 수 있을 거라 생각하겠지만……."

그가 왼팔의 소매를 걷어 올리며 덧붙였다.

"보시오."

그러고는 동시에 왼팔을 뻗어 오른쪽 손에 잡고 있던 불타는 끌을 맨살 위에 올려놓았다. 살이 타는 소리가 들렸고, 고문실 특유의 냄새가 방 안에 퍼졌다. 마리우스는 너무 놀라 정신을 잃고 휘청댔다. 강도들조차 몸서리를 쳤으나, 기이한 노인의 얼굴은 조금도 흔들리지 않았다. 벌겋게 달구어진 끌이 상처를 파고들어 연기를 내는데도 태연하고 거의 엄숙하기까지 했던 노인이 증오를 찾아볼 수 없는 아름다운 시선으로 떼나르디에를 바라보았는데, 그 속에서 고통은 엄숙한 장엄함이 되어 떠돌았다.

위대하고 고귀한 인격을 가진 자들이 육체적인 고통을 견뎌 낼 때, 그 영혼은 겉으로 나타나 이마 위에 드러나게 된다. 마치 부하들이 반란을 통해 대장의 힘을 발휘하게 하는 것처럼 말이다.

"불쌍한 자들이여, 내가 그대들을 전혀 두려워하지 않는 것처럼 그대들도 나를 두려워하지 마시오." 그가 말했다.

그러고 나서 그는 팔에서 끌을 떼어 내 열려 있던 창밖으로 던져 버

렸다. 이글거리던 연장은 어둠 속에서 빙빙 돌다가 멀리 눈 속으로 사
라져 버렸다.

  당혹감을 무마하기 위해 떼나르디에 일당은 더더욱 악착같이 달려들
었다. 이제 그들의 목표는 정말로 장 발장의 "목을 따는" 것이다. 벽 너
머에서 마리우스는 어쩔 줄 몰라 엉거주춤 서 있었다. 그러다 그의 눈
에 들어온 것은, 떼나르디에의 딸 에쁘닌느가 자기 방에 왔을 때 남긴
쪽지였다. 자신이 글을 쓸 줄 안다면서 자랑하듯 써 보인 메모.
  빠트롱-미네트가 장 발장에게 달려들고 있는데 갑자기 무언가가 요
란한 소리를 내며 바닥으로 떨어졌다. 석고 덩이와 함께 날아온 건 작
은 종이쪽지였다. 떼나르디에는 큰딸의 필체를 알아보았다. "짭새들이
왔어." 그러자 장 발장은 내버려 두고 자기들끼리 아주 난리가 났다. 뭐
야 뭐야? 어서 가자! 저 놈 목은 안 따? 시간 없어! 창문으로 가!

  그 포로는 주위의 일에 관심을 두지 않았다. 그는 꿈을 꾸거나 기도하
고 있는 듯했다.
  사다리가 놓이자, 떼나르디에가 외쳤다.
  "이리 와, 마누라!"
  그는 창을 향해 뛰어갔다. 그가 창틀을 뛰어넘으려는데, 비그르나이
유가 거칠게 그의 목덜미를 움켜쥐었다.
  "이봐, 이러면 안 되지, 늙은 사기꾼! 넌 우리 다음이다!"
  "우리 다음이지!" 같은 패들도 아우성쳤다.

"자네들, 유치하게 구는군. 우리 이렇게 시간 낭비하지 말자고. 빗장들이 우리 발꿈치에 와 있단 말이야." 떼나르디에는 말했다.

"그렇다면 누가 먼저 갈 건지, 제비를 뽑자!"

떼나르디에는 기가 찬 듯 소리를 질렀다.

"자네들 미쳤나? 돈 게 분명해! 천치들이 떼로 있구먼그래! 시간 낭비하자는 건가? 가위바위보로 할까, 아님 지푸라기를 뽑을까? 이름을 써서 모자에 넣고 뭐 이러자는 거야, 지금!"

"내 모자를 빌리는 건 어떤가?" 문 쪽에서 누군가 외쳤다.

모두들 돌아보았다. 자베르였다.

그는 손에 든 모자를 건네며 미소를 지어 보였다.

자베르의 멋진 등장! 마리우스의 신호를 기다리다 자신의 형사적 직감에 의해 아주 적절한 타이밍에 그가 도착한 것이다. 매번 장 발장과 맞설 때는 그렇게도 옹고집에 진절머리 나게만 보이더니, 떼나르디에 무리 앞에서는 정말이지 위풍당당하다.

떼나르디에가 권총을 받아 들어 자베르를 겨냥했다. 세 걸음 떨어진 곳에 서 있던 자베르는 그를 똑바로 쳐다보며 개의치 않다는 듯 말했다.

"어이, 쏘지 말게. 빗나갈 거야."

떼나르디에가 방아쇠를 당겼다. 총알은 빗나갔다.

"내가 뭐라고 했나!" 자베르가 말했다.

비그르나이유가 곤봉을 자베르의 발밑으로 던지면서 중얼거렸다.

비참함으로부터 탄생한 위대한 벽화 레 미제라블

"넌 악마들의 황제야! 항복이다."

"자네들은?" 자베르가 다른 일당들을 향해 물었다.

"우리들도 그렇다."

그들이 대답했다.

범죄자들로부터 "마귀들의 황제"라고 불리는 저 위력! 살인자들을 꼼짝 못하게 만드는 저 위엄! 자베르는 여유만만하게 일당들을 붙잡아 연행했다. 그런데 순간 아차 싶었다. 강도들의 포로가 사라지고 없음을 알아챈 것이다. 출입문은 경찰들에 의해 막혀 있었으니 필경 창문으로 나간 게 틀림없었다. 포로가 바로 장 발장임을 알지는 못했으나, 그래도 자베르는 아쉬워했다. 경찰의 직감상 그가 가장 좋은 먹잇감일 수 있음을 알았기 때문이다.

자, 새삼 장 발장의 고단한 삶이 절절하게 다가오지 않는가? 앞에서는 자베르가 사회와 법의 이름으로 그를 막아서고, 뒤에서는 떼나르디에가 치외법권의 지대에서 그를 노리고 있는 형국이니 말이다. 하지만 이 모든 건 장 발장이 미리엘 주교의 집 앞에서 무릎을 꿇은 채 기도하는 순간 어느 정도 예정된 길이기도 했다. 그때 그는 그렇게 함으로써 어떤 생각이나 의심도 필요치 않은 세계에서 빗어나 그 스스로 고민하고 책임지는 고된 길을 걷길 택했던 것이다.

장 발장은 사회적 분비물로 인생이 결딴날지 모를 순간에 극적으로 밝은 빛에 의해 구조되었다. 미리엘 주교가 없었더라면 그는 끝내 교수형으로 생을 마감해야 했을지도 모른다. 하지만 떼나르디에를 비롯해 비참한 삶을 살아가는 수많은 자들에게 그런 행운은 좀처럼 찾아오지 않았다. 떼나르디에는 끝내 그렇게 살다 그렇게 죽는다. 그렇기에 어떻게 보자면 떼나르디에는 장 발장에게 일종의 업業이다. 떼나르디에는 장 발장과는 무관하게 바깥에서 날아들어 온 억울한 불운이 아니라, 장 발장이 자기 뒤에 남겨 두고 온 어둠이다. 장 발장은 죽을 때까지 내내 떼나르디에를 만나야 하고, 그와 싸워야 한다. 떼나르디에는 장 발장이 떠나온 곳에 아직까지 남아 숨을 몰아쉬는, 또 다른 장 발장인 셈이다.

장 발장은 자신을 범죄자로 낙인찍은 자들과도 싸워야 하고, 자신에게서 이익을 갈취하기 위해 덤벼드는 범죄자들과도 싸워야 하고, 자신을 유혹하는 온갖 사사로운 감정들과도 싸워야 한다. 도형수였다면 이런 싸움에 휘말릴 일은 없었을 것이다. 도형수는 아무 생각도 하지 않고, 어떤 감정도 느끼지 않고, 고뇌나 의문에 시달리지 않아도 되는 존재이므로. 빼앗길 무엇도, 흔들릴 만한 무엇도 가지고 있지 않으므로. "그대는 더 이상 악에 속하지 않으며 선에 속하는 사람이오."라던 미리엘 주교의 말은 이토록 무겁고 무서운 의미를 가지고 있었던 것이다. 장 발장의 고뇌는 그 순간 예정되었다. 평화와 자유는 결코 고요 속에 있지 않다. 자유를 갈망하는 그때부터 인간은 늘 소음과 투쟁의 한복판에 서게 되는 법이다. 자베르라는 사법의 위협으로부터 도망쳤더니, 이제 떼나르디에라는 범죄의 위협이 따라붙었다. 언제 또 다시 양측에서 장 발장을 공격해 올지 모를 일이다. 모든 죄수들이 그렇듯 붙들린 떼나르디에는 또 다시 능숙하게 감옥을 빠져나왔기 때문이다.

그런데 공격은 장 발장이 전혀 예상치 못한 곳에서도 날아왔다.

1832년, 이틀간의 혁명

6

한쪽에는 사랑이, 다른 한쪽에는 고통이

마리우스는 에뽀닌느에게 부탁해 꼬제뜨의 집 주소를 알아냈다. 마리우스를 사랑하는 에뽀닌느는 슬픔 속에서 그의 부탁을 들어주었다. 마리우스는 며칠간은 꼬제뜨의 집 정원 주변을 서성이기만 하다가, 꼬제뜨를 향한 자기 마음을 담은 편지를 그녀가 자주 앉곤 하던 벤치 위에 놓고는 눈에 띄도록 큼직한 돌로 눌러 두었다.

다음 날 아침 돌을 발견한 꼬제뜨가 그 돌을 들추어 보았고 그 아래 있는 편지를 읽었다. 그날 저녁 때마침 장 발장은 외출을 했다. 꼬제뜨는 가장 마음에 드는 드레스를 입고 정원으로 나갔다. 그가 곧 여기로 오리라……! 정말 두 별이 만났다. 두 사람은 서로에게 사랑을 고백했고, 포옹했고, 몸을 떨면서 계속 무언가에 대해 이야기했다. 그리고 마지막으로 그들은 서로의 이름을 물었다.

이로 인해 가장 큰 상처를 받은 것은 장 발장처럼 보인다. 사실 그는 마리우스가 공원 벤치 앞을 오갈 때부터 직감적으로 불안을 느꼈다. 알게 모르게 그 청년에게 악의를 품게 되었다. 그는 그런 자신을 느낄 때마다 몸서리를 쳤지만, 그럼에도 그 같은 감정은 사그라지지 않았다. 장 발장은 그만큼 꼬제뜨를 소중히 했다. 크면 떠나 보내야 할 딸이라는 말에 설득되기에는, 장 발장에게는 일종의 예방접종, 곧 사랑과 이별에 대한 경험과 배움이 전무했던 것이다. 그는 야수처럼 으르렁거리며 마리우스를 경계했다. 그러자 그의 발 아래에서 슬그머니 지옥 하나가 열렸다. 박탈감과 소유욕, 증오심이 뒤범벅되어 솟아오르기 시작한 것이다.

꼬제뜨에게 생긴 몸치장 습관과 낯선 젊은이로부터 솟아 나온 새 옷 입는 습관 사이에는, 장 발장의 눈에 거슬리는 대응 관계가 있었다. 그것은 아마, 아니 틀림없이, 하나의 우연이겠지만, 위협적 우연이었다. 그는 결코 꼬제뜨 앞에서 낯선 청년의 이야기를 꺼내지 않았다. 하지만 어느 날, 더 이상 참을 수 없다는 듯, 자신의 불행 속으로 측량기를 밀어 넣는 사람의 절망감에 휩싸여, 그녀에게 불쑥 말했다.

"저기 유식한 체하는 젊은이가 있군!"

꼬제뜨가 무심한 소녀였던 한 해 전만 해도, 아마 그 말에 이렇게 대꾸했을 것이다. "천만에요, 저 사람 참 매력적인데요." 그리고 십 년 후였다면, 마리우스를 가슴속에 깊이 간직한지라, 이렇게 맞장구쳤을 것이다. "정말 유식한 척하는 사람이에요. 봐줄 수가 없어요! 아버지 말씀이 옳아요!" 그러나 지금의 생활과 심정에 따라 그녀는 지극히 조용하게 한마디 짧게 대꾸하는 것으로 그쳤다.

"저 청년 말이에요?"

이제 막 그를 처음 봤다는 어투였다.

'내가 정말 멍청하군! 이 아이는 녀석이 있다는 것조차 모르고 있었는데, 내가 녀석을 보여 준 꼴이군.' 장 발장이 생각했다.

오! 노인들의 순박함이여! 아이들의 신중함이여!

꼬제뜨는 어느덧 감정의 비밀을 숨길 줄 아는 소녀로 성장해 있었고, 장 발장은 순진한 노인이 되어 있었던 것이다. 그는 마리우스를 경계하기 시작했다. 저 녀석이 혼자 꼬제뜨를 연모하고 있다!

녀석이 무얼 찾으러 온 거지? 하나의 모험을! 원하는 게 뭐지? 일시적 연애! 바로 그거야! 그러면 나는? 이럴 수가! 나는 모든 사람들 중 가장 가난했고, 가장 불운했어. 60년 동안 기어 다니며 살았어. 인간이 겪을 수 있는 모든 고통을 겪으며. 젊음이라는 것도 모르고 늙었어. 가족도 친척도 친구도 아내도 자식도 없이 살았어. 모든 돌들과 가시덤불과 경계석과 담벼락에 나의 핏자국을 남겼어. 사람들이 나를 모질게 대해도 온순했으며, 내게 사납게 굴더라도 친절하려 했지. 어떤 일이 있더라도 다시 정직한 사람이 되려 했어. 내가 저지른 잘못을 깊이 뉘우치고 다른 사람이 내게 저지른 잘못은 용서했어. 그런데, 내가 보상받아야 할 순간에, 모든 시련이 끝나는 순간에, 내가 목표에 이르려는 순간에, 좋아, 잘 되었어, 내가 대가를 치렀으니 내가 정당하게 얻은 것이야 하면서, 원하는 것을 수중에 넣으려는 이 순간에, 그 모든 것이 곁을 떠나 사라지려 하고, 멍청이 하나가 우연히 뤽상부르 공원에 와서 어슬렁거린 탓에, 내가 꼬제뜨와 함께 나의 생명, 나의 기쁨, 나의 영혼을 몽땅 잃어야 하다니!

끝내 장 발장은 이사를 결행했다. 꼬제뜨는 슬픔에 잠겼고, 장 발장 역시 그런 꼬제뜨 때문에 괴로워해야 했다. 하지만 두 사람은 그에 대해 드러내 놓고 대화할 수 없었다.

장 발장이 본능적으로 마리우스를 경계했던 것처럼, 꼬제뜨는 본능적으로 알았다. 이 감정을 장 발장에게 말하지 않아야 한다는 것을. 때문에 마리우스가 꼬제뜨의 집을 찾아내 다시 그녀를 방문했을 때, 그래서 그들이 처음으로 입맞춤을 했을 때, 이후 매일 밤 그녀 집 뜰에서 만남을 가졌을 때, 그녀는 이 모든 것을 비밀로 했다. 다시 만난 이래 그들의 세상에는 오직 둘밖에 존재하지 않았다.

혁명의 아들, 가브로슈

프랑스 대혁명 당시 구체제의 산물이었던 바스띠유 감옥이 민중에 의해 파괴되고 나자, 바스띠유 광장은 오랫동안 폐허에 가까운 상태로 방치되어 있었다. 나뽈레옹 시대가 되어서야 광장에 세울 건축물이 기획되었는데, 그게 바로 거대한 청동 코끼리 상이었다. 당시 코끼리 상의 담당 건축가는 나무와 석회로 코끼리 모형을 만들었으나, 나뽈레옹의 몰락으로 이 기획은 끝내 성사되지 못했다. 모형 코끼리가 철거된 것은 1846년의 일이니, 40여 년에 가까운 시간 동안 이 석회 코끼리만이 광장 구석에 비참하게 서 있었던 것.

두세 차례 거센 바람이 휩쓸어 가 우리로부터 멀리 날아간, 나뽈레옹이 품었던 사념들 중 하나의 희미한 밑그림, 그 사념의 경이로운 시신, 즉 그 초벌 모형 자체가 역사적 기념물로 변해, 그것의 잠정적 면모와 대조

비참함으로부터 탄생한 위대한 벽화 레 미제라블

를 이루는 무언지 모를 결정적인 것을 띠게 되었다. 그것은, 뼈대를 세운 뒤 벽돌을 쌓아 지은, 높이 40삐에(약 13m)의 코끼리 모형으로, 등 위에 집 모양 탑이 세워졌는데, 지난날 서툰 칠장이에 의해 녹색으로 채색된 그 코끼리가, 이제는 하늘과 비와 세월에 의해 검게 칠해져 있었다. 광장의 인적 없고 환히 노출된 귀퉁이에서, 이 거대한 코끼리의 넓은 이마, 코, 두 엄니, 등 위의 탑, 어마어마한 엉덩이, 원기둥 같은 네 다리 등이, 밤이면 별들 총총한 하늘 아래, 경악스럽고 무시무시한 윤곽을 그리곤 했다. 그것이 무엇을 의미하는 물건인지는 아무도 몰랐다. 아마 민중의 힘을 상징하는 것이었으리라. 그것은 침울하고 불가사의하며 거대했다. 그것은 바스띠유의 보이지 않는 유령 옆에 서 있던, 그러나 가시적인 어떤 강력한 유령이었다.

(중략)

이 기념물은, 술 취한 마차군에 의해 수시로 더럽혀져 썩은 판자 울타리에 둘러싸인 채, 구석에서 병들어 침울하게 무너져 가고 있었다. 도마뱀같이 어지러운 틈으로 배는 갈라지고, 꼬리로부터는 각목 하나가 삐져나와 있으며, 네 다리 사이로는 잡초가 무성하게 자랐다. 게다가 대도시의 지표면을 사람들이 깨닫지 못하는 사이 높여 주는 그 느리고 지속적인 작용으로 인해 광장의 지표면이 30년 전부터 계속 높아져서, 그 기념물은 어느새 움푹 들어간 곳에 놓이게 되었고, 마치 그 밑의 땅이 침강하고 있는 것처럼 보였다. 그것은 보기 흉하고 경멸당했으며 혐오감을 일으키되 거대해서, 평범한 부르주아 눈에는 추하게 되었으나, 사색하는 사람 눈에는 구슬프게 보였다. 그것에는, 빗자루로 쓸어 내야 할 쓰레기 같은 무엇과, 참수될 날을 기다리는 지존 같은 그 무엇이 있었다.

코끼리 상은 지나간 혁명의 시대가 남긴 거대한 오물덩어리였다. 파괴를 일삼은 대혁명은 아직 새로운 것을 건축할 만큼 성숙하지 못했고, 나뽈레옹은 땅을 넓힐 수는 있었으나 건설 사업을 할 만한 시간을 얻을 수 없었다. 한마디로 당시 프랑스 사회는 과도기적 사회였다. 근대적 제도 정비를 거의 다 마친 것처럼 보이지만 실은 아주 많은 부분에서 여전히 구멍 뚫렸으며 기우뚱거렸다. 근대화되면서 도시로 인구가 집중되었으나 그 때문에 도시 빈민이 급증하고, 노동 착취와 실업이 증가

■ ──── 나뽈레옹이 기획했으나 완성하지 못한 청동 코끼리 상. 세인트헬레나 섬에 유폐된 나뽈레옹의 영혼처럼 이 코끼리 상도 같은 운명을 맞이했다. 그 웅장하고도 추한 몰골의 기념물에도 유용함이란 게 있었으니, 빠리의 개구쟁이가 눈비와 추위를 피하는 보금자리가 되어 주었다는 것. 위고는 이것을 "어린 가브로슈가 위대한 나뽈레옹의 덕을 보는 경우"라고 위트 있게 표현했다.

비참함으로부터 탄생한 위대한 벽화 레 미제라블

했다. 대혁명 이후 프랑스는 앞으로 나아가고 있었으나, 동시에 여전히 정체된 부분이 있었고, 혹은 앞으로 진전한 딱 그만큼 더욱 열악해진 환경도 낳았다. 코끼리 상은 그러한 19세기 프랑스와 닮은꼴이다. 그리고 위고는 바로 이 지점, 빈곤과 무지로 인해 더욱 비참해진 도시 사람들의 삶에 집중하고 있는 것이다.

하지만 언제나 위고는 그들의 생명력과 명랑함에 대해서도 동시에 노래한다. 코끼리 상 역시 낮에는 추레한 몰골로 서 있는 옛 시대의 잔재지만, 밤이 되면 어둠 속에서 희미하게 드러나는 그 실루엣을 통해 위용을 자랑한다. 그리고 이 밤, 가브로슈, 그리고 이 소년이 길에서 우연히 만난 두 사내아이(서로의 존재를 몰랐지만, 이들 세 아이는 모두 떼나르디에 부처의 아이들로, 형제간이다)가 코끼리 상 안으로 들어가 잠을 청한다. 나뽈레옹 시대가 버리고, 아무도 보러 오는 이 없는 코끼리가 언젠가부터 갈 곳 없는 이들의 아늑한 은신처 역할을 해내고 있었던 것이다.

오, 무용한 것들이 보여 주는 뜻밖의 유용함이여! 거대한 것들의 자비심이여! 거인들의 호의여! 황제의 생각을 간직했던 그 어마어마한 기념물이 한 개구쟁이의 궁색하게 좁은 방으로 변했다. 그 거대한 존재가 코흘리개의 피난처가 되어 주었다. (중략) 그것은 어느 쪽으로 고개를 돌려도 닫힌 문밖에 볼 수 없는 사람에게로 열린 굴이었다.

아이들은 이렇게 자기 식으로 코끼리 상을 전유했다. 가브로슈는 신이 나서 두 형제를 '자신의 집'에 안내하고, 인燐을 담아 둔 병에 자랑스

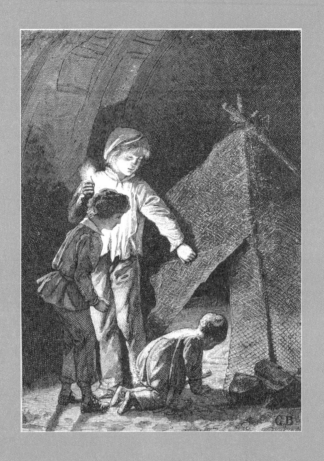

　■──── 이발소에서 구걸하다 쫓겨난 두 아이를 가브로슈가 자기 집, 즉 코끼리 상의 배 속으로 데려왔다. 아이들은 빵도 사 주고 잠도 재워 주는 가브로슈를 '아저씨'라고 부르며 따랐다. 실은 한 배에서 난 피붙이인데도 서로가 서로를 알아보지 못했던 것이다. 왜 몰랐을까? 가브로슈의 동생들도 그처럼 일찌감치 방치되어 있다가, 떼나르디에의 처가 푼돈이라도 벌 심산으로 두 아이를 어느 상류 부르주아(실은 마리우스의 외조부)의 정부情婦에게 '임대'해 주었기 때문이었다.

럽게 불을 밝혔다. 위고가 보기에 어떤 사람들은 이와 같이 살고 있었다. 별다른 서글픔 없이, 스스로를 동정하지도 않고, 세상을 저주하는 것으로 한 세월을 보내지도 않고, 그저 삶을 위해 머리를 굴리고 주변을 살피면서, 들판 위에 마구 자란 풀처럼 명랑하게. 그들은 그렇게 삶의 용법을 창조한다. 그렇게 함으로써 아이들과 코끼리는 살아남을 수 있었다. 청동상 기획 당시 나뽈레옹으로서는 상상도 하지 못했을 일이다.

　앞으로 확인할 수 있겠는데, 『레 미제라블』의 세계 안에서 가브로슈는 종일 새처럼 날아다니고 불꽃처럼 생동한다. 생물학적으로는 물론 떼나르디에의 아들이지만, 앞에서 위고가 말했듯 소년은 실상 빠리의 아들이다. 가브로슈는 거리에서 모든 것을 얻고 배웠으며, 그렇게 해서 거리에서 제 식대로 살아간다. 독자는 그런 소년을 보면서 자기도 모르게 빙그레 미소 짓게 되리라. 그는 그만큼 눈부시게 빛나고, 건강하고, 게다가 제멋대로다.

　길을 따라 올라가는데, 어느 건물 현관 앞에, 열서너 살쯤 되어 보이는 거지 소녀가 추위에 얼어붙어 있는 것이 가브로슈의 눈에 띄었다. 그녀의 옷은 너무 짧아, 무릎이 드러나 있었다. 그 옷을 입기에는 소녀가 너무 커지기 시작했다. 성장은 사람을 상대로 그런 장난을 친다. 즉, 맨살을 드러내는 것은 정숙하지 못한 일이라고 여겨질 때 치마가 몸에 비해 짧아진다. 가브로슈가 중얼거렸다.

　"가여워라! 반바지도 없냐? 야, 이거라도 받아."

　그러면서 가브로슈는 제 목에 목도리처럼 감고 있던 고급 숄을 거지

소녀의 마르고 파랗게 질린 어깨 위로 던졌다. 그리하여 소년의 목도리
는 다시 숄로 변했다. 소녀가 놀란 기색으로 그를 쳐다보더니 아무 말
없이 숄을 받았다. 곤경이 도를 넘어설 경우, 궁핍한 사람은 망연자실
한 나머지, 나쁜 일이 닥쳐도 신음소리조차 내지 않고, 누가 도움을 주
어도 고맙다고 말하지 못한다.

숄을 소녀에게 주고 난 다음, 가브로슈가 "브르르르!" 하고 마르땡 성
자보다 몸을 더 떨었다. 마르땡 성자는 적어도 외투의 반은 남겨 두었
다고 한다.

그 '브르르!' 소리에 응하여 소나기가 더욱 사납게 퍼붓기 시작했다.
나쁜 하늘은 착한 일에 벌을 내린다. 가브로슈가 화난 듯 투덜댔다.

"아, 제기랄, 이건 또 뭐야? 또 쏟아져? 계속 이 모양이면 신이고 뭐고
안 믿겠어!"

자베르에게 붙잡혀 감옥 신세를 지게 된 떼나르디에가 탈옥에 성공
할 수 있었던 것도 그의 아들 가브로슈 덕분이었다. 코끼리 상 안에서
두 꼬마들과 잠을 자다 불려나와 빠트롱-미네트 일당과 함께 제 아버
지 떼나르디에의 탈옥을 도왔던 것이다. 가브로슈는 능숙하게 건물 도
관 안으로 기어 들어가더니 밧줄을 입에 물고 건물 꼭대기에 오른다.
그러더니 그 밧줄을 벽에 비끄러맸다. 떼나르디에는 그 밧줄을 타고 무
사히 지상으로 내려올 수 있었다. 일이 성사된 후 부자父子의 반응은 이
렇다. 아들 왈, "다 되었어요? 제가 더 이상 필요하지 않아요? 해결된
것 같군. 그럼 저는 가겠어요. 제 아이들을 깨우러 가야 해요." 자넬 도

비참함으로부터 탄생한 위대한 벽화 레 미제라블

운 것이 자네의 아들 같다는 동료의 말에 아버지 왈, "쳇! 정말이야?" 그러곤 떼나르디에는 가 버렸다.

마리우스의 결단, 장 발장의 결단

떼나르디에가 밖으로 나온 줄 꿈에도 모르는 마리우스는 1832년 5월이 다 가도록 저녁마다 꼬제뜨의 집을 방문해 사랑의 시간을 만끽했다. 그의 친구들은 정치적 시국과 동떨어져 그가 만끽하고 있는 환희에 대해 질책했고, 몰래 그를 사랑하고 있던 에뽀닌느는 그에 대한 원망과 슬픔 속에 잠겼다. 아름다운 6월이 되었다. 에뽀닌느는 몰래 마리우스를 미행해 그가 꼬제뜨의 집 정원으로 들어가는 것을 목격한다. 하지만 그때 마리우스를 지켜보던 것은 그녀만이 아니었다. 가브로슈에 의해 탈출한 떼나르디에와 그 일당들이 이 집을 털기 위해 찾아온 것이다. 이 집이 장 발장의 집인 줄 모른 채 그저 '제법 사는' 듯 보이는 집 하나를 털고자 했을 뿐이지만. 에뽀닌느는 머뭇거림 없이 그들 앞에 나타나 그들을 막는다. 하지만 빠트롱—미네뜨도 순순히 물러설 사람들이 아니다.

비참함으로부터 탄생한 위대한 벽화 레 미제라블

"흥! 난 댁들이 전혀 안 무섭단 말씀이야. 올 여름에도 배곯고 올 겨울에도 추위로 벌벌 떨 각오쯤은 돼 있다고. 계집애 하나 겁주려 달려드는 이 얼간이들! 대체 뭘로 날 겁먹게 할 건데? 흥, 꼴불견! 소리만 냅다 질러도 침대 밑에 숨는 계집들만 상대한 모양이지만, 이번엔 상대를 잘못 골랐어! 난 무서운 게 없단 말씀이야!"

그리고 떼나르디에를 노려보며 말했다.

"아버지도 두렵지 않아요!"

그런 다음, 유령처럼 핏발 선 눈동자로 사내들을 둘러보며 말을 이어갔다.

"내가 아버지 칼에 찔려 죽어 내일 쁠뤼메 로 길바닥에서 발견되거나, 1년 뒤 쌩-끌루 근처 어부들 그물에 걸려 발견되거나, 아님 백조의 섬에서 썩은 낚시찌들이나 익사한 개새끼들과 섞여 발견되거나, 그게 나한테 무슨 대수라고!"

그녀는 문득 말을 멈춰야 했다. 마른기침이 그녀를 뒤흔들었고, 그녀의 작고 약한 폐로부터 죽어가는 사람의 그르렁거리는 숨결이 북받쳐 올라왔다.

(중략)

"그래, 안 그럴게. 다가가지 않을 테니 소리는 지르지 마. 내 딸, 우리가 일을 못하도록 끝까지 막을 작정이냐? 하지만 우리도 밥벌이를 해야 한다. 이제는 이 애비에 대한 정도 남아 있는 게 없는 거냐?"

"아버지가 지긋지긋해요." 에뽀닌느의 대꾸였다.

"하지만 우리도 살아야지. 먹어야지 않겠냐."

"차라리 뒈져 버려요."

맨발에 산발한 머리, 기침하는 입에 은어를 달고 사는 에뽀닌느이지만, 아무래도 위고는 얌전하고 아름다운 꼬제뜨보다는 에뽀닌느에게 훨씬 더 많은 애정을 가지고 있는 듯하다. 삶에 있어 야무지고 사랑 앞에서 담대한 에뽀닌느는 마치 들판 위에 제멋대로 자라난 들꽃처럼 튼튼하고 담박하다. 그런 점에서 확실히 가브로슈와 에뽀닌느는 남매지간이다. 도시 언저리에서 제멋대로 태어나 자랐지만 누구보다 튼튼하고 씩씩한 존재들. 그래서 그런 그들을 보고 있노라면 젊은 날 위고가 쓴 『빠리의 노트르담』의 집시소녀 에스메랄다가 떠오른다. 먼 곳에서 민들레 씨앗처럼 홀연히 날아온 검은 피부의 이방인 소녀는 광장에서 매혹적으로 치마를 펄럭이며 춤추고 노래하면서 사방에 빛을 흩뿌린다. 종교의 율법으로 꽉 막힌 것처럼 보이는 15세기 노트르담 사원 근처에서 그녀는 세계에 하나의 숨구멍이 되어 주었다. 마찬가지로 가브로슈와 에뽀닌느를 통해 저 비참한 세계에도 숨을 돌리고 웃을 수 있는 여지가 생긴다.

하지만 에뽀닌느의 이 같은 활약에도 불구하고 짓궂은 운명은 아름다운 연인을 또 한 번 떨어뜨려 놓는다. 그날 오후, 장 발장이 어디서 날아왔는지 모를 쪽지를 하나 발견했기 때문이다. 쪽지에 적힌 것은 그저 단 한 문장 "이사하시오."였지만, 이로 인한 장 발장의 불안이 어느 정도였을지는 말하지 않아도 알 것이다. 그는 당장 꼬제뜨에게 잉글랜드로 가기 위한 짐을 싸 두라고 했다. 하여 꼬제뜨는 이날 저녁,

비참함으로부터 탄생한 위대한 벽화 레 미제라블

문 밖에서 에뽀닌느와 빠트롱-미네뜨가 어떻게 대치하고 있는지는 꿈에도 모른 채 눈물 바람으로 마리우스에게 소식을 전했던 것이다.

마리우스는 결혼자금 마련을 위해 자존심을 굽히고 할아버지를 방문했으나 그마저 실패하고 만다. 어렵사리 사정을 말한 마리우스에게 할아버지는 이렇게 말하고 만 것이다. "고것을 네 정부로 삼거라." 이는 마리우스에게 치명적인 모욕이었다. 절망 속에서 마리우스는 그녀의 집을 찾지만, 벌써 그들은 떠나고 집에는 아무도 없었다. 마리우스는 이제 자신에게 그야말로 아무것도 없음을 깨닫고 절망한다.

그는 크나큰 실연의 충격 때문에 미처 몰랐으나, 그를 제외하고 당시 빠리의 모든 사람들이 하나의 일 때문에 들끓고 있었다. 때는 6월 5일, 자유파의 라마르끄 장군이 사망해 장례식이 거행될 참이었다. 하지만 마리우스에게 그게 무슨 대수랴. 그는 꼬제뜨가 사라진 그녀의 정원을 바라보며 자살을 결심하고 있었다. 이때 누군가가 그를 부른다. "마리우스 씨, 당신의 친구들이 샹브르리 로에 있는 바리케이드에서 당신을 기다려요." 마리우스는 이를 제때 잘 찾아온 죽음의 계기로 여겼다. 그는 부지런히 걸음을 옮겨 바리케이드가 세워진 알 시장에 도착했다. 아, 우리 아버지가 전장에서 그랬듯 나도 전투에 참가해 목숨을 잃는구나!

헌데…… 막상 바리케이트 앞에 당도하고 정신을 차린 마리우스는 온몸이 끔찍한 전율로 뒤덮이는 것을 느낀다. 이제 이곳에서 전쟁이 벌어지려 하고, 나는 그 안에 들어가려 한다. 아, 내가 뛰어들 수 있을까? 마리우스는 울기 시작한다. "이건 내란이야, 나는 꺼지겠어!" 하지만 이내 이런 생각이 고개를 쳐든다. 내란이라고? "하지만 외란이라는 것도 있다는 말인가? 사람들 사이에 벌어지는 모든 전쟁은 곧 형제들 사이에 벌어지는 전쟁 아닌가?"

폭군을 타도하라! 그게 무슨 소리야? 누구 이야기를 하는 거야? 루이–필리프를 폭군이라 부르는 건가? 아니야, 루이 16세가 폭군이 아니듯 루이–필리프 또한 폭군이 아니야. 둘 모두를 역사는 착한 왕들이라 칭한다. 허나 원칙이란 작은 조각들로 나뉘지 않는다. 진실의 논리는 한결같으며, 진리의 속성은 사람의 환심을 사려는 의지를 전혀 가지고 있지 않다는 점이다. 따라서 양보도 없다. 인간의 권리를 잠식하는 행위는 예외 없이 막아 처벌해야 한다. 루이 16세 속에는 신권이 있고, 루이–필리프 속에는 '부르봉이니까'라는 것이 있다. 둘 모두 어느 선까지는 권리의 몰수라는 행위를 대변하는 것이다. 따라서 온 세계에 퍼져 있는 그와 같은 침해 행위를 쓸어 내기 위해서는 우선 그 둘과 맞서 싸워야 한다. 더구나 무엇이든 프랑스가 항상 선봉장 역할을 했으니, 그 싸움을 그만둘 수 없다. 프랑스에서 지배자가 쓰러지면 사방에서 지배자들이 쓰러진다. 한마디로, 사회적 진리를 재건하고, 자유에게 옥좌를 돌려주고, 민중을 민중에게 돌려주고, 인간에게 존엄성을 돌려주고, 절대권을 다시 프랑스의 머리 위에 얹어 주고, 이성과 공평함을 온전히 회복시키고, 모든 이들을 각각 자신에게 돌려주어 일체의 적대 관계를 불식시키고, 광대한 범세계적 화합에 장애가 되는 왕권을 깨끗이 없애 버리고, 인류를 권리 앞에서 평등하도록 되돌려 놓는 것 등보다 더 정당한

비참함으로부터 탄생한 위대한 벽화 레 미제라블

동기가 있겠는가? 또한 따라서 이보다 더 위대한 전쟁이 있겠는가? 그러한 전쟁들이 곧 평화를 구축한다.

마리우스에게 드디어 결심이 섰다. 그것은 투쟁의 결심이면서 동시에 죽음에의 결심이었다. 그는 바리케이드 안에서 이미 죽음을 보고 있었다. 바리케이드 너머 건물의 좁은 창문에, 이미 살해당한 시체 한 구가 걸쳐져 있었던 것이다.

마리우스가 결사의 각오로 걸음을 옮기는 동안 장 발장의 마음속에서도 커다란 전쟁이 벌어지고 있었다. "영혼의 격동에 비하면 도시의 소요 하나쯤이 뭐 그리 대단하겠는가? 인간이란 백성보다 더 큰 심연이다." 롬므―아르메 골목길에 새로운 거처를 정하고 한숨 돌리려는 무렵 꼬제뜨의 방에서 무시무시한 것을 발견했던 것이다. 그것은 "저의 사랑하는 이여"로 시작되는 짧은 글귀였다. 꼬제뜨가 마리우스에게 쓴 편지 아래에 놓여 있던 압지가 고스란히 이 젊은 연인의 관계를 말해 주고 있는 것이다. 장 발장은 비틀거리면서 압지를 떨어뜨렸다.

장 발장은 지금, 처음이자 마지막으로 사랑한 딸, 빛, 가정, 낙원을 잃게 된 것이다. 소중히 해 온 단 하나의 관계가 곧 끝장나리라 생각할 때 느낄 공포와 증오심은 아마도 상상을 초월해 강렬할 터이다. 그는 편지를 비웃었다가, 냉혹해졌다가, 이어 포악한 심정이 되었다. 지금까지 살면서 온갖 시험대 위에 서 봤지만, 이 순간만큼 그를 힘들게 한 것은 없었다. 그는 이번만큼 가혹한 심문을 받아 본 적이 없었다. "지고의 시련은, 아니 유일무이한 시련은, 사랑하는 이를 잃는 것"이므로.

지금까지 그는 엄마, 오라비, 남편, 할아버지, 아버지가 한데 섞인 존재로서 꼬제뜨와 함께했다. 하지만 이제 끝났다. 그녀에게 연인이 생겼으니, 장 발장은 이제부터 '그저 아버지'가 되어야 하는 것이다. 이제 꼬제뜨는 그의 곁을 떠날 것이므로 그는 빛을 잃을 테고, 낭떠러지에서 굴러 떨어질 테고, 다시 도형수 시절 느꼈던 세계에 대한 증오심을 뼛속 깊이 느끼며 살게 될 터이다. 그는 살아갈 용기를 잃었고, 자신을 휩싸는 음산한 기운을 느꼈다.

그는 멍한 상태로 밖으로 나왔다. 그리고 마침 롬므-아르메 로 7번지를 찾아 헤매고 있던 가브로슈와 맞닥뜨린다. 순간 장 발장의 직감이 예민하게 작동했다. 그는 아이에게 자기가 기다리는 편지를 가져왔느냐고 물었다. 가브로슈가 이 편지의 수신인은 여자라고 하자, 장 발장은 자기가 다 알고 있는 일이니 대신 전해 주겠다고 둘러댔다. 가브로슈는 장 발장이 베푸는 호의와 그의 인상에 믿음이 생겼던지라 편지를 그에게 건네주고 떠났다. 장 발장은 재빨리 쪽지를 펴서 읽기 시작했다. 읽기 전부터 그는 짐작하고 있었다. 그것은 마리우스가 꼬제뜨에게 보내는 편지였다.

"······ 죽겠소······ 그대가 이 편지를 읽을 때쯤이면 내 영혼은 그대 곁에 있을 것이며······."

이 두 구절 앞에서 장 발장은 아찔한 현기증에 휩싸였다. 그는 내면에 일어난 격정의 변화에 짓눌린 듯 한동안 가만히 있었고, 일종의 도취된 놀라움에 얼이 빠진 채 편지를 응시했다. 그의 눈앞에 증오하는 자

비참함으로부터 탄생한 위대한 벽화 레 미제라블

의 죽음이라는 찬란한 아름다움이 있었다.

그는 속으로 끔찍한 희열의 비명을 질렀다. ― 이것으로 끝이 난 것이다. 기대할 수 없었을 만큼 일찍 결말이 났다. 그의 운명을 거추장스럽게 하던 자가 곧 사라지게 된다. 그자가 스스로, 자유롭게, 기꺼이 사라지려 하고 있다. 장 발장이 그 일에 전혀 관여하지 않았건만, 또한 아무 나무랄 일도 하지 않았건만, 그자가 곧 죽게 된다. 아마 이미 죽었을지도. ― 생각이 거기에 미쳤을 때 그가 계산을 해보았다. ― 아니다. 그 사람은 아직은 죽지 않았다. 편지 내용으로 보아, 꼬제뜨가 그것을 다음 날 아침에 읽게 되어 있었다. 또한, 열한 시 반부터 자정 사이에 집중사격 소리가 두 번 들린 뒤, 그 후로는 아무 소리도 들리지 않았다. 바리케이드는 새벽녘에나 심한 공격을 받을 것이다. 하지만 마찬가지다. 그자가 이 전쟁에 휩쓸려 들었으니, 그는 이제 끝났다. 그가 톱니바퀴에 말려 들었으니 말이다. ― 장 발장은 해방감을 느꼈다. 이제 다시 자기만이 꼬제뜨와 함께 지낼 수 있게 되었다. 경쟁은 멈추었고, 미래가 다시 시작되고 있었다. 그 편지는 호주머니에 넣어 두면 그만이다. 꼬제뜨는 그자가 어찌 되었는지 영영 모를 것이다. '일들이 이루어지도록 내버려 두면 그만이야. 그 사람은 빠져나갈 수 없어. 그가 아직은 죽지 않았더라도 곧 죽을 게 뻔해. 얼마나 다행스러운 일인가?'

자기 손에 피를 묻히지 않고도 그는 경쟁자를 해치울 수 있었다. 아무 관여도 하지 않음으로써 양심의 가책도 느끼지 않으면서 원하는 바를 이룰 수 있는 것이다. 장 발장이 그 순간 느낀 희열은 이루 말할 수

MARIUS ENTRE DANS L'OMBRE

■──── 4부 13편의 제목 '마리우스가 어둠 속으로 들어가다'란 글귀가 목판화 상단에 새겨져 있다. 집집마다 촛불 한 자락 밝히지 않아 혁명군이 집결한 지역을 에워싸고 무덤 같은 어둠이 내려앉은 가운데 양측이 팽팽하게 맞서고 있었다. 마리우스가 알 시장 입구에 당도했다. 바리케이드 안에서 밝힌 횃불의 불빛을 따라 안으로 들어갔다. 아버지, 꼬제뜨, 외조부…… 오락가락하는 사념들 속에 불현듯 그의 오성이 깨어났다.
"전진해. 비겁한 자식"

없을 정도였다.

헌데 어찌된 일일까? 장 발장은 이내 침울해지고 만다. 그는 가만히 있을 수 없었다. 이윽고 그는 선택한다. 한 시간 뒤 장 발장은 국민병 군복 차림으로 집을 나섰다. 그가 향하는 곳은 알 시장이었다. 아마 그곳에서 마리우스가 사람들 사이에 섞여 정부군과 대치하고 있을 터이다.

장 발장이 바리케이드 안으로 들어섰을 때 그곳에서는 다섯 명의 남자가 서로 나가지 않겠다고 한창 다투는 중이었다. 그들을 위장시킬 수 있도록 확보된 국민병 군복은 네 벌뿐이고, 먹여살려야 할 가족이 있는 가장은 다섯이다. 전장에서 죽겠다는 의지 때문에, 그들은 서로 상대방을 향해 '네가 빠져나가라', '너는 살아야 한다'고 우기고 있었던 것.

그러자 마리우스가 어리석게도 그들 수를 헤아렸다. 여전히 다섯이었다! 그러더니 군복 네 벌을 물끄러미 내려다보았다. 바로 그때, 마치 하늘에서 내려오기라도 한 듯, 군복 한 벌이 그 네 벌 위로 떨어졌다. 다섯 번째 사람이 구출된 것이다.

마리우스가 눈을 들어보니 그곳에는 포슐르방 씨가 있었다. 장 발장이 막 바리케이드 안으로 들어서는 길이었다.

미리 알았는지, 본능에 이끌렸는지, 혹은 우연인지 알 수 없지만, 여하튼 그는 몽데뚜르 골목을 지나 그곳에 도착했다. 그가 입고 있던 국민병 복장 덕분에, 별 어려움 없이 모든 거리를 지나올 수 있었던 것이다.

(중략)

장 발장이 보루 안으로 들어설 때는 아무도 그를 보지 못했다. 모든 눈들이, 선정된 다섯 사람과 네 벌의 군복 위로 쏠려 있었기 때문이다. 장 발장은 모든 것을 보고 들은 후, 군복을 조용히 벗어 다른 것들 위로 던졌다.

그때 사람들의 감정은 이루 형언할 수 없을 지경이었다.

"저 사람 누구야?" 보쒸에가 물었다.

"다른 사람들을 구하는 사람이지." 꽁브페르의 대꾸였다.

마리우스가 심각한 목소리로 덧붙였다.

"내가 저 사람을 알아."

이 한마디로 모두가 안심했다. 앙졸라가 장 발장을 향해 말했다.

"시민이여, 잘 오셨습니다."

그리고 다시 한마디를 이었다.

"우리 모두 죽으리라는 것도 아실 것입니다."

장 발장은 아무 대꾸 하지 않고 자기가 구출한 사람이 군복을 입도록 도와주었다.

아무것도 하지 않는다는 것, 말장난 같이 들릴지 모르지만, 사실 그 것은 '아무것도 하지 않음'을 행하는 것이다. 아무것도 하지 않으려 해 도 우리는 아무것도 하지 않음을 선택하고 그것을 행하지 않으면 안 된다. 생각해 보면 아무것도 하지 않음을 행하는 것만큼 무서운 일이 또 있을까. 눈앞에 벌어지는 일에 대해 애써서 무지하고 무관심해지 려 하는 우리들 모두, 실은 그 일에 대한 일종의 공범자다. 구경꾼 노 릇밖에 할 줄 모르는 사람들은, 실상 단순한 구경꾼이 아니라 공모자

비참함으로부터 탄생한 위대한 벽화 레 미제라블

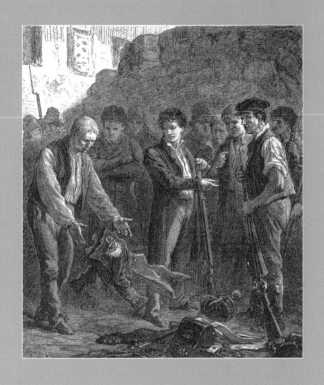

　■──── 장 발장은 내면의 갈등이 아무리 고통스러워도 일단 결심이 서면 일체의 사념을 끊고 단호하게 행동에 나선다. 이번에는 샹마띠외가 아니라 마리우스다. 그를 구해야 한다, 이것이 그가 해야 할 일임을 분명히 알고 있었으나, 그럼에도 마리우스를 향한 증오심은 사그라들지 않았다. 장 발장은 국민병 복을 갖춰 입고 무사히 거리들을 지나 가브로슈가 일러 준 골목 안으로 들어갔다.

가 된다. 장 발장은 선택지들 앞에서 주춤거렸으나 결국 다른 것을 택했다. 다른 것을 택함으로써 꼬제뜨를 떠나보내게 되리라는 것을 알았지만, 별다른 수가 없었다. 꼬제뜨가 행복해야 했다. 그리고 무고한 젊은이가 그런 식으로 세상과 헤어져서도 안 되었다. 만약 그것을 그대로 두었다면 장 발장은 꼬제뜨를 곁에 두고 있더라도 결코 예전처럼 행복해질 수 없을 터이다. 표면적으로는 아무 일도 하지 않으면서 보물을 지켜 낸 것처럼 보이겠지만, 실상 그랬다가는 장 발장은 모든 것을 잃을 수도 있었다. 청년의 죽음에 대한 공범자인 자신을 평생 바라보아야 했을 테니까.

비참함으로부터 탄생한 위대한 벽화 레 미제라블

바리케이드가 무너지기까지

1832년은 두 가지 의미에서 『레 미제라블』에 중요한 해다. 위고는 이 시기 사형수 '끌로드'의 사형 집행을 참관했는데, 이는 그로 하여금 사회 구조와 범죄 사이의 관련성을 깊이 고찰하게 한 강렬한 경험이었다. "운명이 그를 너무나도 잘못된 사회에 태어나게 했고 그 결과 도둑으로 만들었으며, 그 사회가 그를 너무도 잘못된 감옥에 넣었고 마침내 살인자가 되게 했다." 이를 계기로 위고는 1834년 『끌로드 괴(거지 끌로드)』를 발표했으며, 장 발장을 비롯한 레 미제라블에 대해서도 쓰게 된다.

같은 해에 라마르끄 장군의 장례식 날 발생한 소요 사태 또한 중요하다. 이는 폭력의 형태로 자신들의 분노와 주장을 표출할 수밖에 없던 절박한 레 미제라블을 보여 주는 것이다. 1832년은 수많은 사망자를 낳은 콜레라마저 맹위를 떨치면서 안 그래도 힘겨운 삶을 사는 민중들을 공포에 떨게 한 해였고, 때문에 온갖 괴담류의 소문들이 사람들을 술렁이게 했다. 가난으로 인한 고통과 불만, 그리고 죽음에의 위협 앞에서 사람들이 한 것은 바리케이드 너머로 탄약을 쏘아 댐으로써 제 목소리를 내는 것이었다.

7월 혁명이 있은 지 고작 20개월이 흘렀을 뿐인데, 1832년은 절박함과 위협의 양상을 띠며 시작되었다. 국민의 곤경, 빵을 얻지 못한 노동자들, 암흑으로 사라진 꽁데 가문의 마지막 대공, 빠리가 부르봉을 추방했듯 나쏘를 추방한 브뤼셀, 프랑스 왕족에게 스스로를 제공하다 잉글랜드 왕족에게 가 버린 벨기에, 니꼴라이가 다스리는 러시아의 원한, 프랑스 뒤에 있는 남쪽의 두 악마, 그러니까 에스빠냐에 있는 페르난도와 뽀르뚜갈에 있는 미구엘, 이딸리아의 지진, 볼로냐로 손 뻗치는 중인 메테르니히, 안꼬나에서 오스트리아를 난폭하게 다루고 있는 프랑스, 폴란드를 관에 다시 넣고 못질 중인, 북쪽에서 들려오는 정체 모를 음울한 망치소리, 유럽 곳곳에서 프랑스를 엿보는 화난 시선들, 기운 것을 떠밀어 쓰러뜨리고 쓰러진 것은 덮칠 준비가 된 수상한 동맹국 잉글랜드, 법에게 네 사람의 목을 내주기 싫어 베까리아 뒤에 숨은 상원의원들, 국왕 마차에서 삭제된 백합꽃 문양, 뽑힌 노트르담 대성당 십자가, 영향력을 상실한 라파예뜨, 파산한 라피뜨, 궁핍 속에 죽은 방자맹 꽁스땅, 권력의 고갈로 죽어 버린 까지미르 뻬리에 등이 그 예이다. 정치적 질병과 사회적 질병이 왕국의 두 수도, 그러니까 사상의 도시와 노동의 도시에서 동시에 발생했으니, 빠리에서는 내란이, 리용에서는 노예들의 전쟁이 터졌다. 그 두 도시에서 같은 맹화가 이글거려 민중의 이마에 자줏빛

비참함으로부터 탄생한 위대한 벽화 레 미제라블

분화구가 보였다. 광신도처럼 변한 남부 지방, 뒤숭숭한 서부 지방, 방데의 소요에 개입한 베리 공작부인, 각종 음모, 모반, 반란들, 콜레라 등이 각종 사상의 음산한 웅얼거림에 사건들의 음울한 소동을 가미했다.

4월이 끝날 무렵 모든 것이 악화되었다. 발효하고 있던 것들이 부글거리기 시작했다. 1830년부터 이곳저곳에서 부분적인 소규모 소요가 있었는데, 그 즉시 억눌러도 그것들은 다시 고개를 쳐들곤 했다. 잠재되어 있던 대대적인 소동의 징후였다. 무시무시한 어떤 것이 부화되고 있었다. 아직은 선명하지 않고 정체가 모호하되, 잠재적 혁명의 윤곽들이 어렴풋하게 드러나고 있었다. 프랑스 전체가 빠리를 주시하고 있으며, 빠리는 쌩-앙뚜완느 구역을 주시하고 있었다.

이제 민중은 태연히 봉기를 준비하고 있었다. 사람들은 안부 인사를 건네듯 준비 상황을 서로에게 물었다. 상인들이 총을 팔기 시작했고, 비밀결사들이 조직되었고, 학생들이 회합을 위해 까페나 술집에 모여들었다.

역사가 주목하지 않은 이 작은 사건은 위고에게 문학적 상상력을 불러일으켰고, 그것이 그로 하여금 다른 혁명이 아닌 32년의 6월을 택하게 했을 것이다. 하지만 보다 중요한 이유, 위고가 작품의 절정을 이루는 대목을 이 시간으로 설정한 이유는, 이 사건이 특정 지도부에 의해 조직되고 동원된 것이 아니라 하층계급 자신들의 분노로 인해 자발적으로, 매우 자연스럽게 조직된 봉기였다는 점에 있을 터이다. 그들은 배운 것 없고 가진 것도 없어, 무엇이 잘못된 것인지 제대로 말할 수 없는, 목소리 없는 사람들이었다. 그들은 도형장에서 암흑 속을 헤매는 장 발장이고, 장 발장으로 몰려 죽을 뻔한 샹마띠외이며, 가난 때문에 사형에 처해진 실존 인물 끌로드다. 그리고 콜레라 앞에서 어쩔 수 없이 죽음으로 내몰린 1만여 명의 사람들이기도 하다. 이 비참한 사람들이 어느 날 바리케이드를 세웠다! 바퀴와 나무 기둥과 포석 따위를 끼워 넣어 세운 그 바리케이드는 그들 삶의 어떤 메타포처럼 보였을 테다. 그것은 하나의 혼돈이고, 균질하지 못한, 그 때문에 언제 용수철처럼 튀어나올지 알 수 없는 힘을 내장한 괴수이며, 그들의 얼굴과 삶을 고스란히 보여 주는 거대한 건축물이었다.

밤사이 바리케이드가 보수되었을 뿐 아니라 증축되었다. 그것은 2배에 쯤 더 높아졌다. 포석들 사이에 박아 놓은 쇠막대기들이 마치 적을 겨누고 있는 창처럼 보였다. 사방에서 가져와 쌓아 둔 온갖 종류의 잔해들이 바리케이드의 외양을 더욱 어수선하게 만들었다. 그 보루의 내부는 담벼락처럼 다시 정비되었고, 외부는 덤불숲 같았다.

포석들을 다시 쌓아 내부 계단을 만들어, 요새의 성벽 상단에 올라가듯 그것을 이용할 수 있게 되었다.

바리케이드는 일종의 성이다. 훈련받은 정규군에 비해 무기도 전술도 보잘것없는 혁명군은 바리케이드를 통해 저항을 최대한 오래 끎으로써 적의 무기를 소모시키고 동시에 바리케이드에 결합할 다른 저항세력을 기다린다. 그러므로 바리케이드 편이 이길 가능성은 처음부터

비참함으로부터 탄생한 위대한 벽화 레 미제라블

아주 낮았다. 허나 세상에는, 자신이 죽을 것임을 알면서도 시작해야 하는 싸움이, 바리케이드를 세워야 하는 일이 있는 법이다. 그리고 바로 그 순간, 바리케이드가 세워지는 그때부터 레 미제라블은 더 이상 레 미제라블이 아닐 수 있게 된다. 비록 단 이틀 만에 바리케이드를 지키던 전원이 죽고 말지만, 그러나 그 이틀은 위대한 민중이 탄생한 날이었다. 또한 그 이틀의 시간은 훗날 또 다른 6월의 봉기, 1848년 6월을 불러들이는 토대가 형성된 날이기도 하다. 『레 미제라블』의 한 축에서는 장 발장이라는 못 배운 도형수가 위대한 인간이 되는 그림이 펼쳐지고 있었다면, 다른 한 축에서는 비참하게 사는 하층계급 사람들이 위대한 민중이 되는 그림이 장대하게 펼쳐지고 있었던 셈이다.

자, 이제야 우리는 1832년 6월 5일과 6일 이틀간 빠리에서 무슨 일이 있었는지 볼 수 있게 되었다. 『레 미제라블』에서 가장 잘 알려진 이야기는 장 발장과 미리엘 주교 사이의 일화지만, 이 작품의 완역본을 정독한 이라면 이 작품에서 클라이맥스를 이루는 부분으로 단연 이 시가전 대목을 꼽을 것이다. 비록 역사서에서조차 잘 찾아보기 힘든 아주 작은 사건이지만, 위고는 현미경을 들이대고서 찬찬히 이때를 살핀다. "망원경이 끝나는 곳에서 현미경이 시작된다."

군중은 어떤 바람으로 이 사건에 접속했으며, 이 사건의 한가운데에서는 무슨 일이 벌어졌는가? 사람들은 어떻게 죽어갔으며, 이 작은 폭동의 결말은 어떻게 되었나? 위고는 실제 일어났던 이 사건 안에 절묘하게 마리우스를 세워 두고 장 발장을 투입했다. 그렇게 해서 이틀간의 작은 전쟁은 상하좌우로 확대되어 생명을 얻는 데 성공한다.

앞으로 이야기하게 될 사건들은, 역사가들이 시간과 지면의 부족으로 도외시하는 극적이고 생생한 사실에 속한다. 하지만 거듭 강조하거니와, 그 속에서야말로 삶과 맥박과 인간적 전율이 있다. 이미 언급한 바이지만, 그 자잘한 사건들은 이를테면 거대한 사건들의 잔가지들이며, 따라서 역사의 원경遠境 속에서는 보이지 않는다. 흔히 '폭동의 시절'이라 부르는 그때는 그런 작은 사건들로 넘쳐 난다. 재판 기록들 또한, 역사가들과는 다른 이유로, 모든 것을 공표하지 않았을 뿐 아니라, 아마 모든 것을 깊이 파고들어 밝히지도 않았을 것이다. 하여 우리는, 이미 알려졌거나 공표된 특정 사건들 중에서, 사람들에게 알려지지 않은 것들, 즉 잊혀졌거나 당사자들이 죽어 없어진 사실들에 밝은 빛을 비추려 한다. 그 거대한 무대의 주역들 중 대부분은 지금 사라졌다. 막이 내리자, 다음 날부터 그들은 입을 다물었다. 하지만, 우리가 이야기할 것들에 대해 우리는 이렇게 말할 수 있다. "우리가 그것을 보았어." 몇몇 사람의 이름은 바꾸겠다. 역사는 이야기할 뿐 고발하지 않기 때문이다. 허나 실제로 있었던 일들을 그리겠다. 우리가 쓰고 있는 이 책의 형편상, 우리는 1832년 6월 5일과 6일 이틀 사이에 있었던 일들 중, 분명 가장 덜 알려졌을 한 측면과 일화만을 제시할 것이다. 하지만 그러면서도, 우리가 이제 들어 올리려 하는 그 음울한 너울 밑에서, 그 무시무시한 사건의 진실한 모습을 독자들께서 언뜻이나마 보실 수 있게 할 것이다.

1830년 7월 혁명 이후 수립된 루이 필리프의 7월 왕조는, 고작 1832년에 이르러 굶주린 노동자들과 공화파 젊은이들에게 있어 분노의 대

비참함으로부터 탄생한 위대한 벽화 레 미제라블

■───── 바리케이드는 무엇으로 만들어지는가? 아니다. 그것은 만들어지는 게 아니라 바닥에서 솟아오른다. 초기의 들끓음이 일으키는 신속한 분자들의 움직임이 시간이 지나면서 빠리 전체를 점령한다. 그러면 누구랄 것도 없이 소요의 신호탄을 기다린다. 일단 감지되는 순간 요새가 될 만한 골목들에는 삽시간에 바리케이드가 치솟는다. 거리의 포석들이, 수레와 마차가, 문짝들이, 탁자, 의자, 매트리스 모든 것이 그리로 달려들어가 백성들을 엄호한다. 그것은 "수천의 가난한 물건들", "백성의 누더기"이므로.

상이 되고 말았다. 때문에 1848년 2월 혁명으로 제2공화국이 수립되기 전까지 프랑스는 온갖 소요 사태로 몸살을 앓아야 했다. 1832년 6월 사건의 직접적인 시발점은 공화파 장군 라마르끄의 장례식이었다. 군의 장대의 호위 속에서 장군의 운구 행렬이 빠리를 가로지르고 있었다. 국가가 라마르끄 장군의 장례식을 치른다는 것은 곧 장군의 생전 위업이 백지화되고 그가 왕정의 인물로 최종 낙인찍힘을 의미하는 것이었다. 때문에 운구 행렬을 따르는 공화파들은 쉴 새 없이 눈을 굴리면서 어떤 신호를 기다리고 있었다.

용기병들과 군중이 맞닿은 건 순식간의 일이었다. 사건이 어디서 어떻게 시작되었는지는 아무도 제대로 알지 못했다. 갑자기 폭풍우가 몰아치듯 일이 급진전되었던 것이다. 총탄이 빗발치고 바리케이드가 축조되고 사람들이 치닫거나 도망쳤다. 마리우스는 샹브르리 골목에 구축된 바리케이드 안으로 진입했다. 그리고 장 발장은 기막히게 그를 찾아 그곳으로 들어섰다. 사람들이 속속들이 그 안으로 들어가고 있었다. 앙졸라의 진두지휘로 아베쎄의 친구들이 일사분란하게 움직이기 시작했고, 거리를 돌아다니던 가브로슈는 이것은 당연히 자기 일이라는 듯 권총 하나를 훔쳐서는 바리케이드 안에 기어들어 갔으며, 에뽀닌느 역시 거기 어딘가에 머물러 있었다. 그런데 놀랍게도 그곳에는 자베르 형사까지 있었다! 하지만 가브로슈는 술집의 어두운 구석 테이블에 자리를 잡고 있는 저 남자가 빠리임을, 그러니까 짭새임을, 프락치임을 알아보았다. 가브로슈의 말을 듣고 술집의 장정들 몇이 남자를 덮쳤다. 정말로 그는 경찰이었다. 그는 자신을 "법을 대변하는 관리"라고 침착

비참함으로부터 탄생한 위대한 벽화 레 미제라블

하게 소개했다. 그는 술집 밖 거리에서 혁명에 동참하기 위해 몰려든 사람들 틈에 끼어 비교적 손쉽게 여기까지 들어올 수 있었던 것이다. 하지만 운은 거기까지다. 자베르는 몸수색을 당한 뒤 하루 종일 기둥에 꽁꽁 묶인 채 서 있어야 했다.

이제 우리는 바리케이드 안에서 사람들이 하나둘씩 죽어가는 모습을 지켜보아야 한다. 바리케이드가 세워진 뒤 첫 번째 일제 사격이 개시되었다. 허름한 바리케이드를 뚫고 들어온 총탄과, 다른 곳에 부딪쳤다가 되튕겨진 산탄이 혁명군을 겁먹게 만들었다. 무엇보다도 바리케이드에 꽂았던 붉은 깃발이 떨어졌는데, 아무도 그것을 다시 세우기 위해 몸을 움직일 수가 없었다. 분명 정부군과 국민군의 모든 총구가 바리케이드를 향하고 있을 터이다. 조금이라도 모습을 드러내는 즉시 죽고 말 것이다. 이때 술집 입구에 모습을 드러낸 노인이 있었다. 누군가가 그를 보며 혁명위원이라고, 국왕 시역자라고 외쳤지만, 놀랍게도 그는 마리우스의 친구이자 도서 수집가인 마뵈프 영감이었다. 끼니를 해결하기 위해 자신의 소중한 책을 하나둘 처분해야 했던 이 남자가 그 순간 느닷없이 모습을 드러낸 것이다. 그런 그의 선택에 대해 위고는 딱히 어떤 설명도 덧붙이지 않는다. 그저 마뵈프 영감은 천천히 움직이고 있을 뿐이다. 혁명군은 놀라움과 경외심에 사로잡혀 말없이 그의 노쇠한 얼굴을 바라보고 있었다. 영감은 양 진영의 침묵 속에서 바리케이드 위로 천천히 오르기 시작했다.

그 침묵 속에서 노인이 붉은 깃발을 크게 흔들며 외쳤다.

"프랑스 대혁명 만세! 공화국 만세! 박애! 평등! 그리고 죽음!"

서둘러 기도하는 사제의 중얼거림과 흡사한 나지막하고 빠른 속삭임 소리가 바리케이드까지 들려왔다. 골목 저 끝에서 법정 경고를 하는 경찰서장의 음성 같았다.

창백하고 살벌한 얼굴에, 음울한 화염으로 이글거리는 눈빛으로, 마뵈프 영감이 머리 위로 깃발을 치켜들며 다시 외쳤다.

"공화국 만세!"

"발사!"

산탄을 퍼붓는 듯한 두 번째 집중사격이 바리케이드 위로 가해졌다.

노인이 무릎을 꿇고 상체를 앞으로 숙였다 다시 벌떡 일으키더니, 깃발을 떨어뜨린 채, 마치 널빤지처럼 뒤로 넘어가 포석 위에, 두 팔을 십자가처럼 벌린 채, 길게 나자빠졌다. 쓰러진 몸 밑으로부터 피가 냇물처럼 흘렀다. 창백하고 구슬픈 그의 노쇠한 얼굴이 하늘을 바라보는 듯했다. 인간으로 하여금 자신을 방어하는 것조차 잊게 하며, 인간을 초월하는 그 특이한 격정이 반란 가담자들을 거세게 휘감았다. 그들이 경외심에 사로잡혀 시신 곁으로 다가갔다.

"국왕 시역자란 정말 비범한 이들이로군!" 앙졸라가 중얼거렸다.

꾸르페락이 앙졸라의 귀에 속삭였다.

"자네에게만 말해 주겠네. 열광을 식혀 버리고 싶지 않으니. 이 사람은 국왕 시역과 아무 상관이 없네. 나는 예전부터 그를 알고 있네. 마뵈프 영감이라는 사람이야. 오늘 대체 그에게 무슨 일이 있었는지 모르겠군. 하지만 마음씨 착한 늙은이였지. 그의 얼굴을 잘 보게."

비참함으로부터 탄생한 위대한 벽화 레 미제라블

에뽀닌느 역시 오래 버티지 못했다. 그녀가 눈에 띄진 않았지만, 주변에서 마리우스를 주시하고 있었던 게 분명했다. 총구 하나가 마리우스를 겨누자 잽싸게 나타나 자기 손으로 총구를 막았다. 총알은 그녀의 손을 관통한 다음 등을 뚫고 나왔다. 마리우스는 그녀의 머리를 자기 무릎 위에 뉘었고, 에뽀닌느가 마지막으로 이야기를 하기 시작한다.

당신도 알겠지만, 당신은 이제 끝났어요! 아무도 살아서 이 바리케이드를 벗어날 수 없어요. 제가 당신을 이곳으로 유인했어요! 당신도 이제 죽을 거예요. 저는 확신해요. 그런데, 하지만, 당신을 겨누는 총을 보자 제가 그 총구멍을 손으로 막았어요. 참 우스운 일이에요! 아마 제가 당신보다 한발 앞서 죽고 싶어 그랬을 거예요. 총탄을 맞은 후 저는 여기까지 몸을 끌고 왔어요. 아무도 저를 보지 못했고, 따라서 저를 거두지 못했어요. 저는 여기서 당신을 기다렸어요. 그러면서 생각했지요. '안 올 작정인가?' 오! 당신이 아셨다면! 저는 제 옷자락을 꽉 물었어요. 그렇게 고통스러웠어요! 이제는 편안해요. 제가 당신 방에 들어가 당신의 거울에 제 얼굴을 비춰보던 그날을 기억하세요? 그리고 여인들이 개울가에서 날품팔이하던 곳 근처 외곽 대로에서 제가 당신과 우연히 마주쳤던 날 기억하세요? 새들의 노래가 아름다웠지요! 그리 오래전 일도 아니에요. 당신이 제게 100쒸를 주셨고, 제가 당신에게 말했지요. '돈을 원하는 게 아니에요.' 그 주화는 다시 주워 챙기셨겠지요? 당신은 부자가 아니에요. 당신에게 그것을 다시 주우라고 말씀드릴 생각을 미처 못했어요. 햇볕이 아름다웠고, 춥지도 않았어요. 마리우스 씨, 기억하세요? 오! 저는 지금 행복해요! 모든 사람은 다 죽어요.

에쁘닌느는 마지막으로 이렇게 말하고 숨을 거두었다. "그리고, 보세요, 마리우스 씨, 제가 조금은 당신에게 연정을 품고 있었던 것 같아요."

그렇게 6월 5일이 저물어 가고 있었다. 사람들은 죽고, 살아남은 시민들은 자기 집에 들어가 문을 걸었다. 마리우스가 그곳에서 혁명군으로서 자기 몫을 잘해 낸 것 못지않게 장 발장의 활약 또한 뛰어났다. 그는 이쪽으로 진입하려는 정부군을 향해 절묘하게 총알을 날려 그들을 막았다.

그는 아무 말 없이 병사를 겨냥했는데, 다음 순간 병사의 철모가 실탄 한 발에 맞아 요란한 소리와 함께 길바닥으로 떨어졌다. 그에 병사는 서둘러 사라졌다.

두 번째 정찰꾼이 그곳에 다시 나타났다. 이번에는 장교였다. 이미 장전을 마친 장 발장이, 새로 나타난 자를 겨누었고, 장교의 철모 역시 병사의 철모 곁으로 날려 보냈다. 장교 역시 더 이상 고집을 부리지 않고 급히 사라졌다. 이번에는 경고의 뜻을 알아차린 모양이다. 아무도 지붕 위에 다시 나타나지 않았고, 바리케이드를 엿보기도 포기했다.

"왜 죽이지 않았습니까?" 보쉬에가 물었다.

장 발장은 아무 대꾸도 하지 않았다.

하지만 바리케이드 안의 단 한 사람만이 장 발장을 향해 증오의 시선

비참함으로부터 탄생한 위대한 벽화 레 미제라블

■── 과거 대혁명에 가담하여 국왕 시역에 찬성했으되, 과거의 영광이 그의 오랜 생활고를 해결해 주진 못했다. 그에게 남은 건 팡띤느처럼 그의 몸, 그것밖에 없었다. 아마도 마뵈프 영감은 새로운 프랑스를 갈망했던 구세대의 한 사람으로서 다음 세대를 위해 자신에게 남은 최후의 하나를 바치려 했던 건 아니었을까.

"프랑스 대혁명 만세! 공화국 만세! 박애! 평등! 그리고 죽음!"

을 던지고 있었다. 자베르였다. 기둥에 묶여 있는 자신을 보는 시선에 문득 눈을 돌리니 그곳에 장 발장이 서 있었던 것. 그는 즉시 장 발장을 알아보았다. 그러곤 거만하게 다시 눈꺼풀을 내리면서 중얼거렸다. "그렇게 된 일이군."

날이 밝아 왔다. 서서히 바리케이드가 무너지기 시작했다. 만 하루 동안 요기를 못하고 잠을 이루지 못한 남자들은 죄 부상을 입은 상태다. 총알도 다 떨어졌다. 이에 가브로슈가 나선다. 바리케이드와 혁명군 사이에서 바구니를 하나 들고 돌아다니면서 사살된 국민병들의 탄약 주머니들을 수거하기 시작한 것이다. 그 모습을 본 국민병이 그를 향해 총을 쏘았다. 하지만 다섯 번째 총탄마저 소년을 비껴갔고, 가브로슈는 신이 나서 아예 노래를 부르고 춤까지 춰 가며 그들을 조롱하고 나섰다. 그 모습에 국민병과 정규군 병사들마저 웃고 있었다. 하지만 이를 지켜보는 혁명군은 초조함에 입안이 바짝바짝 마를 수밖에 없었다.

그는 아이가 아니었다. 인간도 아니었다. 개구쟁이 요정이었다. 전투의 한가운데로 뛰어든, 그러나 아무도 손댈 수 없는 난쟁이. 총탄들이 그의 뒤를 따라다녔으나 그가 더 빨랐다. 그는 죽음과 더불어 무시무시한 숨바꼭질을 하고 있었다. 코 납작한 유령이 자기에게 다가올 때마다, 개구쟁이가 그 코끝을 손가락으로 퉁겼다.

하지만, 더 정확히 조준되었는지 더 빗나간 것인지는 모르지만, 총탄 하나가 꼬마 도깨비를 명중시켰다. 가브로슈가 비틀거리더니 털썩 주저앉았다. 바리케이드 전체가 비명을 질렀다. 하지만 그 난쟁이 속에는

비참함으로부터 탄생한 위대한 벽화 레 미제라블

■──── 가브로슈는 끝내 자신을 키워 준 빠리의 포석이 내미는 품 속으로 떨어져 안겼다. 아마 그때 빠리는
다시 말했을 것이다. "이 아이는 나의 새끼라오."

안타이오스(포세이돈과 가이아 사이에서 태어난 거인으로 지나가는 사람들에게 씨름을 청해 매번 이겼는데, 몸이 땅에 닿아 있는 한 아무도 그를 이길 수 없는 장사였음)가 있었다. 개구쟁이의 몸이 포석에 닿는 것은 그 거인의 몸이 대지에 닿는 것과 같았다. 가브로슈가 쓰러진 것은 다시 일어서기 위한 것에 불과했다. 그는 그 자리에 주저앉았고, 한 줄기의 피가 그의 얼굴에 길게 흘렀다. 그가 두 팔을 치켜들고 총탄이 날아온 쪽을 바라보더니, 노래를 부르기 시작했다.

"내가 땅바닥에 쓰러졌네,

그건 볼떼르 탓이야,

코를 도랑에 처박고,

그건⋯⋯."

그는 노래를 마치지 못했다. 같은 저격수의 두 번째 총탄이 노래를 중단시켰다. 이번에는 그의 얼굴이 포석 위로 처박혔고, 다시는 움직이지 않았다. 그 어리되 위대한 영혼이 날아가 버렸다.

마리우스가 숨진 가브로슈를 안고 돌아왔다. 사람들은 가브로슈를 마뵈프 영감 옆에 누인 뒤 두 사람을 한 장의 숄로 덮었다.

얼마 전까지 까페 뮈쟁에서 열띤 토론을 벌이던 젊은 아베쎄의 친구들도 하나둘 죽어갔다. 마리우스 역시 부상을 입고 얼굴에 피를 덮어썼다. 그는 혁명군 두목이자 아베쎄의 동료인 앙졸라와 함께 바리케이드의 양 끝에 각각 자리를 잡고 저항하고 있었다. 하지만 그리 오래가지 못했다.

비참함으로부터 탄생한 위대한 벽화 레 미제라블

마리우스는 밖에 남아 있었다. 총탄 한 발이 날아와 그의 쇄골을 부러뜨렸고, 그 충격에 그는 정신을 잃고 쓰러졌다. 바로 그 순간 이미 눈을 감고 있던 그는 억센 손 하나가 그를 움켜잡는 것이 느껴졌고, 기절하기 직전의 짧은 동안에 꼬제뜨에 대한 마지막 추억에 섞여 다음과 같은 상념이 어른거렸다. '내가 포로 신세가 되는구나. 곧 총살당하겠지.'

혁명군 중 마지막까지 남은 이는 앙졸라였다. 그러나 그 역시 여덟 발의 총탄을 맞고 사망했다. 이틀간 그토록 소란스럽고 어지러웠던 골목이 순식간에 조용해졌다.

역사 속의 모든 바리케이드가 그렇듯 이곳의 바리케이드 역시 점령당한 것이다. 하지만 모든 바리케이드는 그 다음 바리케이드를 낳는다. 위고는 1832년의 바리케이드가 1848년의 바리케이드를 낳았다고 본다. 1848년의 바리케이드는 프랑스 국민들에게 드디어 공화국을 선사했다. 하지만 그로부터 얼마 지나지 않아 프랑스에서 바리케이드는 완전히 자취를 감추고 말았다. 대통령에 당선된 나뽈레옹 3세(나뽈레옹 1세의 조카)가 빠리의 지사 오스만에게 명령해 대대적인 도시 정비를 시작했기 때문이다. 골목이 사라지고 대로들이 정비된 빠리에서 바리케이드는 힘을 잃었다. 좁은 골목에서나 힘을 발휘하는 바리케이드를 드넓은 대로에 쌓을 수도 없었거니와, 무엇보다도 대로는 바리케이드를 부술 만한 위력을 자랑하는 대포들이 용이하게 이동하기 적합했기 때문이다.

하수도, 제2의 빠리

바리케이드가 무너진 이 절체절명의 순간, 대체 장 발장은 어디 있는 걸까? 그는 지하에 있었다.

이런 걸 두고 팔자라고 하는 걸까. 꼬제뜨를 업은 채 쫓기면서 또 다른 감옥, 수녀원을 향했던 게 엊그제 같은데, 이제 장 발장은 또 다른 밀폐된 공간에서 꼬제뜨의 남편이 될 남자를 업은 채 도주하고 있다. 이번에 그가 도주로로 삼은 곳은 빠리의 심연, 하수도 안이었다. 그는 "지옥의 한 권역에서 다른 권역으로" 떨어졌다. 암흑 속에서, 그것도 시작과 끝이 어디인지, 이 통로가 어디로 이어지는지 알 수 없는 그곳은 정말로 지옥과도 같았다. 위고에 의하면 하수도는 "도시의 내장"이고 "도시의 의식意識"이며, 숨어 있는 "또 다른 빠리 시"다. 진정한 의미에서 하수도는 빠리의 음화陰畵다. 때문에 위고는 이를 각별히 신경 써 연구했다. 그에게 있어 빠리의 거대한 하수도 체계야말로 또 하나의 빠리,

지하의 거대 도시였기 때문이다.

하수도는 분뇨와 악취, 몰래 살해당한 시체들이 시궁쥐와 함께 도사리고 있는 곳이다. 도시가 커질수록 배출되는 분뇨량도 많아지고, 그를 따라 하수도관은 점점 더 길어진다. 역설적이게도 도시의 위생주의가 강해질수록 도시가 품어야 할 시궁창은 더 커지는 셈이다. 즉, 냄새를 비롯해 온갖 더러운 것을 몰아내고 싶은 도시의 욕망이 하수도를 만들고 하수도의 몸피를 키운다. 분뇨를 강으로 흘려보내지만 않는다면 아마 사람들은 훨씬 더 풍요롭게 살 수도 있었을 것이다. 위고는 중국의 경우를 보라고 말한다. 비료로 쓰인 분뇨는 땅을 비옥하게 하고 사람들이 먹을 식량을 만든다. 그렇게만 되면 농민들을 비롯한 민중들의 빈곤 문제는 비교적 손쉽게 해소될 수 있을 터이다. 그러나 세련되고 아름다운 빠리를 만들기 위해 프랑스가 택한 것은 하수도 설비였다. 이에 헐벗은 사람들은 점점 변두리로, 심지어 지하로까지 내몰리는 신세가 되었다. 그러니 하수도 안으로 도시의 법망을 피해 달리는 도망자들이 숨어들기 시작하는 것도 매우 자연스러워 보인다. 하수도는 무대 밑 지하 삼 층에 기거하는 자들의 제국이다. 알다시피 이러한 이미지는 허버트 조지 웰스의 소설 『타임머신』, 할리우드 영화 〈데몰리션 맨〉 등 다양한 SF 장르에서도 단골로 등장하는 소재다.

인간 역사가 시궁창 역사에 어려 있다. 로마의 시체 공시대가 로마 역사를 알려 준다. 빠리의 하수도는 낡고 무시무시했다. 그것은 무덤이기도 했고, 피신처이기도 했다. 범죄, 공모, 사회적 저항, 양심의 자유, 사상, 절도 등, 인간의 법이 박해하는 혹은 박해하던 모든 것들이 그 구멍에 숨었다. 14세기의 나무망치(과중한 세금에 항거한 빠리 시민을 가리킴)들, 15세기의 털이범들, 16세기의 깔뱅파 개신교도들, 17세기에 모랭(신의 아들을 자처하다 화형당한 신비주의교도)을 추종하던 계시파들, 18세기의 화부火夫(프랑스 대혁명과 집정정부 시절, 발에 불고문을 가해 금품을 빼앗던 강도)들이 곧 그들이다. 백 년 전만 해도 야간의 살인강도가 하수도에서 나왔고, 사기꾼이 위험을 느끼면 그 속으로 미끄러져 들어가곤 했다. 숲 속에 동굴이 있듯, 빠리에는 하수도가 있었다. 갈리아의 삐까레리아(부랑자)인 직업 구걸꾼들은, 하수도를 '기적궁(거지나 강도 들의 집합소)'에 딸린 지부로 여겼으며, 저녁이면 교활하고 표독스러운 무리가, 마치 침실로 들어가듯, 모뷔에의 하수도 출구로 들어가곤 했다.

그곳은 지상의 찬란한 도시와는 전혀 다른 모양새를 갖춘 또 하나의 빠리다. 지하에 건설된 이 어둡고 거대한 왕국은 전혀 다른 법칙 하에 움직인다. 지하의 빠리에서는 생존을 위해 모든 것이 허용된다. 그곳은 자기 몸을 지키기 위해 가지고 있는 모든 힘과 꾀를 동원하지 않으면 안 되는 장소다. 이곳을 보지 않는 한, 이곳을 없는 곳으로 치부하는 한, 지상의 빠리가 제아무리 번성하여도 프랑스는 제자리걸음을 할 뿐이다. 지옥을 보지 않고 천국을 꿈꾸고 만들 수 없는 법이며, 현실을 보지 않고 혁명가가 될 수 있는 자는 아무도 없으므로.

문제는 안으로 숨어 들어간 그들이 언제고 다시 지상을 역습하기 위한 만반의 준비를 한다는 점이다. 지상은 그들을 핍박하는 곳이기도 하

비참함으로부터 탄생한 위대한 벽화 레 미제라블

JEAN VALJEAN

■——— 뒤편 천장으로 희미한 불빛이 스며든다. 저 하수도 입구의 무쇠 뚜껑을 들어 올려 3미터 아래 지하 하수도로 내려왔다. 축 늘어진 무거운 짐을 어깨에 걸치고서. 장 발장의 용력이 대단하기도 하지만, 하늘로 날아갈 수도, 바리케이드를 넘어갈 수도 없는 그 순간, 땅속으로 꺼져 사라지기 위해 괴력 같은 것이 발휘 되었을지도 모를 일이다. 지상에서는 최후의 방어진인 선술집 코린토스가 집중 공격당하고 있었다.

지만, 그들이 약탈할 수 있는 유일한 대상, 만찬회 속의 넓은 식탁이다. 역류하는 흙탕물은 도시를 뒤덮고 지상의 물건들을 잡아챈 뒤 지하로 끌고 내려간다.

무시된 나일강이 문득 화를 내는 것처럼 때로는 하수도가 범람하려 들기도 했다. 지저분한 일이긴 하지만, 하수도는 범람하기도 한다. 그 문명의 위가 소화 기능을 제대로 수행하지 못해, 때로는 시궁창이 도시의 목구멍까지 역류하고, 따라서 빠리에는 썩은 진흙탕의 뒷맛이 감돌곤했다. 그러한 하수도의 뒷맛과 회한 간의 유사성에 이로운 점도 있었는데, 그것들이 하나의 경고였다는 사실이 바로 그것이다. 물론 사람들은 그것을 전혀 이해하지 못했다. 도시는 오히려, 그 썩은 흙탕이 뻔뻔하다며 분개했고, 구정물이 다시는 얼씬도 하지 못하도록 하라고 엄포를 놓았다. "철저하게 내쫓으시오."

나뽈레옹 치세 하에 브륀조라는 사람이 하수도 조사에 착수하기 시작하면서 빠리의 미궁은 점차 정비되기 시작했다. 언제 무너지고 하수를 역류시킬지 알 수 없는 하수도는 더 이상 없다. 이제 하수도는 하나의 훌륭한 아케이드처럼 변모했다. 그러는 사이 하수도는 길어졌고, 하수도관은 더 포개어졌으며, 사람들은 그곳으로 진입하기 위해 더 센 저항과 맞닥뜨려야 한다. 그러나 "하수도를 너무 신뢰해서는 안 된다. 아직도 그곳은 독한 기운으로 차 있다. 하수도는 완전무결하다기보다는 위선적이다. 빠리 경찰국과 위생국이 아무리 애를 써도 소용없었다. 온

구약성서에 등장하는 바다 괴물 레비아땅처럼 빠리의 하수도는 뭐든 집어삼킨다. 그런 면에서 하수도는 귀족, 성직자, 부랑아 모두에게 평등하다. 하지만 돌벽마저 중병에 시달리는 그곳에서 살아 나올 수 있는 건 아무것도 없다. 그런데 브륀조가 7년 동안 벌인 대청소와 조사 작업을 거쳐 지하의 빠리에도 일대 혁명이 개가를 이뤘다. 전에는 '창자'라고 하던 것을 이제는 '갤러리'라고 부르며, 또한 '구멍'은 '맨홀'이라고 부른다. 오늘날 빠리의 하수도는 박물관으로 탈바꿈하여 엄청난 관광 수입을 벌어들이고 있다.

갖 위생 조치에도 불구하고 하수구는 여전히 수상쩍은 냄새를 풍긴다." 근본에서 사회가 혁명되지 않는 한 또 다른 세계, 즉 하나의 심연 또한 언제까지고 존재할 것이다.

장 발장은 바로 그곳에 발을 들이민 것이다. 그것은 대도시 아래에서 마치 시궁쥐나 시체처럼 살아야 했던 수많은 레 미제라블의 메타포처럼 보인다. 또한 그것은 도망자로, 늘 가명으로 살아야 했던 장 발장의 삶 전체를 요약하는 삽화처럼 느껴져 더더욱 의미심장하다.

그가 지하통로의 모퉁이를 돌아서자, 환기창으로 떨어져 들어오던 까마득한 미광마저 완전히 사라졌다. 어둠의 장막이 그의 위로 다시 내려져 그는 앞이 보이지 않게 되었다. 하지만 걷는 속도를 늦추지는 않았다. 할 수 있는 한 빠르게 이동했다. 마리우스의 두 팔을 자기 목에 감고, 두 발은 흔들리도록 내버려 두었다. 한 손으로는 마리우스의 두 손목을 감싸 쥐고, 다른 한손으로는 벽을 더듬으며 나아갔다. 마리우스의 피에 젖은 볼이 그의 볼에 닿아 풀처럼 끈적거렸다. 마리우스의 몸에서 흐르는 미지근한 액체 한 줄기가, 그의 옷으로 스며들어 그의 피부 위로 흐르는 것이 느껴졌다. 하지만, 그의 귀에 닿아 있는 부상자의 입에서 전해지는 축축한 온기가, 아직도 호흡이 계속되고 있음을, 즉 그가 살아 있음을 알려 주었다. 이제 장 발장이 따라 걷고 있던 통로는 첫 번째 것보다 덜 좁았다. 하지만 걷기는 몹시 힘들었다. 전날 내린 빗물이 아직 다 빠지지 못해 바닥 중앙에 작은 급류가 만들어져 있어서, 발이 물에 잠기지 않도록 하기 위해서는 몸을 벽에 바싹 붙일 수밖에 없었다.

그렇게 어둠을 헤치며 소리 없이 나아갔다. 보이지 않는 세계에서, 그리고 어둠의 혈관 속에서 길을 잃은 채, 계속해서 더듬거리고 있는 밤의 존재들과 같았다.

한참을 걷다 마리우스를 잠시 내려놓고 상처 부위를 지혈한 뒤 장 발장은 그의 얼굴을 내려다보았다. "형언할 수 없는 증오감 섞인 시선으로". 하지만 위고가 이 장의 제목을 〈진창, 그러나 영혼〉이라고 정한 것을 기억해 두자. 장 발장의 몸은 빠리의 가장 어둡고 냄새나고 축축한 곳을 거치면서 점점 더 더러워지고 있었지만, 그의 영혼은 그와 반대되는 상황으로 변화하고 있었다. 말 한마디 건넬 상대도 없는 암흑 속에서 묵묵히 무거운 걸음을 내딛을 때 그가 느낀 것은 절망감이나 회한이 아니었다. 그는 지금 계산이나 망상이 허락되지 않는 공간에 서 있다. 두려움이나 원망으로 시간을 허비할 수도 없는 상황이다. 오직 걷는 것, 가느다란 빛을 느끼는 것, 출구가 어딘지 가늠하는 것, 어깨 위에 있는 다른 이의 무게를 느끼는 것 외에는 아무것도 할 수 없다. 거의 무념무상의 상태로 한 생명을 어깨에 메고 걷고 있는 이 남자의 모습은 그자체로 고행이고 기도처럼 보인다.

어느덧 배수구의 끝에 다다랐다. 헌데 하느님도 참 무심하지! 출구는 육중한 철책으로 막혀 있었고, 아무리 미친 듯 흔들어도 그것은 꿈쩍도 하지 않았다. 다시 돌아갈 수도 없지만 이대로 주저앉았다가는 죽고 만다! 헉, 그런데 이거 무슨 일인가? 장 발장의 눈앞에, 이곳은 분명 하수도인데, 그런데 떼나르디에가 나타났다. 산 넘어 산, 지옥 다음의 또 다른 지옥! 그런데 다행히도 떼나르디에는 어둠 속에서 시궁창 물과 피로 범벅된 장 발장을 미처 알아보지 못했다. 하여 그가 말하길, 자신이 도울 테니 그 대신 돈을 달란다. 장 발장은 주머니 속에서 얼마 안 되는 돈을 긁어모아 그에게 넘겼고, 떼나르디에는 훔친 열쇠로 문을 열어 주었다. 드디어 밖으로 나가게 된 장 발장과 마리우스.

아니, 그런데 이건 또 뭔가! 장 발장의 등 뒤로 또 다른 거대한 그림자가 드리워진다.

장 발장이 손을 물에 담그려는 순간, 문득 뭔지 모를 거북함이 느껴졌다. 보이지 않지만 누가 자기 뒤에 와 있을 때 느낄 수 있는 그런 느낌이었다. 그는 고개를 돌렸다.

조금 전 하수도 안에서와 마찬가지로 어떤 사람이 정말 그의 뒤에 서 있었다.

큰 키에 긴 프록코트로 몸을 감싼 남자 하나가 팔짱을 끼고서 납덩이 두구頭球가 드러난 곤봉을 오른손에 쥐고, 마리우스를 들여다보고 있던 장 발장의 몇 걸음 뒤에 서 있었다.

그는 그림자 탓에 일종의 유령처럼 보였다. 순진한 자라면 황혼 녘이었기 때문에 두려웠을 것이고, 신중한 자라면 곤봉 때문에 그랬을 것이다. 장 발장은 그가 자베르임을 즉각 알아차렸다.

(중략)

장 발장은 하나의 암초에서 다른 암초로 이동한 셈이었다.

연속적인 두 마주침, 떼나르디에를 피해 자베르의 수중으로 떨어진

비참함으로부터 탄생한 위대한 벽화 레 미제라블

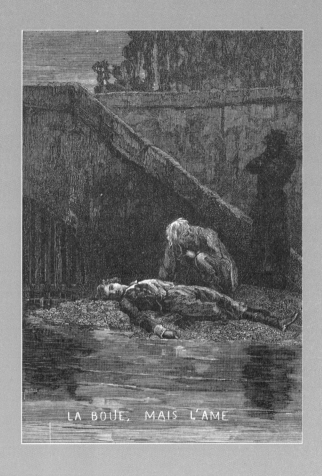

LA BOUE, MAIS L'AME

■—— 목판화의 글귀 〈진창, 그러나 영혼〉은 5부 3편의 제목이다. 왼편으로 장 발장이 막 빠져나온 육중한 철책 입구가 보이고, 황혼 무렵의 어스름이 그의 뒤편으로는 오싹한 형체 하나를 만든다. 암초에서 또 다른 암초로의 탈출, 기막힌 형국이다. 바리케이드 안에서 장 발장은 아무런 행동도 하지 않는 것 같았다. 허나 그는 부상병들을 나르고 치료하고 바리케이드를 보강하는 등 전투가 아닌 모든 것을 맡고 있었다. 그러면서도 오직 한 곳, 마리우스를 주시하기를 멈추지 않았다. 총탄이 마리우스의 빗장뼈를 꿰뚫고 그가 쓰러지자마자 그를 들쳐 업고 퇴로를 찾았던 것이다. 빛 한 점 들어오지 않고, 출구가 어딘지 감조차 잡을 수 없는 하수도를 간신히 빠져나왔건만 자베르가 기다리고 있다.

다는 것, 그것은 참으로 가혹한 일이었다.

이미 말한 바와 같이 더 이상 자기 모습이 아니었던 장 발장을, 자베르는 알아보지 못했다. 그는 여전히 팔짱을 낀 채, 거의 감지할 수 없는 속도로 곤봉을 움켜쥔 다음, 짧고 조용한 음성으로 물었다.

"당신은 누구요?"

"나요."

"당신이 누구냐고?"

"장 발장이오."

자베르가 곤봉을 이빨로 물더니, 무릎을 굽혀 상체를 기울이며 억센 두 손으로 장 발장의 어깨를 잡았다. 양어깨가 마치 두 바이스(물건을 끼위 고정하는 기구)에 물린 것 같은데, 자베르가 그를 유심히 살핀 끝에 장 발장임을 확인했다. 자베르의 시선이 무시무시했다.

장 발장은 자베르에게 붙들린 채 아무 저항도 하지 않았다. 스라소니의 발톱에 선선히 자신을 내맡긴 사자 같았다. 장 발장이 자베르에게 말했다.

"자베르 형사, 이제 나는 당신의 포로가 되었소. 나는 오늘 아침부터, 당신에게 붙잡힌 것이나 다름없다고 생각했소. 당신에게서 달아나고자 했다면 나는 당신에게 집주소를 알려 주지 않았을 것이오. 나를 체포하시오. 다만 나에게 한 가지만 허락해 주시오."

자베르에게는 아무 말도 들리지 않는 듯했다. 그는 자신의 눈동자를 장 발장 위에 고정시키고 있었다. 그의 주름진 턱이 입술을 코 쪽으로 밀어 올리고 있었다. 사나운 몽상에 잠겨 있다는 징후였다. 이윽고 그가

비참함으로부터 탄생한 위대한 벽화 레 미제라블

장 발장을 놓아주더니, 벌떡 상체를 일으켜 세우고 곤봉을 다시 움켜쥐었다. 그리고는 꿈속에서처럼, 말을 한다기보다는 웅얼거리듯 물었다.

"여기에서 무엇 하고 게시오? 그리고 저 사람은 뭐요?"

우연치고는 정말 너무하다. 요 몇 년 간 이어진 장 발장의 쫓기는 삶이 하수도를 타고 잘도 요약적으로 펼쳐지고 있었다. 지옥 중에서도 상지옥이 펼쳐지려는 것인가?

사실 자베르는 떼나르디에를 미행하다 그를 이 근처에서 그만 놓쳐버리고 만 것이었고, 떼나르디에는 자베르의 추격을 피하기 위해 하수도 안의 얼간이를 자기 대신 내보낸 것이었다. 그리고 장 발장은 백전의 용사처럼 매우 침착했다. 그는 다만 한 가지를 청할 뿐이다. 정신을 잃은 이 청년을 그의 집에 보내고 난 다음 순순히 붙잡히겠다는 것이다. 헌데 무슨 조화인지 한 치 예외도 없는 원칙주의자 자베르가 이를 승낙한다. 팡띤느가 죽어갈 때는 안하무인 외고집이더니, 이번에는 대체 어인 일인가? 아니, 그보다도, 어제 시위대에게 정체가 탄로 나는 바람에 기둥에 묶여 있던 자베르가 어떻게 여기 멀쩡하게 서 있는 걸까?

위대한
인간의
탄생

7

자베르 형사의 변곡점

이를 이해하기 위해서는 시간을 되돌려 잠시 바리케이드 안으로 돌아가야 한다. 날이 밝았고 6월 6일이 되었다. 앙졸라는 자베르의 '처리'를 결정했고, 그러자 장 발장이 자진해서 그 임무를 맡았다. 장 발장은 그를 밖으로 데리고 나가, 주머니에서 칼을 꺼냈다.

"단도로군!" 자베르가 소리쳤다. "그래. 너에게는 그것이 더 어울리지."
　　장 발장이 자베르의 몸통에 묶여 있던 끈과 손목, 발목을 묶고 있던 끈마저 끊었다. 그리고 일어서며 말했다.
　　"이제 당신은 자유의 몸이오."
　　자베르는 쉽게 놀라는 사람은 아니었다. 하지만 그가 아무리 자신을 완벽하게 통제하는 사람이라 할지라도, 이번에는 충격에서 쉬이 벗어나지 못했다. 그는 입을 벌린 채 꼼짝도 하지 않고 서 있었다.

비참함으로부터 탄생한 위대한 벽화 레 미제라블

장 발장이 말을 계속했다.

"내가 살아서 이곳을 빠져나갈 수 있으리라고는 생각하지 않소. 하지만, 만약 우연히, 내가 이곳에서 빠져나갈 경우, 나는 롬므−아르메 로 7번지에 포슐르방이라는 이름으로 살고 있을 것이오."

자베르가 호랑이처럼 얼굴을 찡그리는 바람에, 입 한 귀퉁이가 열렸다.

(중략)

그가 프록코트의 단추를 다시 채우고 양어깨를 군대식으로 편 다음 반쯤 돌아서더니, 팔짱을 끼고 한 손으로 자신의 턱을 괸 채 알 시장 방면으로 발걸음을 옮기기 시작했다. 장 발장은 그의 뒷모습을 눈으로 좇았다. 자베르가 몇 걸음 가다 별안간 돌아섰다. 그리고 소리쳤다.

"당신이 나의 심기를 불편하게 하오. 차라리 나를 죽이시오."

자베르는 자신이 장 발장에게 더 이상 반말을 하고 있지 않다는 사실을 알아차리지 못했다.

"어서 돌아가시오." 장 발장의 대꾸였다.

자베르가 느린 걸음으로 멀어져 갔다. 잠시 후 그가 뻬쉐르 로 모퉁이를 돌아 사라졌다.

자베르가 사라지자, 장 발장이 허공으로 권총을 발사했다. 그런 다음 바리케이드로 돌아와 말했다.

"처치했소."

장 발장은 자기 품에서 꼬제뜨를 앗아 가려는 마리우스는 죽어도 된

■——— 바리케이드 안에서 최후의 총격전 준비가 끝나자 앙졸라가 자베르를 처단해야 할 때라고 말했다. 잠
자코 있던 장 발장이 그 일을 자청했다. 그를 끌고 작은 바리케이드를 넘었다. 자베르는 태연했다. 네놈이
그럴 줄 알았다는 듯. 그런데 이게 무슨 일인가? "이제 당신은 자유의 몸이오." 장 발장이 그를 살려 주었을
뿐만 아니라, 자기가 살고 있는 집 주소와 포슐르방이라는 가명까지 알려 주었다. 운이 좋아 자기가 여기서
살아 나간다면 그 집으로 찾아오라는 뜻이었다.

다던(물론 금세 마음을 바꾸었지만) 사람이 어째서 자베르에 대해서는 일말의 망설임도 없이 이토록 관대할 수 있었던 걸까? 이 사람이 내 인생의 마지막이자 유일한 족쇄인데, 이 사람만 없으면 남은 생을 평온하게 보낼 수 있을 텐데, '합법적으로' 이 사람을 없애 버릴 절호의 기회인데! 역시 인간이란 모순된 존재인 걸까? 혹은 장 발장이 실은 기분파였던 걸까?

이렇게 생각해 볼 수 있을 것 같다. 어쩌면 장 발장은 그 자신이 삶에 절실하고 자기 신념과 양심에 투철했던 그만큼 다른 이의 그것 역시 공감하고 존중할 수 있었던 것은 아닐까? 장 발장 그 자신이 삶을 위해 그토록 도망 다닐 수밖에 없듯, 자베르도 자기 삶을 위해 그처럼 투철하게 자신을 추격할 수밖에 없음을 말이다. 장 발장에게 살 권리가 있고 자기 생명의 표현 양식이 있듯 자베르에게도 그럴 것이었다. 장 발장이 도주자로서 자기 삶을 표현하는 동안 자베르는 추적자로서 자신을 표현할 수밖에 없었던 것이다. 그런 자베르를 처단한다면, 자베르의 편견대로 영원한 범죄자로서의 삶을 살게 되는 것이리라. 다른 존재의 삶을 존중할 줄 모르는 죄인으로서.

이후 상황은 우리가 이미 아는 대로다. 마리우스가 부상을 입었고, 장 발장은 그런 마리우스를 업은 채 기나긴 하수도를 행군했고, 떼나르디에가 자기 대신 장 발장을 자베르의 손아귀에 보내 주었다. 마리우스를 먼저 집으로 보내고 싶다는 청을 승낙한 자베르는, 이번에는 집에 들르고 싶다는 청까지 들어주었다. 하지만 여기서 끝이 아니다.

"좋소, 올라가시오." 자베르가 말했다.

그러더니 기이한 표정을 지으며, 그리고 그렇게 말하는 것이 힘들다는 듯, 한마디 덧붙였다.

"나는 여기서 기다리겠소."

장 발장이 자베르를 유심히 바라보았다. 평소라면 볼 수 없던 모습이었기 때문이다. 하지만, 이제 자베르가 그에 대해 일종의 거만한 신뢰를 가지게 되었다 해도, 그러니까 자기 발톱의 길이만큼 생쥐에게 자유를 허락하는 고양이의 신뢰를 갖게 되었다 해도, 장 발장은 이미 자신을 내던져 모든 것을 끝내기로 작정한 터라, 그런 신뢰에 별로 놀라지 않았다. 그가 문을 밀고 안으로 들어서며, 침대에 누운 채 줄을 당겨 문을 열어 준 수위에게 소리쳤다. "나일세!" 그런 다음 층계를 따라 올라갔다.

이층에 도착해 그는 잠시 멈추었다. (중략) 한숨 돌리기 위해서인지, 혹은 기계적으로 그런 건지 모르지만, 장 발장은 창문으로 머리를 내밀었다. 그리고 길을 내다보았다. 짧은 길이라 가로등 불빛은 한쪽에서 다른 끝까지 이르렀다. 장 발장은 현기증을 느낄 지경으로 멍해졌다. 길에 아무도 없었다.

자베르가 가 버린 것이다.

자베르는 왜 장 발장을 기다리지 않고 가 버린 걸까? 장 발장은 의아하고 혼란스러웠다. 하지만 자베르의 혼란에 비하면 장 발장의 혼란은 아무것도 아니다. 자베르는 장 발장 덕분에 목숨을 건진 후로 끔찍한 혼돈과 갈등 속에서 갈팡질팡하고 있었다. 이건 말도 안 된다! 내가 도

244

형수로부터 도움을 받았다. 그런데 도형수는 자기 잇속을 위해 그랬던 게 아니다. 도형수는 자신을 괴롭혀 온 자를 용서한 것이다. 그러므로 그는 선한 인간이다. 허나 대체 도형수가 어떻게 선한 인간일 수 있단 말인가? 그보다 충격적인 것은, 자신이 지금 속으로 도형수를 찬미하고 있다는 사실이었다.

그전까지 자베르의 세계는 냉정할지언정 투명함 그 자체였다. 지켜야 할 것이 명확했고, 그것을 잘 따르면 그뿐이었다. 고뇌하고 절망하는 건 그의 몫이 아니었다. 그런데 범인으로부터 목숨을 빚지고 나서 자베르는 전혀 다른 세계가 느닷없이 자기 앞에 열렸음을 깨달았다. 그것은 절대적이라 여겼던 사법 당국의 논리를 그대로 따를 수만은 없는 세계였다. 의미 있다고 여겨지는 두 가지 의무가 서로 충돌하면서 불똥을 일으키는 세계였다. 재판소와 정부와 경찰밖에 모르던 자베르에게 전혀 다른 방향에서 보편적인 의무가 날아와 그의 양심을 괴롭히기 시작한 것이다. 선을 행한 악당 덕에 그는 파멸해 버릴 판이었다.

자, 바야흐로 자베르에게 사유의 시간이 도래했다. 습관만으로 살 수 있는 세계에서는 사유란 필요치 않다. 그저 정해진 대로 따라가면 그만이다. 의무와 법칙과 제도 들이 사람을 습관대로 살게 한다. 그 안에서는 딱히 의문거리가 생기지 않는다. 당연한 것을 당연히 행하고, 익숙한 것을 익숙한 방식으로 처리하는 데에 질문이나 고민은 필요치 않을 것이다. 우리는 아주 많은 것을 생각하며 산다고 생각하지만 실상은 그렇지 않다. 같은 관념을 반복해 떠올리는 것일 뿐, 정말 이게 옳은지, 내가 무엇을 선택하는 게 올바른지 매번 따져 묻지는 않는다. 고로 일상은 사실 아주 많은 습관들로 채워져 있는 셈이다. 자베르에게는 범인을 추격하고 잡아서 감옥에 넣는 게 일상이었다. 그런데 그 일상이 맥없이 무너지는 경험이 그를 찾아왔다. 장 발장이라는 인간과의 만남이 그것이었다. 그는 자베르를 혼란에 빠뜨렸다. 그의 신념이 뿌리부터 흔들리기 시작했다. 무엇이 올바른 것인지 그는 쉽게 답을 낼 수 없게 되었다. 투명성이 상실되었고, 의심을 두지 않았던 공리公理들이 무너졌다. 이 모든 상황은 자베르에게 단 한 가지를 요구하고 있다. 사유를 시작할 것. 즉, 모든 것을 의문시할 것.

장 발장의 집 앞을 떠난 자베르는 쎈느 강을 향해 걸음을 옮기기 시작했다. 아마 자신도 모르는 힘에 이끌려 그리로 가게 되었을 것이다. 그가 멈춘 곳은 두 개의 다리 사이로 거센 물결이 흘러 여울이 형성된 지점이었다. 그는 무언가 다짐한 듯 그곳을 떠나 샤뜰레 광장에 위치한 경비대 건물 안으로 들어갔다. 그러고는 펜과 종이를 얻어 '업무의 개선을 위한 몇 가지 견해'라는 제목으로 글을 쓰기 시작했다. 그것은 보다 개선된 경찰 업무를 위한 몇 가지 제언들이었다. 자베르는 매우 침착했고, 고요하게 움직이고 있었다.

자베르는 종이 위의 잉크를 말린 뒤, 그것을 편지 모양으로 접어 봉인하고, 뒷면에 다음과 같이 썼다. '경찰 당국에 남기는 메모'. 그것을 탁자 위에 남겨 두고 그곳을 떠났다. 창살이 달린 유리문이 그의 뒤로 닫혔다.

어느새 자베르는 다시 조금 전의 그 장소로 돌아와 있었다. 이미 칠

비참함으로부터 탄생한 위대한 벽화 레 미제라블

혹 같은 어둠이 짙게 깔려 있어서 강물이 흐르는 소리는 들리지만 강물이 보이지는 않았다.

아무것도 보이지 않았지만, 강물의 적대적인 차가움과 젖은 돌의 냄새는 느낄 수 있었다. 거친 숨결이 심연으로부터 올라왔다. 보이지는 않지만 추측할 수 있는 강물의 증가, 물결의 비극적인 속삭임, 아치의 음산한 거대함, 어두운 허공 속으로의 상상의 추락 등, 그 어둠은 끔찍한 것들로 가득했다.

자베르는 잠시 꼼짝도 하지 않은 채 그 암흑세계의 입구를 주시했다. 그는 보이지 않는 것을 뚫어지게 응시하고 있었다. 강물이 희미한 소리를 내고 있었다. 그는 모자를 벗어 강변로 가장자리에 놓았다. 잠시 후, 늦은 시간까지 쏘다니는 누군가가 먼발치에서 보았다면 유령이라 여겼을 법한 크고 검은 형체 하나가 난간 위에 나타나더니, 쎈느 강을 향해 상체를 굽혔다가 이내 다시 세웠고, 그런 뒤 암흑 속으로 똑바로 떨어졌다. 찰랑거리는 소리가 한 번 어렴풋하게 들렸다. 물속으로 사라진 그 희미한 형체의 몸짓의 비밀은 오직 어둠만이 알고 있을 터이다.

자베르는 장 발장이 야기한 혼란을 견딜 재간이 없었다. 때문에 이 혼란스러운 상황에서 벗어나기 위한 방법으로 그에게 떠오른 것은 오직 둘뿐이었다. 하나, 장 발장을 도형수로서 감옥에 보내 버리기. 둘, 이 고민을 끝장내기 위해 내 몸을 끝장내기. 사유, 질문, 의문은 역시 그의 행동반경에 있지 않았던 것일지 모르겠다. 아니, 어쩌면 자베르는 부

JAVERT DÉRAILLÉ

■──── 장 발장은 자베르의 정신을 짓누르는 유일무이한 짐이었다. 확신에 찬 그의 삶은 장 발장으로 인해 뿌리째 뽑히고 말았다. 아무런 결점이 없고자 한 그의 이상은 그가 신봉한 사법과 함께 초라한 신세가 되고 말았다.

패 경찰이 되지 않기 위한 최선을 택한 것일지도 모른다. 개인적 이유 때문에 법을 어기고 범죄자를 눈감아 주는 나약한 자신에게 벌을 주고, 동시에 사법당국이 부패한 제도와 집단이라고 사람들로부터 지탄받지 않도록 자신을 없앤 것이다. 하지만 무엇보다도 그것은 이 세상에서 장 발장을 추격하는 단 한 명을 죽인 것이었다. 그는 그것이 잘못된 행동 이라고는 결코 생각하지 않았을 것이다.

마지막 전투

부상당한 마리우스가 완전히 회복된 건 이듬해 2월이 되어서였다. 마리우스가 사경을 헤매는 동안 그의 할아버지는 손자에게 완전히 굴복해서 깨어나기만 하면 무엇이든 다 들어줄 만반의 준비가 되어 있었다. 이에 따라 꼬제뜨와의 약혼도 일사천리로 성사되었다. 2월 중순 우아하고 귀여운 부부가 탄생했다. 이제 그들이 이 세계의 당당한 주인공이 될 차례가 된 것이다. 장 발장은 예순을 넘긴 노인이 되었고, 마리우스의 할아버지는 거의 백 살이 다 되어 간다. 프랑스 내 왕당파는 하나둘 사라져 가고, 사람들은 자신들도 모르게 1848년의 또 다른 혁명을 향해 다가가기 시작하리라. 이와 같은 시각으로 보자면 마리우스와 꼬제뜨의 결혼은 멜로드라마의 해피엔딩 이상의 의미를 지니고 있다고 볼 수 있다. 이제는 그들이 시대의 주역이다. 그리고 조금 더 시간이 흐르면, 그들이 사회의 기성세대가 될 것이다. 하지만 아직은 아니다. 그들

비참함으로부터 탄생한 위대한 벽화 레 미제라블

이 주인공으로 등장하는 때는 『레 미제라블』의 막이 완전히 내려진 다음의 일이다.

아직까지 그들은 어리고 실수투성이고 그저 사랑스러울 뿐이다. 주변에 슬금슬금 어두운 그림자들이 지나쳐 가는데 마리우스와 꼬제뜨는 당장의 행복에 겨워서 거기에 신경을 쓸 수가 없다. 결혼 당일, 그들을 태운 아름다운 마차가 거리를 행진한다. 다른 축제일, '참회 화요일'과 겹쳐 진행된 터라 거리에는 가면을 쓴 온갖 사람들이 무리를 지어 행진하고 있었다. 그리고 그들 군중 사이에 에스빠냐인의 가면을 쓴 남자가 늑대 가면을 쓴 소녀에게 명령한다. 저들의 뒤를 따라가라. 그의 시선과 손가락이 멈춘 곳은 다름 아닌 장 발장이었다. 에스빠냐인 가면이 숨기고 있는 것은 도망자 떼나르디에이고, 늑대 가면을 쓴 소녀는 그의 둘째 딸, 그러니까 죽은 에뽀닌느의 동생 아젤마다.

떼나르디에 외에도 또 다른 그림자가 있다. 그것은 마리우스를 위협하기보다는, 마리우스 때문에 슬퍼하는 이의 것이었다. 결혼식이 거행된 그날 밤, 사람들은 마리우스와 그의 할아버지의 집에서 축하연을 즐기고 있었다. 장 발장 역시 꼬제뜨의 아버지 역할로 그 자리에 함께했다. 하지만 꼬제뜨가 마리우스를 향해 웃고, 참석한 사람들이 다함께 춤을 추는 사이 장 발장은 있지도 않은 손의 상처를 핑계로 그곳을 빠져나온다.

식당의 창들이 거리 쪽으로 나 있었다. 장 발장은 잠시 그 빛나는 창문들 밑 어둠 속에서 꼼짝도 하지 않고 서 있었다. 그리고 귀를 기울였다.

연회의 어수선한 소음이 그에게까지 들려왔다. 할아버지의 크고 단호한 언성과 바이올린 소리, 접시들과 잔 부딪치는 소리, 웃음소리 등이 들렸고, 그 모든 즐거운 소음 속에서도, 꼬제뜨의 기뻐하는 다정한 음성은 유독 선명하게 그의 귀에 들려왔다.

그는 피유-뒤-깔베르 로를 떠나 롬므-아르메 로의 집으로 돌아왔다.

돌아오기 위하여 쌩-루이, 뀔뛰르-쌩뜨-까트린느, 블랑-망또 등의 길들을 거쳤다. 조금 먼 길이기는 하지만, 3개월 전부터, 혼잡함과 진창을 피하기 위해, 롬므-아르메 로와 피유-뒤-깔베르 로를 꼬제뜨와 함께 날마다 오갈 때 거치던 길이었다. 꼬제뜨가 지나다니던 그 길이 그에게는 다른 어느 길보다도 각별했다.

집에 돌아와 장 발장은 벽을 바라보고, 옷장 문들을 닫고, 이 방 저 방을 오락가락하고 있었다. 이제 이 집에 꼬제뜨는 없다. 앞으로는 장 발장 홀로 밥을 먹고 창밖을 보고 추억에 잠기게 될 것이다. 장 발장은 맨 처음 꼬제뜨를 만날 때부터 가지고 있었던 작은 여행 가방을 꺼내 열쇠로 그것을 열었다. 그 속에는 작고 마른 계집아이가 입었던 초라한 옷과 신발이 있었다. 그때 꼬제뜨는 장 발장이 사 주었던 커다란 인형을 안고 있었고, 웃었다. 그뿐이던가. "두 사람이 손을 잡고 걸었으며, 그녀에게는 이 세상에 그밖에 없었다." 그는 침대 위로 고꾸라졌다. 이윽고 방안은 장 발장의 흐느낌 소리로 가득 찼다.

다시금 장 발장 내면의 싸움이 시작되었다. 그는 물론 꼬제뜨와 마리

비참함으로부터 탄생한 위대한 벽화 레 미제라블

■──── 딸의 혼례식을 앞두고 장 발장이 오른팔을 다쳐 붕대를 감았다. 그 바람에 신부의 손을 잡고 인도하
는 의식을 마리우스의 외조부에게 대신하게 했다. 예식이 끝나고 만찬이 시작되려는데 장 발장이 보이지
않았다. 그가 팔을 핑계로 먼저 집으로 돌아간 것이다. 그는 십 년 전 꼬제뜨가 몽페르메이유를 떠날 때 입
었던 옷과 신발을 침대 위에 꺼내 놓고 쓰러져 통곡하기 시작했다. 아직도 생생한 두 번째의 하얀 경험이
떠올랐다. 결코 "헤어질 수 없는 존재"로만 여기던 그녀가 정말 떠났다. 이제부터는 마리우스가 그의 보호
자다. 뽕메르씨 남작 부인. 그때 두 사람에게는 세상을 통틀어 둘밖에 없었는데. "두 사람이 손을 잡고 걸었
으며, 그녀에게는 이 세상에 그밖에 없었다."

우스의 행복을 바랐다. 하지만 나는? 나는 앞으로도 꼬제뜨의 아버지 신분을 계속 유지할 것인가? 아무렇지 않다는 듯 두 사람의 집을 들락날락해도 되는가? 꼬제뜨를 그만 놓아주어야 하는 게 아닐까? 그러니까 지금 그는, 도형수였던 자신의 과거를 솔직히 털어놓음으로써 그들과의 인연을 깨끗하게 끝내야 하는 게 아닐까 고민하고 있었던 것이다. 이번 싸움은 지금껏 그가 겪었던 그 어떤 것보다도 힘겹고 지난했다. "꼬제뜨의 결혼과 그로 인한 것들에 비하면 샹마띠외 사건 따위가 무슨 대수인가? 허무 속으로 들어가는 것에 비하면 도형장으로 돌아가는 것쯤이야 무슨 문제가 되겠는가?"

다음 날 장 발장은 창백한 안색과 쑥 들어간 눈으로 마리우스의 집 응접실에서 마리우스를 기다리고 있었다. 마리우스는 장 발장을 보자마자 환한 얼굴로 반가이 인사를 건넸다. 헌데 장 발장은 이제 마리우스가 듣고도 이해 못할 이야기를 하려 한다.

"한 가지 드릴 말씀이 있소. 나는 과거에 도형수였소." 장 발장이 말했다.

날카로운 소리는 청각뿐 아니라 정신에서도 지각의 한계를 벗어나는 수가 있다. "나는 과거에 도형수였소." 포슐르방 씨의 입에서 나와 마리우스의 귀로 들어간 그 말은 이해할 수 있는 한계선을 넘어서 있었다. 마리우스는 전혀 이해하지 못했다. 자신에게 무슨 말을 한 것 같기는 한데, 그게 무슨 소린지 알 수 없었다. 그가 벌어진 입을 닫지 못한 채 멍하니 서 있었다.

(중략)

비참함으로부터 탄생한 위대한 벽화 레 미제라블

장 발장이 자기 오른팔을 지탱하고 있던 검은색 띠의 매듭을 푼 뒤, 손을 감싸고 있던 천을 벗겼다. 그리고 드러난 엄지를 마리우스에게 보이며 말했다.

"내 손은 아무렇지 않소."

마리우스가 그 손가락을 유심히 살폈다.

"원래 아무 일도 없었소." 장 발장이 다시 말했다.

정말 어떤 상처의 흔적도 없었다. 장 발장이 계속 말했다.

"당신의 결혼식에 내가 개입하지 않는 것이 바람직할 것 같았소. 그래서 내가 할 수 있는 한 자리를 피했소. 내가 손가락을 다쳤다고 한 것은 위증하지 않기 위해서, 혼인 관련 서류가 무효가 되지 않도록 하기 위해서, 서명하지 않아도 되도록 하기 위해서였소."

마리우스가 더듬거렸다.

"무슨 뜻입니까?"

"내가 전에 도형장에 있었다는 뜻이오." 장 발장이 대답했다.

"저를 미치게 만들고 계십니다!" 마리우스가 공포감에 휩싸인 기색으로 외쳤다.

"뽕메르씨 씨, 나는 도형장에서 19년 세월을 보냈소. 절도 혐의로. 그후 다시 종신형에 처해졌소. 절도 재범 혐의로. 지금은 추방령을 받은 상태라오."

(중략)

"당신은 내 말을 믿어야 할 것이오. 꼬제뜨의 아버지라니! 신 앞에 맹세하건대, 아니오. 뽕메르씨 남작님, 나는 파브롤 출신의 촌사람이오.

그곳에서 나뭇가지 치는 일을 하며 살았소. 내 이름 또한 포슐르방이
아니라 장 발장이오. 꼬제뜨에게는 내가 아무것도 아니오. 내 말을 믿
으시오."

마리우스가 간신히 한마디 우물거렸다.

"그것을 누가 증명합니까?"

"나요. 내가 하는 말이니까."

그러니까 꼬제뜨와 장 발장은 피 한 방울 섞이지 않은 사이이고, 자신
은 지금 도망 다니는 신세다. 그러니 자신은 당신들과 함께할 수 없다.
그러나 꼬제뜨는 나와 다르다. 당신이 허락한다면, 나는 앞으로도 잠깐
씩 꼬제뜨를 보러 이곳을 방문하고 싶다……. 이런 고백에 마리우스는
어떤 반응을 보였을까? 관습에 얽매이지 않고 새로운 세계를 염원하는
젊은이지만, 허나 마리우스 역시 아직 법에 대해서만큼은 다른 사람들
과 같은 견해를 가지고 있었다. 그에게 있어 도형수는 인간이 아니다.

그는 도형수였다. 다시 말해, 사회적 사다리에 자리가 없는 사람이었
다. 사다리 맨 아래 가로대의 밑에 있었기 때문이다. 인간들 중 제일 말
단에 있는 사람, 그 밑에 있는 존재가 도형수이다. 말하자면 도형수는
살아 있는 사람들과 동등한 존재가 아니다. 하나의 인간으로부터 빼앗
을 수 있는 모든 인간성을 법률이 그에게서 박탈해 버렸기 때문이다.
마리우스는 민주주의자였으나, 형법 문제에 있어서는 여전히 준엄한
사회제도를 지지하고 있었으며, 따라서 법률의 응징을 받은 모든 사람

들에 대해 법률의 견해를 똑같이 따르고 있었다. (중략) 그는 인간이 행사하고 있는 권리, 즉 돌이킬 수 없고 회복할 수 없는 일을 임의로 처리하는 권리를, 아직은 단 한 번도 세심하게 검토하거나 그 무게를 가늠해 보지 않았다. 그는 '사회적 제재'라는 단어에 아직 반감을 느껴 보지 못했다. 그는 명문화된 법률의 위반에 경우에 따라서는 영원한 형벌이 뒤따르는 것을 당연시했고, 따라서 사회적 단죄를 문명화의 방편으로 받아들이고 있었다. 그는 아직 그런 상태였다. 물론 천성이 선하고, 마음속에 진보에의 가능성을 지니고 있었기 때문에, 훗날 그가 앞으로 나아갈 것은 틀림없어 보였다.

마리우스는 바리케이드 안에서 쓰러진 자신을 살린 것이 장 발장임을 꿈에도 모르고 있었다. 이 순간 그에게 있어 장 발장은 그저 사기꾼이고 범죄자일 뿐이었다. 마리우스는 꼬제뜨가 지참금으로 가져온 어마어마한 돈 또한 장 발장이 더러운 짓을 해서 번 돈이라고 여기게 되었다. '이건 마들렌느 시장을 장 발장이 죽인 뒤 훔쳐낸 돈일 거야!' 또한 바리케이드 밖으로 자베르를 데려간 장 발장은 분명코 이게 기회다 싶어 그를 쏘아 죽였으리라고 확신했다.

그러니 마리우스로선 장 발장이 하루에 한 번씩 꼬제뜨를 방문하는 것이 영 못마땅했으리라. 장 발장이 꼬제뜨를 만나는 방에서는 아직 추운 계절임에도 벽난로 불이 꺼지고, 의자가 치워지기 시작했다. 마리우스의 의사가 꽤 분명하게 표명되기 시작한 것이다. 장 발장은 더 이상 꼬제뜨를 만나러 올 수 없었다. 허나 아무것도 모르는 꼬제뜨는 장 발장이 그저 야속하기만 했다. 장 발장은 꼬제뜨의 집까지 이어진 길들만 애꿎게 밟다 다시 집으로 돌아오곤 했다.

1833년 늦봄과 초여름 몇 달 동안, 검은 옷을 단정하게 차려입은 노인 하나가, 매일 거의 같은 시각 저녁에, 롬므―아르메 로의 쌩뜨―크라―들―라 브르또느리 로 쪽에서 나와, 블랑―망또 교회당 앞을 지나 뀔뛰르―쌩뜨―까뜨린느 로를 따라가다가, 레샤르쁘 로에 이르러, 왼쪽으로 돌아 쌩―루이 로를 따라 걷는 것이, 마레 구역을 드문드문 지나가는 행인들과 상점 주인들 혹은 문간에 나와 있던 한가한 사람들 눈에 띄곤 했다.

그 길로 들어서면, 그는 얼굴을 앞쪽으로 한껏 뺀 채, 아무것도 보이지도 들리지도 않는 것처럼, 눈을 흔들림 없이 한곳으로 고정시키곤 했다. 그 지점이 마치 그에게는 별빛이 반짝이는 곳처럼 보였던 모양인데, 그 지점은 다름 아닌 피유―뒤―깔베르 로의 모퉁이였다. 그가 그곳으로 다가갈수록 그의 눈빛은 점점 더 밝아졌다. 그의 눈동자는 무엇에 홀리고 감동된 듯했다. 그의 입술이 희미하게 움직이곤 했는데, 마치 보이지 않는 누군가에게 말을 하는 것 같았다. 그는 어렴풋한 미소를 지으며 걸음을 늦추곤 했다. 마치 도달하기를 바라면서도 가까워질 순간을 두려워하는 것 같았다. 그와 그를 이끌어 당기는 듯한 그 길 사이에, 불과 건물 몇 채 정도의 거리만 남게 되면, 그의 걸음이 어찌나 느려지는지, 그가 더 이상 걷지 않는다고 믿게 될 지경이었다. 그의 흔들거리는 머리와 고정된 눈동자는 극점을 찾는 나침반의 바늘을 연상시켰

비참함으로부터 탄생한 위대한 벽화 레 미제라블

다. 그 지점에 도착하는 시간을 아무리 늦추어도, 결국 그는 도착할 수밖에 없었다. 피유—뒤—깔베르 로에 도착하면 그는 걸음을 멈추고 몸을 떨었으며, 일종의 침울한 소심함에 사로잡혀, 마지막 집 모퉁이로 조심스럽게 머리를 내밀곤 했다. 그리고 그 길의 안쪽을 응시했다. 그럴 때마다, 그 비극적인 시선 속에는, 불가능할 듯한 것 앞에서 드러나는 경탄과 닫힌 낙원의 반사광을 연상시키는 것이 엿보였다. 그 다음, 눈꺼풀 귀퉁이에 조금씩 모여, 떨어질 만큼 굵어진 눈물 한 줄기가, 그의 볼을 타고 흘러내렸으며, 때로는 그의 입가에서 멈추었다. 노인은 그 쓴맛을 느끼곤 했다. 그는 잠시 그렇게 돌처럼 서 있다가, 같은 길을 따라 같은 발걸음으로 돌아오곤 했는데, 그곳으로부터 멀어질수록 그의 눈도 빛을 잃었다.

이러는 사이 장 발장은 급속도로 늙어 갔다. 그런 장 발장을 보며 여자들이 수군거렸고, 아이들은 그의 뒤를 따라다니며 웃어 댔다. 장 발장은 곡기를 끊고 물 이외의 무엇도 목으로 넘기지 못했다.

어느 날, 자신이 눈에 띄게 쇠약해진 것을 안 장 발장은 죽을힘을 다해 편지를 쓰기 시작한다. 편지는 꼬제뜨가 가지고 간 지참금의 출처에 대한 내용이 주를 이루고 있었다. 이미 우리가 알다시피 장 발장은 마들렌느라는 이름으로 사업을 해 크게 성공한 바 있다. 죽어가는 장 발장은 바로 그 시절의 이야기를, 그 사업의 내용을 이야기하고 있는 것이다. "전에는 납蠟을 수지와 그을음을 이용해 만들었는데, 1리브르(질량단위로 쓰일 때는 약 0.5㎏) 생산비가 4프랑에 달했다. 그래서 나는 라카와 테레빈유를 이용해 새로운 납蠟을 만들어 냈다. 생산비가 30쑤를 넘지 않았고, 질은 더 좋았다……." 다 죽어가는 마당에 웬 흑옥 이야기람 싶을 것이다. 유언이나 마찬가지인 이 편지에는 꼬제뜨와의 추억도, 삶에 대한 그의 회한도 묻어 있지 않다. 어떻게 보면 그래서 더 마음이 짠해진다. 장 발장은 꼬제뜨와 마리우스가 자신의 돈을, 다른 것 염려하지 말고 얼마든지 사용하길 바랄 뿐이다. 그것은 피 묻은 돈이 아니고, 도형수 장 발장의 돈이 아니었다. 그것은 사업가이자 시장이었던 마들렌느 아저씨가 정당한 방법으로 벌고 모은 돈이다. 그리고 그 마들렌느는 바로 나다!

하지만 마리우스는 아직까지도 그 돈을 쓰길 거부하고 있다. 꼬제뜨에게도 그렇게 당부했다. 마리우스는 꼬제뜨를 사랑했고, 바로 그 때문에 그녀가 부정한 돈을 사용해 자신을 치장하게 할 수 없었던 것이다.

장 발장이 돈의 무죄를 증명하는 편지를 쓰고 있을 때, 마리우스는 한 남자의 방문을 받는다. 놀랍게도 그 남자는 떼나르디에였다. 마리우스의 은인, 마리우스의 부친의 목숨을 살린 자. 그러나 과거 꼬제뜨의 소유주, 장 발장을 좇는 끈질긴 추격자이기도 한 쥐새끼 같은 사내. 하지만 그딴 건 다 필요 없다. 위고도 소설의 막판에 가서는 이야기를 좀 더 쉽게 가져가고 싶었던 모양이다. 떼나르디에에게 필요한 건 그저 돈이다. 그는 아름다운 신부와 그녀의 아버지의 비밀을 손에 쥐고 있었다. 그러니 그걸 건네주는 대가로 돈을 받으면 그뿐인 게다. 하지만 마리우스에게 그건 이미 필요 없는 것들이었다. 마리우스는 이미 장 발장의 비밀을 다 알고 있으니까.

비참함으로부터 탄생한 위대한 벽화 레 미제라블

그러나…… 정말 그럴까? 마리우스는 장 발장의 비밀을 모두 알고 있을까?

실제로 떼나르디에가 들고 온 정보는 마리우스가 알고 있는 것과 전혀 달랐다. 그것은 한 순간에 도형수를 성인聖人으로 만들기에 충분한 내용이었다. 떼나르디에가 내민 신문 조각에 실린 기사는 마들렌느 시장이 장 발장임을(우리는 이를 이미 샹마띠외 사건을 통해 알고 있다) 장 발장이 자베르를 구해 주었음을 증명하고 있었다. 뿐만 아니다. 떼나르디에는 마리우스의 생명의 은인이 장 발장이라는 결정적 증거까지도 가져왔다! 비록 그것은 하수도에서 마주친 장 발장의 어깨에 있던 시체가 마리우스임을 그가 몰랐기에 저지른 실수이기는 하지만. "그래도 장 발장은 살인범이에요. 6월 6일 하수도에서 그가 어깨에 시신을 들쳐 메고 힘겹게 걷다가 저랑 딱 마주친 걸요." 이렇게 말하며 떼나르디에는 시체로 오인한 마리우스의 옷에서 찢어낸 모직 천 조각을 내밀었다. 그러니 마리우스는 충격과 기쁨으로 온몸을 부르르 떨 수밖에!

마리우스는 떼나르디에가 원하는 대로 일천 프랑의 은행권을 그에게 내주고, 더불어 그가 완전히 이 나라를 떠나 아메리카로 가 버린다면 이만 프랑을 더 주겠다고 했다. 이에 떼나르디에는 환호하면서 『레 미제라블』의 세계에서 완전히 자취를 감춘다. 이 악당에게서 뭔가 더 나오지 않을까 기대하는 독자라면 조금 실망스러울 수도 있을 것이다. 떼나르디에는 마리우스로부터 받은 돈을 들고 저 멀리 신대륙으로 떠난다. 그곳에서 그는 노예상인이 되지만, 그건 또 다른 이야기일 뿐이다. 우리 예상과 다르게 장 발장에게 결정적 한 방을 먹이지 않고, 그냥 '먹튀'하는 것으로 떼나르디에의 이야기는 종결된다. 아무래도 위고는 자신이 마지막으로 신경 써야 할 부분은 다른 곳에 있다고 느꼈던 것 같다. 그것은 장 발장의 최후였다.

비참함으로부터 탄생한 위대한 벽화 레 미제라블

마지막 밤, 위대한 인간의 탄생

장 발장이 마지막 숨을 고르고 있을 때 마치 동화의 한 장면처럼 마리우스와 꼬제뜨가 그의 앞에 도착한다. 꼬제뜨가 빠른 어조로 하는 이야기를 장 발장은 미처 다 알아들을 수 없었다. 하지만 그때 장 발장은 그녀가 들려주는 "음성의 음악"을 듣고 있었다. 임종 직전의 많은 사람들이 그렇듯 장 발장 역시 끝을 향해 아주 느리게 움직였고, 그러다 중간중간 다시금 맑은 정신으로 돌아와 말을 하고는 했다. 그는 편지로도 남겼던 흑옥 이야기를 다시 꺼낸다.

"그대들 두 사람 모두 참 착해요." 장 발장이 말했다. "내가 괴로웠던 게 무언지 말해 주겠어요. 나에게 괴로움을 준 것은, 뽕메르씨 씨, 당신이 내 돈에 손을 대려 하지 않았다는 사실이었어요. 그 돈은 당신 아내의 떳떳한 돈이라오. 나의 사랑스러운 아이들, 내가 당신들에게 설명하는

데, 당신들을 볼 수 있어 내가 기쁜 이유는 아마 그 때문일 거요. 흑옥은 잉글랜드에서 오고 백옥은 노르웨이에서 오지. 그 모든 이야기는 저기 있는 종이에 기록되어 있으니, 후에 읽어 보세요. 팔찌를 만듦에 있어, 나는 양 끝을 용접시킨 고리 대신, 양 끝을 접근시킨 고리를 사용하는 방법을 생각해 냈지요. 그렇게 만들면 보기에도 더 좋고, 편리하고, 가격도 싸게 먹히지요. 그렇게 해서 그 모든 돈을 벌었다는 점을 이해할 거예요. 따라서 꼬제뜨의 재산은 분명히 그 아이의 것이에요. 내가 이 상세한 이야기를 하는 이유는, 안심하라는 뜻이라오."

수위의 아내가 올라와, 살짝 열린 문틈으로 안을 들여다보았다. 의사가 그녀를 쫓아 보냈다. 하지만 그 착하고 열성적인 여인이 물러가기 전, 죽어가는 이에게 소리치는 것만은 막지 못했다.

"신부님을 부를까요?"

"나에게도 하나 있소." 장 발장이 대꾸했다.

그러면서 손가락으로 자기의 머리 위 한 지점을 가리키는 것 같은데, 누구든 그 모습으로 미루어, 그가 어떤 사람을 보고 있었다고 말할 수 있을 것이다. 미리엘 주교가 정말 그 임종을 지켜보고 있었음 직도 하다.

꼬제뜨가 베개 하나를 가만히 그의 허리 밑으로 괴어 주었다. 장 발장이 말을 이었다.

"뽕메르씨 씨, 아무 염려 마시오, 간청하오. 60만 프랑은 꼬제뜨의 정당한 돈이에요. 만약 두 사람이 그것을 가지고 누리지 않는다면, 내가 한평생 헛되이 수고한 꼴이 될 거예요! 우리가 그 유리 세공품을 멋지게 만드는 데 성공했지. 흔히들 베를린의 보석이라고 부르던 것과 경쟁

비참함으로부터 탄생한 위대한 벽화 레 미제라블

을 하게 되었어요. 알라마니아의 검은색 유리는 당해 낼 수 없다는 게 일반적인 생각이었지만. 잘 깎인 유리 알갱이 1200개들이 1그로스에 거우 3프랑이었지."

이후로도 그는 또 한 차례 흑옥 이야기를 꺼냈다. 물론 꼬제뜨가 그 돈으로 행복하게 살기를 바라는 마음 또한 있었겠지만, 이 대목이 심금을 울리는 또 다른 이유는 어쩌면 그때가 장 발장에게 있어 최초이자 최고로 행복했던 삶이었던 게 아닐까 싶어서다. 도형수로, 도망자로 살던 남자가 처음으로 자기 머리를 써서 정당하게 돈을 벌고 그 돈으로 사람들을 도왔던 게다. 사람들은 자신에게 웃으며 인사했고, 무슨 일이 생기면 그를 찾기 바빴다. 주교가 일차적으로 자신을 바꾼 것이야 부정할 수 없지만, 이후 마들렌느라는 이름으로 살았던 그 나날이 그로 하여금 생면부지의 꼬제뜨를, 잘 알지도 못하는 여인 팡띤느의 부탁 하나 때문에 찾아 나서게 한 것일지 모른다. 그는 그때 처음으로 사람이었다. 물론 그때 이름은 마들렌느였지만, 그 마들렌느 또한 자신임을 주장하기 위해 그는 이토록 반복해서 흑옥 이야기를 꺼냈던 게 아닐까.

장 발장이 이윽고 숨을 거두었다. 그의 창백한 얼굴에는 미소가 머물러 있었다. 장례식 장면은 등장하지 않는다. 다만 묘비명도 없는 돌 하나가 별다른 설명도 없이 마지막을 장식한다. 초록색 이끼에 덮여 있고, 주변에 잡초가 무성하고, 볕이 좋은 날이면 도마뱀들이 오락가락 노니는 돌. 아직 꼬제뜨와 마리우스가 살아 있을 때인지, 그들조차 죽은 뒤의 풍경인지도 우리는 알지 못한다. 파란만장하게 산 한 남자가

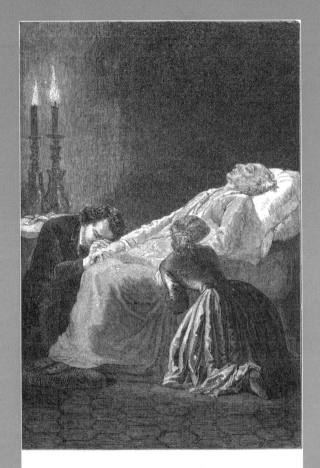

SUPRÊME OMBRE SUPRÊME AURORE

■——— "당신의 아버님, 꼬제뜨! 당신의 진정한 아버지 말이오. 꼬제뜨, 이제 알았어요. 당신은, 내가 가브로슈 편에 보낸 편지를 받지 못했다고 했어요. 그 편지가 그분에게 전해진 거예요. 꼬제뜨, 그래서 그분이 나를 구출해 내려고 바리케이드로 오셨던 거예요. (중략) 나를 당신에게 주시려고 그 구렁텅이에서 나를 끌어 내셨어요." – 5부 9편, 〈하얗게 만드는 데 성공한 잉크병〉

있었지만, 그는 저 돌 아래에서 흙먼지가 된 채 흔적도 없이 사라졌다. 워털루 전투로 죽어간 사람들, 1832년 소요 사태로 죽어간 사람들이 모두 그랬듯 말이다. 그들이 스러진 공간, 우고몽과 알 시장이 그랬듯, 그의 묘혈 위에 얹힌 돌 역시 그곳에서 고요하게 풍화되어 간다.

하지만 그들은 결코 없었던 사람이 아니다. 그들은 죽기 직전까지 어떻게든 자기들 몸뚱이로 세상 속에서 좌충우돌하며 삶이라는 이야기를 만들어 낸 사람들이다. 죽음 뒤의 이 완벽한 고요가 인상적인 이유는, 살아 있을 때의 야단법석 소란이 그토록 대단했기 때문이리라. 살아 있던 시절 그는 삶을 위해 얼마나 부단히 싸워 왔으며, 사랑하는 것을 지키기 위해 얼마나 안간힘 썼으며, 때로 실패하거나 무언가를 상실했을 때 그 얼마나 괴로워했던가!

위고가 보기에 인간의 역사, 소설, 그리고 프랑스는 그렇게 해서 이루어져 왔다. 가난뱅이 청년 가장에서 시작해 도형수를 거쳐 마들렌느 시장, 포슐르방을 거친 한 남자. 그는 매순간 갈림길에 직면해야 했고, 도망치거나 싸우거나 둘 중 하나를 택해야 했다. 그렇게 하여 그는 보편적 인간형으로 탄생할 수 있었다. 장 발장은 언제나 갈등 상태에 놓인 우리네 인간들, 최선을 다해 고민하고 자신에게 가장 좋을 법한 것을 택하려 하는 우리네 모습에 다름 아니다. 모든 존재는 설사 그게 제3자의 눈에는 가장 어리석은 선택일지라도, 자신에게 가장 이로운 것을 택하기 위해 안간힘을 쓴다.

수많은 이야기와 구구절절한 사연들로 넘쳐남에도 여전히 『레 미제라블』에는 미처 다 아퀴 짓지 못한 부분이 있는 듯 느껴지기도 할 것이다. 하지만 그게 무슨 대수랴. 사실 모든 인간의 '마지막 밤'은 갈등이 짜자잔 해소되고 해결되는 밤이 아니다. 그건 삶의 돈절頓絶이다. 그 이후의 삶을 상상해 보고 고민하는 건 이제 살아남은 자들, 독자들의 몫이 될 것이다.

비참함으로부터 탄생한 위대한 벽화 레 미제라블

『레 미제라블』, 위대한 인간들의 탄생

확실히 위고는 동화의 세계를 꿈꾼 정치인이고 문필가였다. 하지만 모든 동화가 실은 가장 비참한 삶을 되비춘 거울일 수도 있음을 우리는 그림 형제나 페로의 잔혹한 옛 동화들을 통해 보아 오지 않았던가. 동화 속에서 어린아이들과 소녀는 늘 핍박의 대상이고, 동화 속에서 비바람과 사나운 짐승과 심술궂은 왕은 늘 약자들을 위협한다. 동화는 가장 척박한 땅에서 사람들의 눈물과 한숨을 먹고 자란 꿈이다. 성냥팔이 소녀가 죽기 직전 본 환상, 피노키오의 간절한 소망, 인어공주가 거래를 승낙한 이유 들을 떠올려 보라.

그런 의미에서 18세기와 19세기의 빠리 시는 동화가 탄생하기 매우 좋은 서식지였을 터이다. 최소한 위고의 눈에는 그랬을 게다. 혁명이 이룩한 것들에 환호하던 것도 잠시, 혁명은 금세 돌아서더니 환호한 자들의 피를 땅에 흩뿌렸다. 로베스삐에르는 대혁명을 함께한 사람들을 마구 숙청하면서 공포정치의 시대를 열었다. 허나 이 또한 잠시일 뿐, 그 역시 사람들의 야유와 환호 속에서 동지 쌩쥐스트 등과 함께 처형되어야 했다. 이후에도 프랑스는 왕이 다스렸다가 통령이 다스렸다가 다시 황제가 다스리는 등 엎치락뒤치락 힘겹게 몸을 틀어 댔다. 그러는 사이에도 민중, 다시 말해 혁명 전에는 제3신분이었다가 혁명 후에는 프롤레타리아트가 된 사람들은 굶어 죽고, 병에 걸려 죽고, 사형장에서 죽고, 거리에서 병사들의 총탄에 맞아 죽었다. 그들은 어떤 꿈을 꾸었을까? 마지막 순간에 어떤 환영을 보았을까? 그들 기억 속에 남아 있는 생의 가장 아름다운 장면은 무엇이었을까? 위고는 바로 거기에서 동화를 추출해 낸다.

가장 비참하고 가장 아름다운 동화를 만들기 위해 위고는 당대의 정치·사회 현실을 날카롭게 인식해야 했다. 그래서 그의 동화에는 궁전에 사는 공주님이 아니라 지표 위에 사마귀처럼 돋아난 빈민촌이 등장하고, 심지어 어두컴컴한 지하를 쥐새끼처럼 돌아다니는 범죄자와 실패한 혁명가들이 불쑥불쑥 튀어나온다. 그 믿을 수 없는 그로테스크한 풍경은 당시 프랑스에 대한 정확하고 처절한 소묘다.

하지만 동시에 위고의 동화에는 이 세계와 인간에 대한 신뢰 또한 깊게 깔려 있다. 그는 범죄자가 성인이 될 수 있다고 믿었다. 고아 소녀는 아름다운 성품의 귀부인으로 자랄 수 있다. 그뿐인가. 무지렁이 민중이 혁명 주체로 거듭나기도 한다. 위고의 인물들은 타고난 성품을 변함없이 간직하는 이들이 아니다. 그들은 역사의 소용돌이에 휘말려, 주변 사람들과의 상호작용 속에서, 주고받은 사랑과 미움의 경험들로 인해

비참함으로부터 탄생한 위대한 벽화 레 미제라블

변하고 성장하고 때로는 심각하게 훼손된다. 『빠리의 노트르담』의 콰지모도와 프롤로 신부가 그렇고, 『레 미제라블』의 장 발장과 자베르 형사와 마리우스가 그렇다. 위대한 벽화를 수놓는 위대한 인간들은 이렇게 해서 탄생한다. 위고는 그들의 얼굴을 이렇게 호명한다. 민중! 레 미제라블이란 단순히 가난하고 비루한 사람을 의미하는 것이 아니다. 비참한 삶 속에서도 자신을 꽃 피우고, 기꺼이 삶을 위해 싸울 줄 아는 존재들. 바로 가브로슈와 에뽀닌느 들이었다!

위고의 주장은 한결같다. 인간이란 변할 수 있는 존재다. 그러므로 인간은 보다 나은 방향으로 변화해야 한다. 우리는 충분히 그럴 수 있다. 그는 빵 도둑놈이 될 수도 있고, 성직자의 은접시를 훔쳐 달아나는 배은망덕한 놈이 될 수도 있다. 하지만 또한 가난한 사람들을 위해 병원과 학교와 양로원을 짓는 마들렌느 시장이 될 수도 있고, 고아 소녀에게 자기 몸과 마음의 온기를 고스란히 전해 주는 아버지가 될 수도 있다.

목 잘린 사람들이 숱하게 등장하는 세계를 그리고 있지만, 위고는 결코 세계 자체를 비관적으로 보지 않았다. 세계를 비관적으로 본다면, 사실 소설을 쓸 필요조차 없을 터이다. 『레 미제라블』은 처참한 삶을 사는 민중, 비참한 삶을 살았던 장 발장의 고난과 갈등을 그려 내면서 인간과 사회 속에서 발견될 수 있는 가능성들을 총체적으로 다루고 있다. 법, 의료, 종교, 교육, 양심, 사랑…… 지금 우리들에게는 식상한 말들일지 몰라도 당시 위고에게 이는 그 무엇보다 뜨거운 화두였다. 그는 이를 통해 인간이 변하고, 프랑스가 변할 가능성을 점쳤다. 실상 가능성

Gavroche
reveur

■──── 「레 미제라블」은 다른 한편에서 보면 위고의 미술관 같은 느낌을 주는 작품이다. 실제로 위고는 일
찍부터 문학적 재능과 함께 뛰어난 회화 실력을 겸비하고 있었다. 왼편의 두 그림은 위고가 손수 그린 떼나
르디에(위)와 '꿈꾸는 가브로슈'(아래)라는 소묘이고, 오른편의 두 그림은 위고가 여행지에서 그린 것이다.
「레 미제라블」이 19세기 격동의 프랑스 사회사를 방대한 스케일과 섬세한 묘사로 담아 냈다는 평가와 함께
시대의 질감을 사실적으로 표현한 웅장한 벽화로서 평가받는 것도 위고의 화가로서의 재능에서 연유하는
것은 아닐런지.

의 문은 딱 그만큼 열리기 마련 아니던가. 우리가 믿는 만큼, 보는 만큼, 고민하는 만큼.

그런 점에서 장 발장은 위고에게 가장 소중한 비전이 아니었을까. 장 발장은 1832년에 죽어 버린 끌로드 괴가, 만약 죽지 않고 살아남았다면 될 수도 있었을 사람이다. 다시 말해, 장 발장의 삶은 수많은 도형수와 사형수 들이 살 수도 있었을 그런 삶이었다. 그런데 그들의 삶은 동화에서마저 순탄치 않아서, 장 발장의 이야기는 시련과 고난으로 점철된 험난한 산맥을 이룬다. 무슨 놈의 팔자인지 장 발장은 위고에 의해 그야말로 온갖 고초를 겪으며 산다. 가난, 절도, 19년 도형, 다시 은접시 절도, 회개, 공장 사장이자 시장, 재수감, 탈옥……. 여기까지만 이야기해도 숨이 턱 막히는데, 우리가 이미 보았다시피 그의 삶은 말년까지 조용할 날이 없었다. 그런 삶에서 장 발장은 몸만 고된 게 아니라 정신적으로도 시달림을 받아야 했다. 특히 샹마띠외 사건과 꼬제뜨의 결혼은 그에게 미칠 듯한 괴로움을 선사했고, 그는 순간 자기의 밑바닥을 들여다봐야 했다. 하지만 밑바닥을 보지 않은 자, 어찌 도약할 수 있으리오. 자신을 처절하게 들여다보지 않은 자가 어떻게 변신을 이루리오. 단떼 식으로 풀어 보자면, 지옥을 보지 않고서 어찌 천국에 갈 수 있으리오! 일부러 장 발장으로 하여금 가장 험준한 산들을 골라 타게 한 이유가 여기 있을 것이다. 자신을 준엄히 관찰하고, 삶과 정면으로 부딪치고, 선택하고 행위하고 감수하는 것을 두려워하지 말라. 즉, '진짜 삶'을 살아라. 보지 않은 자는 변신할 수 없으며, 변신하는 것이 곧 삶의 과정이다.

천한 도둑놈의 이름이었던 장 발장이 위대한 인간의 이름으로 재탄생되는 바로 그 순간 위고 식의 애도가 이루어진다. 역사 속에서 흔적도 없이 사라진 수많은 끌로드들에 대한 애도가. 이름조차 새기지 않은 장 발장의 무덤 묘석에 누군가가 연필로 적었다는 희미한 구절에 시선이 멈추면서 『레 미제라블』의 장대한 이야기는 막을 내렸다. 그것은 장 발장과 도형수들과 모든 민중에 대한 애도의 시이고, 그들의 동화에 가장 어울릴 만한 아주 고요한 '라스트 씬'이다.

그 돌에는 이름조차 새기지 않았다.

　다만 그것도 벌써 여러 해 전 일이지만, 어떤 손 하나가 연필로 다음 네 구절을 적어 놓았었지만, 그 또한 비와 먼지로 인해 조금씩 알아볼 수 없게 되었고, 아마 지금은 지워졌을 것이다.

　"그는 잠들었노라. 운수 비록 기구했어도,

　그는 살았노라. 그의 천사 떠나자 죽었노라,

　그 일 자연스럽게 스스로 닥쳤노라,

　낮이 가면 밤이 오듯."

위의 마지막 단어를 쓴 뒤 드디어 마침표를 찍을 때 위고의 얼굴 위에 드러났을 표정, 그것이 곧 장 발장의 얼굴이라고 상상해도 좋으리라.

비참함으로부터 탄생한 위대한 벽화 레 미제라블

L'HERBE CACHE
ET
LA PLUIE EFFACE

빅또르 위고, 한택수 옮김, 『사형수 최후의 날』, 궁리, 2004

위고가 1829년 익명으로 발표한 경장편 소설. 몇 분 뒤 자신이 죽고 나서도 삶에 대한 기쁨 속에서 생동할 군중 앞에서 사형수가 느끼는 고독에 대한 집요한 묘사는 사형제 폐지에 대한 어떤 호소보다도 강렬하게 다가온다.

빅또르 위고, 정기수 옮김, 『파리의 노트르담』, 민음사, 2005

위고가 1831년 발표한 장편소설로 『레 미제라블』과 더불어 위고의 대표작을 이룬다. 곱사등이 종지기 콰지모도와 이국의 피가 흐르는 집시 소녀 에스메랄다의 사랑을 비롯해, 경건함 뒤로 음습한 것들을 감추고 서 있는 노트르담 대성당, 땅밑 더러운 하수처럼 도시 골목에 숨어 흐르는 이교도와 광인들, 마치 살아 있는 덩어리인 양 이리저리 몸피를 키우며 모양을 달리하는 도시 빠리 등에 대한 묘사로 도시와 그 안의 사람들, 그들이 만드는 삶이 총천연색 파노라마처럼 펼쳐진다.

앙드레 모루아, 『빅토르 위고』

20세기 프랑스 문학평론가 앙드레 모루아가 쓴 위고의 전기. 전기문학 혹은 평론을 기대하는 이보다는 자료와 사실들에 입각해 위고의 생애를 보고자 하는 이들에게 적합하다.

오노레 드 발자끄, 『인간희극』

'인간희극'은 프랑스의 대표적인 소설가 발자끄의 작품 전체를 이르는 말이다. 발자끄는 『고리오 영감』, 『골짜기의 백합』, 『외제니 그랑데』 등 각각의 작품이 한 시대의 역사를 형상화하고 있으며, 이 모든 작품(무려 90여 편에 이른다)이 모여 프랑스의 전체 역사를 아우른다고 설명한다. 실제로 『인간희극』은 프랑스 대혁명 시절부터 시작해 제1공화국과 나뽈레옹 시대, 왕정복고 등을 배경으로 삼아 공간과 풍속과 그것들의 변화상, 그리고 거기에서 비롯되는 인간의 갈등을 다루고 있다.

데이비드 하비, 김병화 옮김, 『파리 모더니티』, 생각의나무, 2010

영국 출신의 학자 데이비드 하비는 세계적인 지리학자이자 급진적 맑시스트로서 근대·탈근대의 문제를 공간을 통해 조명하려는 기획 하에 수많은 연구를 발표해 오고 있다. 그의 대표적 저서 『파리 모더니티』는 제목 그대로 근대 자본주의 도시 빠리에 대한 그의 총체적 접근을 보여 준다. 여기서 다루고 있는 19세기 프랑스 작가들이 바라본 빠리, 1848년 2월 혁명, 오스만 프로젝트 등은 『레 미제라블』의 또 다른 주인공 빠리 시를 파악하는 데 많은 도움을 준다.

알렉시스 토크빌, 이용재 옮김, 『앙시앵 레짐과 프랑스 혁명』, 박영률출판사, 2006

프랑스의 정치가이자 역사가 토크빌의 대표적 저서. 프랑스 대혁명은 실상 앙시앵 레짐에게서 물려받은 유산을 통해 새로운 사회를 건설하려는 시도였다. 토크빌은 민중은 자유롭고 위대한 인민이 아니라 그저 평등한 노예가 되기를 바랄 뿐이라는 등 가히 혁명적이고 날카로운 혁명 비판을 통해 차후 혁명의 방향틀을 제시한다.

게오르그 루카치, 이영욱 옮김, 『역사소설론』, 거름, 1999

헝가리 출신 철학자이자 문학사가 루카치의 역사정신과 문학 간의 상호작용에 대한 연구서. 프랑스 대혁명과 역사소설의 출현 간의 상관관계부터 시작해 사실주의 역사소설과 낭만주의 역사소설의 구분, 민중성과 역사의식의 교호 등을 실제 문학 작품들을 들어 설명한다. 위고의 장편소설들에 대한 코멘트 역시 포함되어 있음은 물론이다.

1789년   7월 14일, 바스티유 성 함락. 프랑스 대혁명.

1792년   제1공화정 수립. 9월 22일이 프랑스 공화력(혁명력) 1년 1월 1일.

1793년   로베스삐에르를 위시한 혁명위원회가 공포정치를 시작했다.

1794년   떼르미도르 반동으로 로베스삐에르, 당똥 등이 처형되었다.

1799년   나뽈레옹 1세의 쿠데타.

1802년   2월 26일, 빅또르-마리 위고는 브장송에서 레오뽈 위고 장군과 쏘피 트레뷔쉐의 삼남으로 태어났다. 위고 부부의 장남은 아벨, 차남은 외젠.

1804년(2세)   12월 2일 1799년에 제1통령이 되었던 나뽈레옹 1세가 노트르담 대성당에서 황제 대관식을 가졌다. 이로써 제1제정 시대의 막이 올랐다.

1809년(7세)   장교였던 아버지의 근무지를 따라 이사를 자주 다녀야 했는데, 어린 시절 위고는 이러한 여행을 통해 많은 것을 배웠다고 한다. 이해에 어머니 소피 위고가 아이들을 데리고 빠리에 푀이앙뗀 가에 자리를 잡았다. 이때 푸셰 가족을 알게 되었다.

1811년(9세)   아버지가 에스빠냐 마드리드로 발령을 받자 가족 전체가 그곳으로 옮겨 갔다. 위고는 귀족들을 위한 중학교에 형 위젠과 함께 입학했다. 위고 부부의 불화가 잦아들지 않아 계속 말다툼이 벌어졌다.

1812년(10세)   9월 나뽈레옹이 러시아 원정에 나섰으나 실제 교전보다 퇴각 도중 만난 때이른 동장군으로 인해 많은 병력을 잃었다. 이후 프랑스는 나라 안팎으로 어려운 상황에 처한다. 어머니가 아이들만 데리고 다시 빠리로 돌아왔다. 아버지와 떨어져 살게 되면서 위고는 열렬한 왕당파인 어머니의 정치적 견해에 많은 영향을 받았다. 7월 왕정이 출범할 때까지 이러한 입장을 견지했다. 아버지가 외젠과 위고를 어머니에게서 데려와 위고는 꼬르디에 기숙학교에, 외젠은 루이 르 그랑 고등학교에 다니게 되었다.

1814년(12세)   5월 4일 나뽈레옹이 엘바 섬에 유배되었다. 망명지에 있던 루이 18세가 돌아와 부르봉 왕가의 왕정복고가 이뤄졌다. 위고가 첫 시를 썼다. 화려하고 정열적인 문체를 구사하는 샤또브리앙을 흉내낸 것이었다.

1815년(13세)   나뽈레옹이 엘바 섬을 탈출하여 3월 20일 빠리에 입성하여 권좌를 재탈환했다. 6월

18일 동맹군에 맞서 벨기에 워털루에서 대접전을 벌였으나 다시 패배하였다. 7월 8일 도망갔던 루이 18세가 다시 돌아왔다. 이 기간을 나뽈레옹의 백일천하라고 한다. 세기의 영웅 나뽈레옹은 세인트헬레나 섬으로 유폐되었다.

1816년(14세) 일기장에 "샤또브리앙이 아니면 아무 것도 되지 않겠다."고 쓸 정도로 그 낭만주의 작가를 숭배했다. 외젠과 다니는 고등학교에 진학했다.

1817년(15세) 가족 몰래 '아카데미 프랑세즈'가 주최한 시 창작 대회에 참가했다. 부친은 두 아들이 이공과대학에 진학하길 바랐으나 위고는 자신의 문학적 소질을 키워 가길 원했다.

1818년(16세) 외젠과 위고가 법대에 진학했다. 양친은 결국 이혼했다.

1819년(17세) 뚤루즈 아카데미가 주최하는 시 대회에 참가했다. 그의 시가 큰 상을 받았고, 책으로도 출간되었다. 이를 계기로 다른 문인들과 교류하게 되었다. 여기에는 알프레드 비니도 있었다. 이 즈음 알고 지내던 푸셰 집안의 딸 아델과 이성 관계로 발전했다. 『레미제라블』속 마리우스와 꼬제뜨처럼 4월에 그는 아델에게 사랑을 고백했다.

1820년(18세) 두 사람의 관계를 알아차린 위고의 부모가 극심하게 반대했다.

1821년(19세) 어머니가 폐렴으로 돌아가셨다. 아버지는 몇 주일 뒤 다른 여자와 결혼했다. 위고는 사실상 법학 공부를 포기한 상태였으나, 전업작가로 생활을 꾸려 갈 만한 단계가 아니었다. 다행히 그가 숭배하는 샤또브리앙이 작가로서의 그를 지지해 주었다. 어머니의 사후 아델과의 결혼을 기대했으나 이번에는 아델의 부모가 반대하며 아예 이사를 가 버렸다. 이에 위고는 베르사유까지 찾아가 결혼 승낙을 구했고, 결국 약혼을 허락받을 수 있었다. 「문학수호자」지를 발간했다.

1822년(20세) 위고와 아델이 혼인했다. 마침 그가 쓴 군주제를 찬양하는 시를 보고 국왕이 연금 1200프랑을 하사하여 결혼 자금으로 요긴하게 썼다. 아버지는 결혼식에 참석하지 않고, 두 형 아벨과 외젠은 참석했다. 첫 시집 『오드와 기타 시』를 출간했다.

1823년(21세) 첫 아이 레오뽈이 태어났으나 석 달도 안 되어 아이를 잃었다. 젊은 낭만주의 작가들을 위한 「라 뮤즈 프랑세즈」 잡지를 창간하고 적극적으로 활동했다.

1824년(22세) 루이 18세의 아우 아르뚜아 백작이 샤를 10세(재위 1824~1830)로 즉위했다. 딸 레오뽈딘이 태어났다. 「라 뮤즈 프랑세즈」가 폐간되자 독자적인 활동을 생각하고 그 첫 시도로 고전주의 형식에서 탈피한 시집 『신 오드』를 발표했다.

1825년(23세) 5월, 왕의 대관식에 초대받아 참석했다. 위고는 여전히 왕당파를 지지하면서 왕가를 찬양하는 시를 지었으며, 왕에게 간청하여 4월에 레지옹 도뇌르 훈장을 받았다.

1826년(24세) 아들 샤를이 태어났다. 시집『오드와 발라드』, 소설『뷕-자르갈』을 출간했다. 문학비
평가 샤를 오귀스땡 쌩뜨뵈브를 알게 된다.

1827년(25세) 샤를 10세가 언론을 탄압하게 되면서 정치적 입장이 흔들리기 시작했다. 〈크롬웰〉
을 발표하여 낭만주의 극의 시대를 열었다. 문학동인 '세나클' 결성하여 외젠 들라크
루아, 오노레 드 발자끄, 알프레드 드 비니, 쌩뜨뵈브 등 낭만주의 예술가들과 활발하게
교류하였다.

1828년(26세) 아들 프랑수아 빅또르가 태어났으며, 아버지가 돌아가셨다. 빠리 시청 앞 그레브 광
장에서 집행되는 처형 장면을 여러 차례 목격했다.

1829년(27세) 시집『동방시집』과 소설『사형수 최후의 날』출간했다. 연극〈사형수 최후의 날〉은
상연 금지되었다. 그의 작품에 대한 정부의 불만이 고조되었다. 샤를 10세를 만나 자
신의 뜻을 전달하려 했으나 실패하자 왕이 제의한 연금을 거부했다. 이렇게 하여 그
는 왕당파와 완전히 결별하게 되었다.

1830년(28세) 2월 25일 새로운 극작품〈에르나니〉를 상연하는 라 꼬메디 프랑세즈 극장이 발칵 뒤
집혔다. 낭만주의자와 고전주의자 사이에 소동이 벌어진 것이었다. 양측의 대결에서
한 명이 사망하기도 했다. 결과적으로는 엄청난 성공을 안겨 준 작품이었다. 7월 27
일과 29일 사이에 혁명이 발발하여 샤를 10세 정부를 퇴출시켰다. 이 와중에 28일 딸
아델이 태어났다. 루이 필리프가 왕으로 추대되었다. 위고는 나뽈레옹 1세의 유해 송
환에 반대하는 7월 왕정을 신뢰하지 않았다.

1831년(29세)『빠리의 노트르담』을 발표했다. 친구 쌩뜨뵈브와 아내 아델이 연인이 되었다. 위고는
이 사실을 알고도 친구가 찾아오는 것을 막거나 우정을 끊지 않았다.

1832년(30세) 콜레라가 기승을 부렸다. 자유파였던 라마르끄 장군의 장례식을 정부가 주관하였다.
사형수 '끌로드'의 사형 집행을 목격했다.

1833년(31세)『끌로드 괴』를 발표했다. 자신의 극에 배역을 맡은 여배우 쥘리에트 드루에와 각별한
관계에 돌입한다. 이후 해마다 그녀와 함께 여행을 떠났다. 정치·사회적 문제에 대해
깊이 사유하는 시기이기도 했다.

1837년(35세) 오랫동안 정신질환에 시달려 온 외젠 형이 시설에서 사망했다는 소식을 접했다.

1840년(38세) 나뽈레옹의 유해가 레 쟁발리드 기념관으로 돌아왔다.

1841년(39세) 아카데미 프랑세즈 회원으로 선출되었다.

1842년(40세) 소설 『라인 강』을 발표했다.

1843년(41세) 딸에 대한 소유욕이 강했던 위고가 장녀 레오뽈딘이 결혼하고 싶어한다는 사실을 알고 한동안 충격에 휩싸이지만 이해에 딸을 결혼시켰다. 여름에 애인 쥘리에트와 여행길에 올랐다가 신문을 보고 딸 내외가 사망한 소식을 접하고 즉시 빠리로 돌아왔다.

1845년(42세) 프랑스 귀족원 의원에 임명되어, 자신이 생각하는 정책을 실행에 옮길 수 있는 힘을 갖게 되었다. '레 미제르' 집필을 시작했다. 유명 화가의 아내와 간통한 혐의로 고소당하는 일이 벌어지는 바람에 루이 필리프 왕이 프랑스를 잠시 떠나 있으라고 권유했다. 이제 위고는 2명의 애인을 두게 된 것이다. 참으로 정력적인 나날을 보내고 있었다.

1848년(45세) 2월 혁명이 일어나 루이 필리프는 물러났으나 아직 오를레앙 공작부인이 섭정을 맡고 있었다. 위고는 국회의원에 선출되었다. 하지만 모든 진영에서 그를 경계했다. 그는 누구와도 손을 잡을 수 있는 위험한 정치인으로 보였기 때문이다. 아들 샤를과 프랑수아 빅토르가 창간한 신문이 나뽈레옹 1세의 조카 루이 나뽈레옹 보나빠르뜨의 대통령 출마를 지지했다. 위고도 그에게 잠시나마 기대를 걸었으나 루이는 나뽈레옹 1세와 달랐다. 그는 반동적이었다. '레 미제르' 집필이 중단되었다.

1850년(47세) 나뽈레옹 3세가 대통령에 당선되 제2공화국이 선포되었다.

1851년(48세) 나뽈레옹 3세 쿠데타를 일으켜 국회를 해산하였다. 많은 의원들이 국외로 도피했다. 위고는 벨기에 브뤼셀로 망명했다. 쿠데타를 비판하는 연설에서 위고는 나뽈레옹 3세를 "가짜 나뽈레옹"이라고 지칭했다.

1852년(49세) 나뽈레옹 3세가 황제로 즉위하고, 제2제정을 선포했다. 나뽈레옹 3세는 위고의 차남 프랑수아 빅토르를 투옥하고는 위고를 구슬리려 했으나, 위고는 되레 『꼬마 나폴레옹』을 발표하여 그를 조롱했다. 이에 프랑스와 불편한 관계를 원치 않는 벨기에가 위고에게 떠날 것을 종용했다. 위고는 영국 저지 섬으로 갔다.

1853년(50세) 나뽈레옹 3세를 고발하는 시집 『징벌』을 출간했다.

1854년(55세) 오스만 프로젝트가 시작되었다.

1855년(56세) 영국 정부의 심기를 계속 불편하게 하여 건지 섬(프랑스어로 게르네지 섬)으로 떠나야 했다. 이 섬에서 그가 머문 집이 오뜨빌 하우스이다.

1856년(57세) 레오뽈딘의 죽음 이후의 사념들이 탄생시킨 『정관시집』을 출간했다.

1859년(60세) 서사시집 『여러 세기의 전설』을 출간했다.

1861년(62세) '레 미제르'의 마지막 작업으로 워털루 지역을 탐방했다.

1862년(63세) 『레 미제라블』이 출간되어 대성공을 거두었다.

1867년(68세) 아들 샤를이 조르주를 낳아 첫 손자를 보았다. 허나 이 아이도 채 일 년이 못 되어 뇌막염으로 세상을 떠났다.

1868년(69세) 샤를이 두 번째 아들을 낳고 그 아이의 이름도 조르주였다. 부인 아델이 뇌졸중으로 사망했다.

1869년(70세) 조르주의 여동생 잔느가 태어났다.

1870년(71세) 7월 19일 프랑스-프로이센 전쟁(보불전쟁)이 개전되어 이듬해 5월 10일까지 계속되었다. 프랑스가 패하고, 그로써 나뽈레옹 3세의 제정도 종지부를 찍었다. 위고가 19년간의 망명 생활을 정리하고 귀국했다. 9월 4일 제3공화국 수립이 선포되었다.

1871년(72세) 1월 28일 프로이센과의 휴전조약이 조인되었다. 새 정부가 전후 처리 문제에서 지나치게 유화적인 입장을 취하자 이에 반발한 민중은 3월 18일 빠리꼬뮌을 조직해 의회와 대립했다. 위고는 이미 극좌파의 수장으로 활약하고 있었으나, 며칠 앞서 아들 샤를이 뇌졸중으로 사망하여 브뤼셀로 떠나야 했다. 약 2달 만에 정부군의 잔인한 진압으로 꼬뮌이 실패하자 벨기에에서 이들에게 피난처를 제공해 주었다.

1872년(73세) 딸 아델이 정신병원에 수감되었다. 쥘리에느와 아들 프랑수아 빅또르, 손주들을 데리고 건지 섬으로 떠났다. 시 〈끔찍한 해〉를 발표했다.

1873년(74세) 빠리에서 신병 치료 중인 프랑수아 빅또르 곁으로 왔으나, 아들도 그보다 먼저 세상을 떠났다. 많은 젊은 문인들이 그의 집을 찾아왔다.

1874년(75세) 소설 『93』, 『나의 아들들』을 출간했다.

1875년(76세) 쎈느 지역 상원의원에 당선되었다.

1878년(79세) 뇌출혈을 일으켰다.

1879년(80세) 위고의 여든 살 생일을 축하하기 위해 군중들이 그의 집 창문 아래 모여 그에게 경의를 표했다.

1883년(84세) 애인 쥘리에트가 암으로 먼저 세상을 떠났다.

1885년(86세) 5월 22일 폐울혈로 사망했다. 장례식은 6월 1일 국장國葬으로 치러졌다. 200만 명이 넘는 빠리 시민이 운집했다. 빅또르-마리 위고는 빵떼옹에 안치되었다.

빅또르-마리 위고Victor-Marie Hugo는 1851년 이후 망명 생활 중이던 1862년『레 미제라블』을 발표했다. 이 작품은 위고 자신에게 일생일대의 대작이었으며 유례 없는 성공을 가져다주었다. 그뿐 아니라, 혁명의 불씨를 당긴 프랑스를 통해 19세기 유럽의 자화상을 완성했다는 점에서, 유럽과 비유럽 그리하여 전세계인에게 혁명의 주역인 민중의 위대함을 선포했다고 할 수 있는 작품이다. 총 1900쪽에 이르는『레 미제라블』초판은 5부로 나뉘어 출간되었다. 부마다 여러 개의 '편'으로 나뉘고, '편'은 다시 각기 다른 제목의 짧은 '장'들로 구성되어 있다. 여기 부록에는 부와 편의 제목만을 싣고 내용을 간략히 요약하여 소개한다.

1부   팡띤느
작가서문
1편   의인
의인 미리엘 주교의 등장은 우리의 주인공 장 발장을 '새 사람'으로 탄생시킨다는 데 의의가 있다. 위고의 강력한 믿음 중 하나는 인간은 변할 수 있다는 것이다. 비천한 존재에서 고귀한 존재로의 상승. 주인공 장 발장의 이름이 마지막 5권을 장식하는 이유는 대단원에 이르러서야 비로소 위고가 의도한 밑그림이 완성되기 때문일 것이다.

2편   전락
미리엘 주교와 장 발장의 조우가 이뤄지는 장면. 동화 '장 발장'의 주요 모티프가 되는 '은촛대' 사건이 여기서 등장한다. 장 발장이 도형장에 갇히던 첫 날, 자신의 죄와 사회의 죄에 대해 경중을 논하여 깊이 사유를 진전시키는 7장 〈절망의 이면〉이 압권이다.

3편   1817년에
1817년은 복고왕정이 들어선 지 3년째 되는 해다. 혁명의 피비린내는 자취를 감췄으나 여전히 불안한 평온 상태여서 뒤죽박죽 혼란스러운 일들이 무시로 일어나고 서로 다툰다. 이러한 와중에 빠리 한복판에서 또 한 명의 사회적 희생자가 등장한다. 이번에는 여자 레 미제라블, 바로 팡띤느다. 자, 이렇게 하여 위고는 위대한 이야기 '레 미제라블'을 본격적으로 시작할 준비를 마쳤다. 미리엘을 통해 장 발장을, 팡띤느를 통해 꼬제뜨를 이끌어 낸 것이다.

4편   신뢰하는 것은 때때로 투항이다

무대는 빠리에서 멀지 않은 소도시 몽페르메이유. 스포트라이트가 여인숙을 겸하는 싸구려 식당 앞을 비추고 있다. 여기에 팡띤느가 도착한 것이다. 작은 아이를 안고서. 그녀는 한 엄마와 두 아이의 모습을 홀린 듯 바라보고 섰다. 그 여인이 자애로운 모성의 눈길로 두 아이를 그윽히 바라보고 있다. 팡띤느는 이 여인에게라면 자신의 딸 꼬제뜨를 맡길 수 있겠다고 여겼다. 떼나르디에 부부가 인면수심의 추악한 인간인 줄은 꿈에도 모른 채.

5편   추락

마들렌느라는 가명으로 살아가는 장 발장은 미리엘 주교가 바라던 그런 사람이 되었고, 더 이상 바랄 게 없는 삶을 살고 있었다. 팡띤느를 만나기 전까지는 말이다. 동네 여자 하나가 팡띤느가 미혼모라는 사실을 캐내는 바람에 그녀는 마들렌느의 공장에서 해고당했다. 그런 뒤 그녀는 추락에 추락을 거듭했다. 5편에서 위고는 팡띤느의 이야기를 통해 사회의 최하층으로 밀려난 여자들이 당면하는 가난은 몇 겹의 질곡이 될 수 있음을 보여 준다.

6편   자베르

팡띤느가 마들렌느의 공장에 설치된 진료소에서 치료를 받고 있다. 극심한 신열에 시달리며 밤새내 헛소리를 하는 그녀의 곁을 마들렌느가 지켰다. 그사이 그는 별도로 팡띤느의 사연들을 모조리 파악하고는, 무엇보다 꼬제뜨를 되찾아 오는 일이 급선무라고 생각했다. 몽페르메이유로 가는 것이 시급했으나, 이 일이 꼬여 버린 건 자베르가 와서 보고한 '샹마띠외 사건' 때문이었다.

7편   샹마띠외 사건

이 편에서 압권은 3장 〈두개골 밑에서 인 폭풍우〉와 4장 〈꿈속에서 본 고통의 형태〉다. 본문에서도 보았듯, 3장은 샹마띠외의 무죄를 입증하러 가느냐 마느냐의 기로에 선 마들렌느의 내면에서 벌어진 전투를 그리고 있다. 4장에서 그는 잠시 잠이 들어 꿈을 꾸게 된다. 꿈속에 한 남자가 묻는다. "어디로 가십니까? 당신이 이미 오래전에 죽었다는 사실을 모르십니까?"

8편   반동

자베르가 재판정에서의 일을 알고 마들렌느를 체포하기 위해 병실로 들이닥친다. 8편의 결말에는 이 책의 본문에서 다루지 못한 팡띤느의 장례 장면이 나온다. 마들렌느가 미리 지역의 주임사제에게 돈을 맡기며 팡띤느의 장례를 부탁하였으나, 결국 그와 그녀는 도형수와 매춘부에 지나지 않은 바, 그녀는 가난한 사람들이 한데 매장되는 공동 묘혈에 아무렇게나 묻히고 만다.

2부 꼬제뜨

1편 워털루

위고는 마치 전장을 지휘한 작전 참모관처럼 워털루 전투의 양상을 대문자 A 하나에 집약해 낸다. 위고의 설명대로 동선을 움직여 나가면 워털루 전투가 눈앞에서 선명하게 재현된다. 독자가 진정 숨을 멎고 읽게 될 장면은 9장 〈예상하지 못한 것〉이다. 모든 면에서 동맹군보다 월등했던 나뽈레옹의 대군이 급경사의 협곡으로 곤두박질치는 장면에선 위고가 내내 언급하는 '섭리'라는 것이 나뽈레옹 편에 있지 않았음을 절감하게 된다. 또한 위고가 '명대사'라고 지칭한 깡브론느의 기개 넘치는 그 외마디도 꼭 찾아서 읽어 보길 바란다.

2편 전함 '오리옹'

총 3개의 장으로 구성된 아주 짧은 파트다. 장 발장이 꼬제뜨를 만나기 전까지 어떠한 행로를 거쳤는지 되짚어 준다. 한 번의 가벼운 탈옥과 또 한 번의 도형장 탈출. 신출귀몰한 장 발장의 재주를 보면서 저절로 입이 벌어질 것이다.

3편 죽은 여인과의 약속을 지키다

저자가 표현한 대로 '동화 같은 장면' 혹은 기적 같은 장면을 만나 보자. 숲의 정령들이 깨어나 활동하는 밤, 그 숲속 샘터에서 꼬제뜨가 물을 길어 가고 있다. 이때 장 발장이 나타나 소녀의 물통을 들어 준다. 그날은 크리스마스였다. 꼬제뜨는 5년 동안 욕설과 매질과 노동, 헐벗음, 굶주림만이 자기 몫인 양 알고 지냈는데, 아마도 이 아저씨가 그녀가 받았어야 할 5년치 크리스마스 선물은 아니었을지.

4편 고르보의 초라한 집

고르보 누옥은 몽페르메이유로 꼬제뜨를 데리러 가기 전에 장 발장이 미리 임대해 둔 집이었다. 얼마나 머물지 알 수 없긴 했어도, 예상치 못한 일로 떠나게 될 줄은 몰랐다. 누추한 집에 초라한 복색의 장 발장이 선행을 베푼다는 소문이 퍼지면서 그가 '적선하는 거지'로 알려지고 있었다. 이를 수상히 여긴 자베르가 수사를 벌이기 위해 누옥에 세를 들게 된다. 한시도 긴장을 놓지 않던 장 발장은 그를 발견한 즉시 그 집을 떠난다.

5편 어둠 속의 사냥, 짖지 않는 사냥개 떼

어린 꼬제뜨의 손을 잡고 발걸음을 재촉하는 장 발장. 두 사람은 추적당하고 있다. 추적자는 당연히 자베르. 꼬제뜨는 아무것도 묻지 않았지만, 이 아저씨와 함께 있으면 자기가 안전하다는 것을 처음부터 알고 있었다. 복잡한 빠리의 길들이 이리저리 펼쳐진다. 독자는 이제 오래된 빠리의 지도를 펼쳐 놓고 그 위에서 장 발장과 자베르가 쫓고 쫓기는 모습을 들여다본다.

6편 쁘띠–삑쀠스

5편의 결말에서 장 발장과 꼬제뜨는 쁘띠–삑쀠스 수녀원으로 월장해 들어간 다음 어떻게 되었을까? 위고는 지금까지와 마찬가지로 공간 탐사에 먼저 공을 들인다. 몹시 폐쇄적인 데다가 엄격한 규율을 따르는 수녀원이다. 이곳 수녀들은 침묵 수행은 물론, 각자의 독방에서 고행을 하기도 한다. 결국 미치는 수녀들도 있었다. 사실 복고왕조 초기부터 이 수녀원은 쇠퇴하고 있었으나, 두 사람이 발을 들여놓았을 때는 여전히 "밀폐된 정원"의 면모를 간직하고 있었다.

7편 여담

수녀원에 대한 위고의 사념이 기독교의 수도원 제도를 향해 나아간다. 수도원 제도는 이미 단죄를 받았으나 "19세기 한가운데에 여전히 끈질기게 존속"하여, 그 고행과 금욕의 윤리는 문명된 세계에 놀라움을 안겨 준다. 허나 위고는 고발하거나 경멸하려는 의도를 품고 있지 않다. 그는 과거에 대한 무자비한 파괴에 조심해야 한다고 말한다. 이러한 태도는 인간이 한 번도 제대로 이해하지 못한 역사의 '무한' 앞에 절대적으로 겸손해야 함을 말하는 듯하다.

8편 묘지들은 주는 것을 받는다

수녀원 안에서 포슐르방 영감은 만난 장 발장. 포슐르방은 생명의 은인인 마드렌느 시장을 위해 뭐든 해줄 준비가 되어 있다. 그가 꾀를 낸다. 이 기막힌 방책의 구체적인 내용은 완역본에서 확인하시라. 그리하여 장 발장은 이제 포슐르방 영감의 동생, 윌띰므 포슐르방으로 살아간다. 꼬제뜨의 장래를 위해 다행스러운 점은 이곳의 교육이 여덟 살 소녀에게 매우 유익했다는 것이다. 수녀원은 둘에게 안식처이자 완벽한 은신처가 되었다. 그러나 장 발장의 내면은 다시 동요한다.

3부 마리우스

1편 빠리를 이루는 원자

빠리라는 어머니가 키우는 부랑아들에 관한 이야기. 빠리를 구성하는 '원자' 같은 이 아이들의 특징은 무엇일까? 멋지다, 유익할 '수' 있다, 도시를 좋아한다, 명랑하다, 말대꾸를 잘한다, 반말과 은어에 능하다, 음탕하다, 그러나 영혼 속에는 순진무구한 진주 하나가 있다. 처참한 현실 속에서도 천진난만함과 명랑함을 잃지 않는 이 '빠리의 개구쟁이'들의 본성에서 위고는 프랑스의 미래를 본다.

2편 상류 부르주아

3권의 제목이 '마리우스'란 걸 잊지 말자. 위고는 본론에 이르기 위해 공을 많이 들이는 작가다. '상류 부르주아'는 '마리우스 뽕메르씨'라는 청년의 집안 배경을 가리킨다. 헌데 그것이 부모가 아니고 외조부의 집안을 말하는 것이라면 거기에는 사연이 있는 법이다. 마리우스의 외조부이자 상류 부르주로 질펀하게 살아온 질노르망 씨를 소개하고, 마리우스가 외조부와 살게 되는 경위가 밝혀진다.

3편 할아버지와 손자

한물간 과거의 위세에 기대어 살아가는 늙정이 질노르망의 소일거리는 왕당파 귀족과 부르주아가 모이는 사교계에 참석하는 일이다. 대개 그 자리에는 마리우스도 대동했다. 마리우스가 듣는 얘기라곤 온통 혁명파와 나뽈레옹에 대한 비방 일색이었다. 이런 환경에서 왕당파로 양육된 마리우스도 예상치 못한 운명의 모퉁이를 만나는 법. 어느 날 우연히 아버지의 과거에 대해 알게 되면서 외조부와 불화를 빚게 되고 급기야 집에서 쫓겨난다.

4편 'ABC'의 친구들

마리우스는 법대생이다. 집을 떠난 그가 갈 만한 곳으로는 대학 주변, 즉 당시 대학가이던 '라땡 구역(까르띠에 라땡)'이 일순위였다. 그리고 그곳에서 '아베쎄의 친구들'과 엮이게 된다. 주요 멤버들의 이름을 한번 열거해 보고자 한다. 앙졸라, 꽁브페르, 장 프루베르, 페이이, 꾸르페락, 바오렐, 래글르 혹은 보쒸에, 졸리, 그랑떼르. "역사에 기록될 뻔" 했으나 기록되지 못한 이름들이다. 마리우스는 자기와 비슷한 연배의 학생들이 다양한 정치적 견해를 가지고 열띤 토론을 벌이는 장면을 접하고는 충격을 받는다.

5편 불행 안의 탁월함

마리우스는 궁핍한 생활에 적응하고 있다. 빚을 지지 않고 손수 버는 비용으로 생활하촌소 자존감을 지키기 위해 애썼다. 꾸르페락이 구해 준 거처보다 임대료가 싼 고르보의 누옥으로 옮긴 터이다. 외조부로부터 독립한 지 3년이 지나 그는 변호사 자격을 얻었다. 지금과 달리 변호사가 천직이던 시절이었다. 옹색하긴 해도 꾸준한 벌이를 마련한 덕에 사정은 조금씩 나아지고 있었다. 위고는 마리우스의 "부지런함과 용기와 인내와 강한 의지"를 차분히 그려 내면서 노동의 위대함과 신성함을 찬미해 마지않는다.

6편 두 별의 연합

약 1년 전부터 마리우스는 뤽상부르 공원을 산책해 오고 있었다. 공원에는 늘 같은 벤치에 앉아 담소하는 부녀가 있었다. 꾸르페락이 그들에게 별명을 붙여 주었다. 검은 옷을 입은 소녀에게는 '라누아르', 백발의 노신사에게는 '르블랑'. 그러던 중 마리우스는 별 이유 없이 6개월 동안 산책을 중단했다가 다시 공원을 찾게 되었는데, 남자는 전과 달라진 점이 없건만 소녀는 더 이상 그 소녀가 아니었다. 그 다음 일어나는 사건은 둘 사이의 '스파크'! 한편 장 발장은 늘상 마주치는 청년의 행동이 부자연스러워진 점을 눈치 채고는 불안한 나머지 이사를 가 버린다.

7편   빠트롱-미네뜨
빠리의 지하를 겹겹이 가로지르는 갖가지 갱도 중 최하층 갱도를 일컬어 '무대 밑 지하 삼 층'이라 한다. 이곳을 주름잡는 4인조 악당 무리가 빠트롱-미네뜨다. 지독한 어둠이 지배하는 지하갱도처럼 이들의 내면에는 "무시무시한 공허"가 있다. 이들은 넷이되 하나이고, 유령처럼 길바닥에서 솟았다가 안개처럼 흩어진다. 그들에 대해선 오로지 이름만이 알려져 있을 뿐이다. 끌라끄쑤, 괼르메리, 바베 그리고 몽빠르나쓰. 이들에 대한 상세한 묘사가 제법 읽는 재미를 선사하며, 사회적 지층을 현미경으로 관찰하는 위고의 태도가 흥미롭게 다가온다.

8편   못된 걸인
모두 21장으로 제법 긴 파트다. 하지만 책장을 덮을 수 없는 일들이 빠르게 전개된다. 전편은 하나의 예고편이었다. 음산한 범죄 조직이 등장하였으니 이제 사건이 터질 타이밍이다. 고르보 누옥에는 마리우스가 그토록 애타게 찾던 아버지의 은인 떼나르디에가 살고 있었다. 그가 그 사실을 몰랐던 이유는 꼬제뜨를 잃은 상실감에 주변을 돌아볼 겨를이 없었던 탓이다. 또한 떼나르디에도 토굴 같은 방구석에서 무슨 작당을 하는지 두문불출이었으므로. 꼬제뜨와 장 발장, 떼나르디에와 빠트롱-미네뜨, 마리우스, 거기다 자베르까지, 흉악한 연극이 한바탕 펼쳐질 참이다.

4부   쁠뤼메 거리의 전원시와 쌩-드니 거리의 서사시
1편   역사의 몇 페이지
4부 전체의 시공간적 배경에 대한 스케치에 해당한다. 1830년 7월 혁명과 잇닿아 있는 1831년과 1832년은 '혁명적' 위대함이 서린 두 해이다. 7월 혁명은 '중도에서 멈춰진 혁명'이고 '미숙한 혁명'이었다. 그러기에 완전히 분출되지 못한 발효의 찌끼들이 밑바닥에서 다시금 부글거렸다. 진보적인 청년지성 그룹 아베쎄의 친구들도 이 기류에 힘을 보태고 있었다. 바스띠유를 뒤엎은 대혁명이 바로 그 자리에서 오직 불티 하나가 떨어지기만을 기다리고 있다.

2편   에뽀닌느

3권 8편에서 떼나르디에의 간계가 수포로 돌아간 이후 마리우스는 어떻게 되었을까? 그 이야기가 여기에서 시작된다. 마리우스는 고르보 누옥의 사무실을 정리하여 꾸르페락에게로 가서 잠시 의탁했다. 어렵사리 만나게 된 꼬제뜨를 영영 찾을 길 없게 되어 절망 속에 방황하던 그에게 도움의 손길을 내민 건 떼나르디에의 딸 에뽀닌느였다. 그녀가 마리우스와의 약속, 즉 꼬제뜨의 집주소를 알려 주는 위해 찾아온 것이다. 그러나 에뽀닌느의 마음이 흔쾌할 리 없다. 그녀도 마리우스를 마음에 두고 있기에.

3편   뽈뤼메 거리의 집

18세기에 재판장 하나가 뽈뤼메 로에 자신의 정부情婦를 위해 작은 집을 지었다. 은밀한 만남을 위한 집이던만큼 위치와 구조는 이목을 피하기 적합했고, 별채 뒤편의 비밀문은 완벽하게 은폐된 긴 통로를 통해 다른 구역으로 이어졌다. 장 발장은 만일을 대비해 이 집과 함께 다른 거처 두 곳을 더 임대해 두었다. 그런 다음 이야기는 수녀원을 떠나게 된 사연을 다시금 들려준다. 아무튼 장 발장은 수녀원 시절부터 사용하던 이름, 윌띰므 포슐르방으로 이곳에서 새 생활을 시작했다. 그의 딸 꼬제뜨와 함께. 3부 6편의 뤽상부르 공원 이야기가 마리우스 편에서 쓰인 것이라면, 이 파트에서는 꼬제뜨 편에서 구술된다.

4편   아래로부터의 구원이 위로부터의 구원이 되다

가난한 도서 수집가 마뵈프 영감이 밀린 집세 때문에 곧 쫓겨날 처지다. 그가 정원에서 신세 한탄을 하고 있는데 갑자기 하늘에서 돈주머니가 떨어졌다. 어찌된 일일까? 빠리의 자유로운 영혼 가브로슈가 영감의 사정을 우연히 엿듣고는 훔친 돈주머니를 미련 없이 던진 것이다. 그럼, 돈주머니는 누구 것인가? 원래 장 발장의 것이었으나 몽빠르나쓰의 뒷주머니로 들어간 것을 가브로슈가 훔쳤다. 짧고도 유쾌한 이야기.

5편   끝은 시작을 닮지 않는 것

드디어 꼬제뜨와 마리우스가 재회한다! 에뽀닌느의 공이다. 마리우스는 며칠간 꼬제뜨의 집 주변을 맴돌다가, 그녀가 서성이던 정원의 돌벤치 위에 큰 돌을 올려놓는다. 그 아래에는 그간 써온 연서들을 눌러 두었다. 다음 날 꼬제뜨가 그 편지를 읽게 되고, 그날 저녁 장 발장이 산책을 나간 후에 꼬제뜨는 곱게 차려 입고 정원으로 나간다. 그리고 그곳에 마리우스가 나타났다. 4장 〈돌 밑에 있는 심정〉의 전체 내용은 마리우스의 연서다. 19세기 프랑스 청춘들의 연애편지를 음미해 볼 기회.

6편 꼬마 가브로슈

언제 어디로 튈지 모르는 '원자' 같은 아이 가브로슈의 이력이 이제야 소상히 밝혀진다. 악당 떼나르디에의 세 아들 중 장남. 오로지 딸들로만 향하는 희귀한 모성의 소유자인 어머니로부터 구박받은 아이. 아버지에게는 일관되게 찬밥 신세였던 아이. 그리하여 일찍부터 빠리가 키운 이 아이는 불의와 약자를 지나치지 못한다. 우연히 만난 떠돌이 고아 두 명을 데려다 빵을 먹이고 자신의 거처에서 잠도 재우게 되는데, 이 두 고아가 그의 친동생일 줄이야.

7편 은어

위고는 작심하고 이 편을 삽입한 것 같다. 그의 전작 『사형수의 마지막 날』에서 은어를 구사하는 한 도적을 등장시킨 것에 대해 문단과 학계의 질타가 쏟아졌던 모양이다. 이미 34년 전 일이건만 그는 여전히 그들의 반발을 이해하지 못한다. 은어에 관한 언어학적 고찰이라고 할 만한 이 편에서 위고가 토해 내는 '은어론'을 감상해 보자.

8편 환희와 비탄

쁠뤼메 로 집의 정원에는 5월의 환희와 6월의 절망이 엇갈리고 있었다. 장 발장은 여전히 아무것도 눈치채지 못한 상태. 6월 3일, 여느 날 저녁처럼 마리우스가 꼬제뜨의 정원으로 몰래 들어갔다. 그런 뒤 마리우스의 뒤를 밟은 에뽀닌느가 나타나고, 곧이어 한 무리의 수상한 남자들이 나타난다. 떼나르디에와 빠트롱-미네뜨 일당이 이 집을 털려고 한다. 에뽀닌느가 아버지를 막아 선다. 그녀는 마치 누군가를 지키려는 '경비견'처럼 보였다. 한편 마리우스는 꼬제뜨로부터 런던으로 떠나야 한다는 청천벽력 같은 말을 듣게 된다.

9편 그들은 어디로 가는가?

1장 장 발장, 2장 마리우스, 3장 마뵈프 씨로 구성된 단출한 파트이지만, 혁명 전야이기 때문에 이들의 행로가 예사롭지 않다. 마리우스와 마뵈프 영감은 바리케이드로 향하는데 장 발장은 쁠뤼메 로에서 또 다시 종적을 감춘다.

10편 1832년 6월 5일

이 편은 워털루 전투에서처럼, 역사가로서의 위고가 혁명 전야에 시시각각 변모하는 빠리 곳곳의 양상을 스케치해 준다. 이전처럼 위고는 문제의 표면과 이면을 다각도로 탐조한다. 그는 일찍이 역사가들이 간과한 위대한 '이틀'에 대해 설명한다. 폭동이냐 반란이냐, 이건 문제를 지나치게 단순하고 얕게 바라본 것이다. "폭동이 있고 그 옆에 반란이 있다." 그 둘의 경계는 그처럼 불안한 법. '폭동의 시절'로 불리던 그때, 누가 시키고 조직한 것도 아니건만 빠리 시민들은 언제 터질지 모를 그 일에 대비하고 있었다. 그러한 공기를 대체 누가 설명할 수 있겠는가.

11편 원자와 폭풍이 연대하다

아역에다 조연이지만 여기에 이르기 전에 이미 독자는 가브로슈에게 반했을 가능성이 크다. 바람 같고 도깨비 같은 이 아이는 총알이 빗발치는 거리를 겁 없이 쏘다닌다. 그러더니 별안간 '문학을 아는 개구쟁이'로 변신한다. 과연 아이가 거리에서 귀동냥으로 배운 건 실로 풍성하고도 유용했다. 그는 주저하지 않고 폭동의 대열에 합류하여 맨 앞에서 노래를 부르며 행군했다. 가브로슈의 대열과 다른 무리들이 합류했다. 그 앞에 무기도 들지 않은 노인 하나가 끼어들었다. 마뵈프 영감이었다.

12편 코린토스

자, 독자는 다시 위고가 즐겨 쓰는 기법과 대면한다. 이번에는 대문자 N을 이용해, 유명한 선술집 코린토스 앞에 설치되었던 바리케이드와 그날의 봉기에 대해 이야기하려 한다. 대문자 N을 구불거리며 가로지르는 미로 같은 골목들 중 막다른 곳으로 보이는 모퉁이에 코린토스가 있었다. 코린토스 앞으로 직각을 이루어 큰 것과 작은 것, 두 개의 바리케이드가 있다. 헌데, 이 바리케이드 안으로 어느 틈엔가 자베르가 침투해 있다. 그가 '짭새'란 걸 알아챈 건 가브로슈. 그는 곧장 코린토스 안의 기둥에 묶였다.

13편 마리우스가 어둠 속으로 진입하다

꼬제뜨를 다시 잃어버린 마리우스에게 남은 것은 죽음뿐이었다. 그렇게 죽음 충동에 이끌려 알 시장 입구에 도달하여 코린토스의 바리케이드를 향해 걸어 들어갔다.

14편 절망의 고귀함

드디어 일대 접전이 벌어지려 한다. 최초의 집중사격이 불꽃을 튀겼다. 바리케이드는 훌륭히 버텨 주었지만, 거기 꽂혀 있던 혁명군의 깃발이 쓰러졌다. 깃발을 다시 세우기 위해 마뵈프 영감이 목숨을 던진 일은 알고 있는 바다. 그런 뒤 몽상에서 깨어난 마리우스의 활약이 이어진다. 일차 총격전에서 에뽀닌느도 숨을 거둔다. 그녀는 중간에서 가로챈 꼬제뜨의 편지를 마리우스에게 건네 준다. 마리우스는 즉시 답장을 써서 가브로슈 편에 꼬제뜨에게로 보낸다.

15편 롬므–아르메 거리

롬므–아르메 로 7번지, 장 발장은 당장 이사하라는 괴이한 쪽지를 받고 쁠뤼메 로에서 이곳으로 피신해 왔다. 헌데 알고 보니 이 모든 일은 마리우스를 연모한 에뽀닌느가 꾸민 짓이었다. 가브로슈가 들고 온 마리우스의 편지는 장 발장의 손에 들어간다. 바로 직전에 장 발장은 두 사람의 관계를 알게 되어 충격에 휩싸여 있던 참이다. 마리우스가 죽기 위해 소요 속으로 들어갔다. 어찌할 것인가? 장 발장은 샹브르리 골목의 바리케이드로 향한다.

5부 장 발장

1편 시가전

6월 6일 동이 터 오면서 불길한 소식도 함께 도착했다. 빠리의 전군이 동원되었고, 그 중 삼분의 일이 코린토스의 바리케이드에 배치되었다는 것. 모두 결사 항전의 태세다. 때마침 장 발장도 도착했다. 시간이 지날수록 바리케이드는 더욱 위험해진다. 엄청난 지름의 대포가 동원되어 바리케이드를 두드려 대고, 안에서는 실탄이 소진되어 갔다. 가브로슈가 위험천만한 모험과 그의 최후, 또한 혁명군의 최후가 그려진다. 장 발장이 부상한 마리우스를 업고 그곳을 기적적으로 탈출하는 장면도 놓칠 수 없겠다.

2편 레비아땅의 내장

"빠리는 매년 이천오백만 프랑을 물속에 던져 버린다. 이 말은 단순한 은유가 아니다. 어떻게, 어떤 방법으로…… 그것의 내장을 통하여. 그것의 내장이 무엇이냐고? 하수도이다." 빠리 하수도의 역사와 그 시궁창의 실상, 위험함에 대해 이야기하는 대목이다. 19세기 초 브륀조가 빠리의 하수도를 조사하고 정비하겠다고 나서자, 내무상이 나뽈레옹에게 아뢰었다. "폐하의 제국 내에서 가장 용감한 사람"을 보았노라고.

3편 진창, 그러나 영혼

하수도 안이다. 장 발장의 어깨 위에 얹혀 있는 마리우스의 피와 무게로 인해 두 사람은 한 덩어리가 되었다. 도형장에서 '기중기'란 별명을 얻은 장 발장이 아니라면, 누가 어찌 이 불가사의한 행군을 해내겠는가. 특히 5장 〈모래의 배신〉에 나오는 모래수렁(함몰공)은 하나의 밑 빠진 심연처럼 거기 발을 딛는 것은 뭐든 가차 없이 집어삼킨다. 장 발장이 마리우스를 업은 채 바로 그 끔찍한 함몰공 앞에 도달했다. 진정 필사적이었다.

4편 길을 벗어나 버린 자베르

자베르는 마들렌느 시장 시절의 장 발장을 조우한 이후 조금씩 흔들리고 있었다. 그는 그토록 증오해 마지않던 도형수 장 발장을 마음속 깊이 존경하기에 이르렀다. 한 영혼이 파국을 맞은 것이다.

그처럼 투명한 뇌수를 지닌 자베르에게 장 발장은 혼돈이었고 심연이었다. 그는 그것을 감당할 수 없게 되자 쎈느 강에 몸을 던진다.

5편 손자와 할아버지

6월 6일로부터 넉 달이 지난 9월 초, 마리우스는 외조부의 집에서 회복기에 접어들고 있었다. 상처가 심각하여 회복될 가망이 없는 줄 알았는데 마리우스의 병세가 나날이 호전되어 가자, 열혈 왕당파 노인네가 "공화국 만세!"라고 외치기도 했다. 꼬제뜨와의 혼인도 일사천리로 진행되었다. 장 발장은 꼬제뜨의 결혼 지참금으로 60만 프랑을 내놓았다. 한편 모든 면에서 정상을 회복한 마리우스는 그를 스쳐간 많은 사건들 중 도무지 풀리지 않는 세 가지 수수께끼에 붙들리게 된다.

6편 잠들지 못하는 밤

1833년 2월 16일 마리우스와 꼬제뜨는 축복 속에 결혼식을 올렸다. 질노르망은 축하연에서 장장 6쪽에 걸쳐 이어지는 축사를 읊조린다. "사랑하거나 사랑했다는 것, 그것이면 족하다." 장 발장은 연회장을 살며시 빠져나가 집으로 돌아왔다. 그는 지금껏 열린 적이 없는 가방 하나를 침대 위에 올려놓았다. 장 발장이 가방 속에서 무언가를 꺼냈다. 꼬제뜨가 몽페르메이유를 떠날 때 입었던 옷가지들이었다. 장 발장의 해골 속에는 샹마띠외 사건 때보다 더한 전투가 벌어진다. 이것은 장 발장이 양심을 상대로 벌이는 마지막 전투였다.

7편 성배의 마지막 한 모금

혼례식 다음 날 아침, 장 발장은 마리우스를 찾아갔다. 그는 한 점의 망설임도 없이 입을 뗐다. "내가 한 가지 드릴 말씀이 있소. 나는 과거에 도형수였소." 마리우스는 귀를 의심했다. 그는 이런 고백을 하는 이유가 단지 "정직하고자 하는 마음"에 이끌려서라고 말했다. 장 발장은 행복한 것으로 충분치 않았다. 그는 양심에 흡족하고 싶었다. 마리우스는 한동안 혼란스러웠을 뿐만 아니라, 이 일이 있고 난 다음 세 가지 수수께끼를 풀었다고 생각하고는 장 발장이 자베르 형사를 죽였다고 믿게 되었다.

8편 황혼이 내리다

장 발장은 마음속에서 꼬제뜨를 지우기 위해 피눈물 나게 노력했다. 딸을 '부인'이라 부르며 존대했고, 자신을 '장 씨'라고 부르게 했다. 날마다 같은 시각에 꼬제뜨를 보러 왔지만, 마음과는 달리 머무는 시간이 차츰 길어졌다. 마리우스는 두 사람의 만남이 달갑지 않았다. 장 발장은 이제 꼬제뜨의 집까지 이르는 길을 차츰 줄여 가면서 발길을 끊기로 한다. 두 사람을 잇던 인력이 소멸되자 장 발장이라는 천체는 궤멸되기 시작했다.

9편 최후의 어둠, 최후의 여명

장 발장은 마리우스가 꼬제뜨의 지참금마저 쓰기를 거부한다는 사실을 알고는 비통함에 잠겼다. 그 돈은 정당하게 번 것이다! 마들렌느로서의 그도 장 발장이다! 장 발장은 사력을 다해 편지를 썼다. 60만 프랑을 번 경위에 대해. 이때 뜻밖에도 떼나르디에가 나타나 마리우스의 수수께끼들을 풀어 준다. 마리우스는 자기의 오해를 뉘우치면서 꼬제뜨와 함께 장 발장에게로 달려간다. 장 발장은 너무도 기뻤다. 두 사람이 함께 여기에 온다는 건 자신을 용서하고 이해한다는 뜻이 아닌가. 장 발장은 꼬제뜨와 마리우스의 머리에 두 손을 얹어 축복해 주고는 편안히 눈을 감았다.

비참함으로부터 탄생한 위대한 벽화 레 미제라블

ⓒ 수경 2013

2013년 1월 28일 초판 1쇄 펴냄

지은이   수경
펴낸이   최지영
펴낸곳   작은길출판사
등록   2011년 10월 26일 제2011-25호
주소   서울 도봉구 노해로66길 21 109-801
전화   02.996.9430
팩스   0303.3444.9430
블로그 주소 jhagungheel.blog.me
전자우편 jhagungheel@naver.com
디자인   map.ing_이소영
제작   (주)재원프린팅
ISBN 978-89-98066-03-1 44860
ISBN 978-89-98066-12-3 44800(세트)